Jad Turjman

Der Geruch der Seele

Jad Turjman

Der Geruch der Seele

Eine Liebesgeschichte in Zeiten von Krieg und Revolution

Residenz Verlag

MIX
Papier aus verantwortungsvollen Quellen
FSC® C014496

Wir danken für die Unterstützung
LAND SALZBURG

Bibliografische Information der Deutschen Nationalbibliothek
Die Deutsche Nationalbibliothek verzeichnet diese Publikation
in der Deutschen Nationalbibliografie; detaillierte bibliografische Daten
sind im Internet über http://dnb.dnb.de abrufbar.

www.residenzverlag.com

Umschlaggestaltung: buero 8 / Thomas Kussin, unter Verwendung eines
Fotos von Safa Hasaballah
Typografische Gestaltung, Satz: Lanz, Wien
Lektorat: Jessica Beer
Gesamtherstellung: GGP Media GmbH, Pößneck

ISBN 978 3 7017 1747 7

Just because it's fiction, doesn't mean it's any less true …

Jodi Picoult

Damaskus, April 2011

»Meine Dame, ich habe mit meinen eigenen Augen gesehen, wie die Polizisten auf unbewaffnete, friedliche Demonstranten das Feuer eröffnet haben! Dutzende Menschen fielen auf der Stelle tot um und die Menge lief hysterisch und panisch in alle Richtungen davon«, schreit eine aufgeregte Stimme im Fernsehen. Tarek sitzt mit vorgeneigtem Oberkörper vor dem Fernseher und schaut gebannt auf den Bildschirm.

»Habibi, bitte schalte dieses Gefasel aus, du wirst doch nicht diesen letzten Morgen mit den Nachrichten verbringen statt mit mir!«, bittet seine Mutter Salma, während sie einen Plastikbeutel mit Brotröllchen in seinen Rucksack packt.

»Habibti, einen kleinen Moment, ich möchte diesen Augenzeugen noch bis zum Ende hören. Die Demonstrationen in Damaskus haben letzten Freitag eine neue Dimension erreicht!«, versucht Tarek, sie auf später zu vertrösten, ohne seinen Blick vom Bildschirm zu lösen.

»Die Demonstranten haben nur nach Freiheit und Reformen gerufen! Und die Regimeschlägertypen haben einfach in die Menge geschossen, es gab einige Tote, unter ihnen auch Kinder, und Dutzende wurden festgenommen!«, berichtet der Augenzeuge der Moderatorin weiter.

»Habibi, du darfst nicht alles glauben, das ist Al Jazeera, und die verbreiten nur Nachrichten, die der Agenda ihrer Geldgeber dienen. Und dieser Augenzeuge, wie heißt er«, Salma schaut genauer auf den Bildschirm, »der sitzt wahrscheinlich bei ihnen im Studio in Doha!« Sie setzt sich neben ihren Sohn, nimmt die Fernbedienung und wechselt auf einen staatlichen Kanal. »Unsere Quellen berichten über gewalttätige Ausschreitungen im Umland von Damaskus. Jugendliche Demonstranten schleuderten Molotow-Cocktails auf die Polizeistation und verletzten dabei mehrere Polizeibeamte. Die Demonstranten wurden festgenommen. Sie gaben an, von Geheimdiensten der USA und Saudi-Arabiens angeheuert und bezahlt worden zu sein«, berichtet eine stark geschminkte Moderatorin. Daraufhin zeigt ein kurzer Film einen der Festgenommenen, der mit reumütig gesenktem Blick zugibt, dass er mit Dollars dafür bezahlt wurde, den Einflüsterungen des Teufels nachzugeben, um die Bevölkerung aufzuhetzen. Unmittelbar danach wird ein rhythmisches Lied gespielt, unterlegt mit vielen Bildern des Präsidenten. »Und wie ist das, hier gilt das Prinzip, dass die Nachrichten nur der Agenda der Geldgeber dienen, nicht?«

Die Ironie in Tareks Frage ist eindeutig. Salma schaltet den Fernseher aus, legt die Fernbedienung auf den Tisch und rückt näher an ihren Sohn heran. Sie legt eine Hand auf Tareks Schulter und die andere auf sein Knie. »Habibi, auf meiner Zunge sind Haare gewachsen, so oft habe ich mit dir schon darüber diskutiert. Du musst aufpassen. Ab morgen bist du ein Soldat im syrischen Militär! Ich werde es dir nicht verzeihen, wenn du an diesen Demonstrationen teilnimmst. Ich kann es nicht verkraften, wenn dir etwas passiert!« Das Flehen in ihrer Stimme wird deutlicher. Salma merkt, dass ihre Worte Tarek nicht erreichen. So wird sie bestimmter und lauter: »Habibi, deine Generation hat die Siebziger- und Achtzigerjahre nicht erlebt, das Regime in Syrien ist nicht wie das in Libyen oder Ägypten. Es hat sich seit vierzig Jahren mit Feuer und Schwert tief verwurzelt. Sie werden erst gehen, wenn sie das ganze Land zugrundegerichtet haben. Ich weiß, wovon ich rede. Wir haben gesehen, was beim Massaker in Hama 1982 geschehen ist.«

Tarek steht auf und geht zum Fenster. Sein Herz ist schwer. Er schaut ins Leere und kann die Ironie des Schicksals nicht verstehen. Er träumt seit Jahren, dass dieses Regime und die Sippe dahinter ein Ende finden. Jetzt, wo es so weit ist, kann er nicht dabei sein, jetzt geht er nicht mit den Demonstranten auf die Straße, sondern muss seine Wehrpflicht erfüllen, um genau diesem Regime zu dienen.

Heute ist Sonntag, der Beginn einer neuen Woche. Und obwohl es erst acht Uhr früh ist, zeigt die Sonne schon ihre Kraft. Tarek beobachtet die Kinder, die spät dran sind und in ihren blauen Schuluniformen in die Schule laufen. Sie sehen aus dem fünften Stockwerk wie kleine Schlümpfe aus. Darüber hat Tarek sich öfter lustig gemacht, aber er hat auch Mitgefühl mit ihnen, er hat als Kind immer zu jenen gehört, die ein wenig zu spät kamen. Tarek hatte es gehasst, in die Schule gehen zu müssen, und sein Vater, der schon ganz verzweifelt war, musste ihn jeden Morgen mit Gewalt aus dem Bett werfen, da es weder half, ihn mit Wasser anzuspritzen, noch ihm vorzumachen, dass es schon acht Uhr war.

Gerade sieht er, wie der Schulwart das große Tor schließen möchte. Tarek kennt ihn gut. Vor Abu Mudar hatte Tarek damals große Angst, denn der verschloss immer absichtlich vor Tarek das Schultor, wenn dieser wie so oft zu spät kam. Das war seine Rache an dem Jungen, der, wenn er wieder einmal heimlich aus der Schule flüchten wollte, die Mülltonnen aufeinanderstapelte und, hinaufkletterte, wobei die Tonnen umkippten und ihren Inhalt über den Hof verteilten. In syrischen Schulen ist das Schulgelände wie ein Gefängnis von einer hohen Mauer umgeben und darf nur durch ein Tor betreten oder verlassen werden. Tarek war geübt darin, gemeinsam mit zwei Schulfreunden von der Mauer zu springen und unten abzurollen. Zu seinem Glück waren die Lehrer nachlässig und nahmen wegen seiner Abwesenheit nicht mit seinen Eltern Kontakt auf. Um genau zu sein, waren sie ganz froh, dass er öfters nicht in der Klasse war, denn er passte nie auf und war nur bemüht, Witze zu machen, um die anderen zum Lachen zu bringen.

Außerdem verspätete Tarek sich absichtlich, um sich die Rede des Direktors bei der morgendlichen Versammlung zur Fahnenbegrüßung im Schulhof zu ersparen, denn diese Rede über die Herrlichkeit und Glorie des ewigen Führers und seiner Partei wurde seit fünf Jahren wiederholt, ohne ein einziges Wort daran zu verändern. Tareks Onkel Nisar hatte ihm das Geheimnis der gleichbleibenden Rede offenbart. »Der Geheimdienst hat im Kopf des Direktors eine Schallplatte installiert, und jeden Tag drücken sie in der Zentrale auf einen Knopf«, erklärte er dem Jungen im Sommer 1999. Onkel Nisar studierte in Frankreich. Wenn er im Sommer nach Damaskus kam, durfte Tarek einige Zeit bei ihm verbringen. Er liebte den wachen Geist und die fantasievollen Geschichten seines Onkels.

Tarek hasste die Schule und die Lehrerinnen, die ihm bei jedem Versäumnis mit dem riesengroßen Holzstock gnadenlos auf die Hände schlugen. Ein Jahr später, als er in der fünften Klasse war, ersparte Tarek sich das Springen von der Mauer und ging oft gar nicht mehr in die Schule. Sein Onkel Nisar hatte ihm ein paar Bücher geschenkt, und auf einmal war er vom Lesen wie besessen. Er tat, als würde er in die Schule gehen, machte einen großen Bogen, steckte seine Schuluniform in den Rucksack, ging zurück zu seinem Wohnblock und verschwand im Keller. Zwischen den alten Möbeln las er bei schwachem Licht stundenlang. Eine

Uhr hatte er nicht. Wenn er den Lärm der heimkehrenden Kinder hörte, kam er wieder aus seinem Versteck. Bald war er mit den Büchern von Onkel Nisar fertig. Tarek schaute sich zu Hause und bei Bekannten nach Lesestoff um, aber er stieß nur auf religiöse Bücher. In der Schulbibliothek war es nicht besser. Dort ging es nur um Geographie, Nationalismus und um die Herrlichkeit des Präsidenten und seiner Partei. Seine Suche war auf Romane ausländischer Autoren gerichtet, kam allerdings rasch an ihr Ende, weil sein Schulschwänzen aufflog und sein Vater ihn schmerzhaft wieder zurechtbog. An diesem Abend verwandelte sich sein Vater Basam in Rocky Balboa und boxte ihn so heftig von allen Seiten, dass Tarek nicht mehr wusste, wo sein Vater stand. Er solle nie wieder ans Schulschwänzen denken. Einen der Boxhiebe bekam er auf die Schulter, die ihn noch jahrelang schmerzen sollte.

Trotz allem las Tarek manchmal heimlich in der Klasse weiter. Eine Geschichte liebte er ganz besonders: »Die Verwandlung« von Franz Kafka. Er identifizierte sich stark mit der Hauptfigur. Wenn er schlechte Noten hatte und nicht in die Schule gehen wollte, fühlte er sich wie der Käfer. Später, als Erwachsener, würde er eine andere Interpretation für diese Metapher finden.

Nach all den Jahren wirkt der Schulwart Abu Mudar auf Tarek nicht mehr so bedrohlich wie damals, sein böser Blick ist milder geworden und mit seinem gebeugten Rücken steht er kurz vor der Pensionierung. Jetzt lässt er alle Kinder durch das geöffnete Tor, obwohl es schon zwei Minuten nach acht ist, und sperrt es erst nach dem letzten Nachzügler ab.

Tareks Blick bleibt auf das Schultor gerichtet, er ist ganz in Gedanken versunken. Er nimmt kaum wahr, dass Salma hinter ihn tritt. »Habibi, bitte schau immer darauf, dass dir nicht kalt ist«, sagt sie mit besorgter Stimme und umarmt ihn fest von hinten. Tarek blickt weiterhin schweigend aus dem Fenster. »Tarek! Hörst du mich?«, wird sie lauter. »Ja, Habibti, mach dir keine Sorgen! Außerdem ist schon Frühling und vielleicht habe ich ja Glück und werde in Latakia oder in Tartus am Meer stationiert«, erwidert Tarek, lächelt seine Mutter an und versucht, sie aufzurichten. »Nein, Habibi, sag das nicht. Lass uns doch hoffen, dass du in der Nähe von Damaskus stationiert wirst und oft nach Hause kommen kannst«, erwidert Salma.

»Was haben wir ausgemacht? Ruhe bewahren! Ich werde nicht sterben! Es sind nur ein Jahr und neun Monate. Die werde ich ganz sicher überleben. Außerdem weißt du doch, dass der Vater von Nauras ein hochrangiger Offizier ist, der sich sicher dafür einsetzen wird, dass ich einen relativ ruhigen Büroposten bekomme«, sagt Tarek tröstend.

Ihn bedrückt auch, dass sein Vater sein festes Ritual eingehalten und bei seiner zweiten Frau übernachtet hat, obwohl Tarek an diesem Tag zum Militär einrücken muss. Tarek ist mit der Regelung aufgewachsen, dass sein Vater jeden zweiten Tag bei seiner anderen Familie verbrachte. Tarek wusste von ihnen, hat aber weder seine drei Halbschwestern noch Basams zweite Frau jemals kennengelernt. Der Vater wollte diese strikte Trennung. Tarek hasste diese zweite Frau von Anfang an und machte sie für die Kälte in seinem Zuhause verantwortlich. In seinem Freundeskreis kennt er niemand, dessen Vater zwei Frauen hat. Basam beruft sich dabei auf die religiöse Erlaubnis zur Polygamie. Aber er weiß, der Koran verpflichtet den Mann, der mehrere Frauen heiratet, gerecht zu sein und sie ganz und gar gleich zu behandeln. Jedoch geht Gott im Koran davon aus, dass diese verpflichtende Gleichbehandlung keinem Mann jemals gelingen kann. Daher schläft Basam abwechselnd bei seiner ersten Frau Salma und bei seiner zweiten Frau. Und das ist das Einzige, womit Basam seinen beiden Frauen und Familien Gerechtigkeit widerfahren lässt.

Tarek hatte seine Enttäuschung darüber schon immer vor seiner Mutter verborgen, sie hatte unter diesem Mann genug gelitten, und er will auch heute keine alten Wunden aufreißen. Salma erfuhr durch Zufall von der zweiten Frau, einen Monat vor Tareks Geburt. Basam war bei der Geburt nicht dabei, als wollte er seinem Sohn gleich vermitteln, übernimm du meine Rolle bei deiner Mutter. Tarek erlebte seinen Vater zu Hause niemals lächelnd. Für ihn war deutlich, dass der Vater nur zu ihnen kam, weil er sich dazu verpflichtet fühlte. Sobald er die Wohnung betrat, setzte er sein Pokerface auf, nahm auf seiner Stammcouch Platz, schaute mit unbeweglicher Miene in den Fernseher und sprach mit Salma nur das Allernotwendigste. Tarek und seinen beiden Geschwistern hielt er nur ihre schulischen Misserfolge vor. Draußen bei seinen Freunden erlebte Tarek seinen Vater als rhetorisch begabten Charmeur und begnadeten Erzähler. Den staatlichen Kanal hatte er auf die lauteste Lautstärke aufgedreht. Tarek bewunderte seine Extrovertiertheit und sein Selbstbewusstsein, er ahmte den Vater nach und benahm sich in großen Runden wie er. Wie Basam liebte er es, den Frauenhelden zu spielen. Bei Festen begeisterte Basam Verwandte und Nachbarn mit seinen Erzählungen über jene Zeit, als er noch das Büro des Vizepräsidenten leitete. Mittlerweile hatte der Vizepräsident nach Frankreich fliehen müssen und dort Asyl erhalten. Ihm wurde unterstellt, in den Achtzigerjahren deutsche und französische Bestechungsgelder angenommen zu haben, um diesen Ländern zu gestatten, Atommüll in der Wüste bei Palmyra zu vergraben. Das Büro wurde daraufhin aufgelöst, Basam und alle Mitarbeiter eineinhalb Jahre in Untersuchungshaft genommen. Auch seine attraktive Sekretärin, mittlerweile Basams zweite Frau, wurde festgenommen. Jeder Mensch, der dem Vizepräsidenten jemals die Hand gegeben hatte, wurde über sein Verhältnis zu ihm befragt. Seitdem hatte sich das Leben für Tareks Familie grundlegend verändert, sie mussten sich von ihrem Wohlstand verabschieden und lernten, mit den neuen Umständen umzugehen. Basam versuchte mehrmals, sich selbständig zu machen, aber er scheiterte jedes Mal.

Tarek dreht sich um und nimmt Salma in die Arme. »Jetzt muss ich aufbrechen«, flüstert er an ihrem Ohr. Salma protestiert: »Warum willst du jetzt schon gehen, du musst dich doch erst um 12 Uhr bei deiner Aufnahmestelle melden!«

»Ich muss mich mit Adnan und Nauras treffen, bevor ich einrücke, das habe ich ihnen versprochen«, grinst Tarek. Er ist schon seit seiner Kindheit ein begnadeter Lügner, aber bei Salma hat ihm diese Begabung noch nie genützt, sie durchschaut ihn jedes Mal. Salma grinst zweifelnd zurück. »Du willst doch diese Alawitin treffen. Dir ist es wichtiger, mit ihr Zeit zu verbringen als mit deiner Mutter«, klagt sie wie ein kleines Kind. »Sanaa heißt sie, Mama«, und das Lächeln verschwindet aus seinem Gesicht. Tarek hat keine Lust, schon wieder über dieses Thema zu diskutieren. Ihm ist bewusst, dass diese Beziehung bei seiner sunnitischen Familie unerwünscht ist. Die religiösen Gegensätze sind so groß, dass es für einen Moslem akzeptabler ist, eine Christin zu heiraten als eine Alawitin, obwohl Alawiten und Sunniten islamischen Konfessionen angehören. Sein Onkel Nisar, der in Frankreich Chemie studiert hat, hat dort eine katholische Französin geheiratet. Das wurde in der Familie mit weit weniger Aufregung zur Kenntnis genommen als Tareks Beziehung mit Sanaa. Diese religiösen Grenzen haben für Tarek kein Gewicht. Er lächelt seine Mutter wieder an. In dieser Stunde des Abschieds soll kein Unfrieden aufkommen. »Ich lasse diese schönen Augen nicht traurig werden, trinken wir noch einen Mokka zusammen.« Mit diesen Worten geht er bereits Richtung Küche. Er holt sein Mobiltelefon aus der Tasche und schreibt Sanaa, dass er sich ein bisschen verspäten wird.

In der Küche füllt er die Kupferkanne für den Kaffee mit frischem Wasser und stellt sie auf den Gasherd. Er öffnet das Glas mit dem Kaffeepulver und atmet den Geruch des Mokkas, der mit Kardamom gemischt ist, tief ein. Tarek liebt diesen zurückhaltenden Duft des Kardamoms, der sich seiner Macht bei voller Entfaltung bewusst ist. Plötzlich klingelt es. Salma öffnet die Türe, es ist Sausan, Tareks Schwester. Sie betritt die Wohnung keuchend mit ihrem neunmonatigen Baby im Arm. Sie gibt es Salma weiter, stürzt in die Küche, auf Tarek zu und umarmt ihn fest: »Gott sei Dank habe ich dich noch erwischt!« Tarek freut sich, das tut ihm gut an diesem Tag. Die beiden hatten immer eine enge Beziehung. Sausan nennt Tarek »meinen Geheimnisbrunnen«. Er hatte sie, als sie noch ein Teenager war, oft vor den Händen des Vaters und des ebenfalls gewalttätigen Bruders Salman bewahrt. Tarek wusste alles von Sausans ersten Erfahrungen mit jungen Männern und reagierte gelassen darauf, was keineswegs üblich war. Tareks Haltung unterschied sich radikal von der seines jüngeren Bruders, der Sausan immer geschlagen hatte, wenn er sie unterwegs mit jungen Männern sah.

Salman hatte die Schule mit fünfzehn Jahren abgebrochen, den Beruf des Schneiders erlernt und führte mittlerweile einen eigenen Betrieb. Basam hatte Salmans Brutalität stets befürwortet und Tarek oft verspottet: »Salman schützt unsere Ehre, und du, du lernst von deinen ehrlosen Unifreunden, wie man Hörner aufsetzt.« Tarek würde erst später darauf reagieren können, als er erfuhr, dass sein Vater bei seinen Halbschwestern ganz andere Regeln anwendete. Sie dürfen sehr westlich und modern erzogen werden, denn ihre Mutter findet, dass sie ihre eigenen Erfahrungen machen sollen. Basam hingegen schwor nach jeder, oft auch gewalttätigen Auseinandersetzung mit Sausan, sie dem Ersten, der um ihre Hand anhielt, zur Frau zu geben. Und das tat er dann auch: Er akzeptierte den Heiratsantrag eines Metzgers und mutete Sausan diese Zwangsehe zu.

Inzwischen ist der Mokka fertig und Tarek kommt mit einem Tablett, auf dem alles hergerichtet ist, ins Wohnzimmer. »Hier ist der beste Mokka für die schönste junge Mutter auf der Welt!« Mit diesen Worten reicht Tarek seiner Schwester eine Kaffeetasse. Sausan lächelt zurück, aber langsam füllen sich ihre Augen mit Tränen. »Habibti, warum weinst du, es sind nur ein Jahr und neun Monate, und dann kehre ich zurück und ich werde euch sicher immer wieder besuchen können«, versucht er sie zu trösten. Doch Sausan weint nicht, weil ihr Bruder zum Militär eingezogen wird, sondern weil ihr Mann, der Metzger, wieder begonnen hat, sie zu schlagen. Salma versucht das Thema zu wechseln. Sie weiß ganz genau, dass Tarek darauf explosiv reagieren und es wiederum zu einer Auseinandersetzung mit seinem Schwager kommen wird. Zu ihrem Glück klingelt es in diesem Augenblick an der Haustür. »Vielleicht ist es dein Bruder Salman«, hofft Salma und geht zur Tür. »Was sagst du zu den Ereignissen im Land? Ist es eine gute Idee, jetzt zum Militär zu gehen?«, fragt Sausan ihren Bruder.

»Ich habe keinen anderen Plan, auch wenn es noch nie eine gute Idee war, zum Militär zu gehen. Ich bin sehr verwirrt«, seufzt Tarek.

»Mit Sanaa habe ich gestern telefoniert, sie weiß nicht so recht, wie sie mit der Situation umgehen soll«, will Sausan das Gespräch in eine andere Richtung lenken, stoppt aber abrupt, um kein Salz in die Wunden ihres Bruders zu streuen. »Was in den letzten Monaten passiert ist, war so surreal und hat alle unsere Pläne über den Haufen geworfen«, greift Tarek das Thema auf.

Da betritt Salma mit der Putzfrau Om-Fatima wieder den Raum. Als Tarek sie ansieht, zuckt er zusammen. Er hat vor dieser Frau seit seiner Kindheit Angst, und auch wenn er jetzt ein einundzwanzigjähriger, erwachsener Mann ist, schreckt er noch immer vor ihren finsteren Blicken zurück. Om-Fatima ist mittlerweile eine alte Frau, eine Beduinin aus der Wüste, die seit Jahrzehnten in dem teuren Barzeh-Viertel putzt, in dem Tareks Familie wohnt. Sie reinigt das Stiegenhaus und auf Anfrage die Wohnungen. Aber nicht nur das, sie liest auch aus Händen und Kaffeetassen und löst schwarzmagische Flüche und Schadenzauber auf. Ihr Aussehen ist seit Jahren immer dasselbe. Sie trägt eine schwarze, lange Abaya. Ihre Stirn schmückt eine Kette mit bunten Steinen. Ihre Augen sind nachtschwarz umrandet, und sie hat auf der Stirn eine Tätowierung, vier blaue Punkte und ein roter, die ein verkehrtes Kreuz bilden. Unter der Unterlippe schmückt sie ein mysteriöses Tattoo. Tarek glaubt allerdings nicht an ihre übersinnlichen Fähigkeiten, er empfindet nur große Abneigung ihr gegenüber, denn sie hat ihm als Kind sehr wehgetan. Damals, als Tarek neun Jahre alt war, hatte Salma Om-Fatima gebeten, zu überprüfen, ob Tarek von einem Djinn besessen war, da er zeitweise kaum zu bändigen war und oft mit dem Fußball in der Wohnung randalierte. Die alte Frau saß damals auf der Couch und Tarek musste vor ihr auf dem Boden niederknien. Sie drückte fest auf seinen rechten Zeigefinger und murmelte dabei etwas in einer unverständlichen Sprache. Der Druck wurde immer stärker, sodass Tarek zu weinen und zu schreien begann. Als er den Druck nicht mehr aushalten konnte, biss er in ihre Hand, rannte in sein Schlafzimmer und versteckte sich unter dem Bett. Das Problem löste sich allerdings von selbst, als seine Eltern draufkamen, dass ihm sein Onkel Nisar stets Gläser mit Schokoladencreme mitbrachte, wenn er mit seiner französischen Frau aus Paris zu Besuch kam. Tarek aß die Creme nicht auf Brot, sondern löffelte die Herrlichkeit heimlich in seinem Zimmer. Im Kasten fanden sich einige leergegessene Gläser, und als Tarek daraufhin seinen Zuckerkonsum radikal einschränken musste, legte sich auch seine Hyperaktivität.

Om-Fatima geht auf Tarek zu und legt ihre Hand auf seine Schulter. »Ich habe gehört, du rückst heute ein. Möge dir Gott den richtigen Weg voller Wohltäter offenbaren«, wünscht sie ihm. Tarek spürt ihre Hand schwer auf seiner Schulter, als hätte sie hundert Kilo, und so neigt er seinen Körper ein wenig. Er will nicht unhöflich sein, aber er will ihre Hand nicht spüren.

Sausan fragt Om-Fatima: »Liest du mir endlich einmal aus der Hand? Ich möchte wissen, wann mein Mann sterben wird!«

»Ich darf niemals den Tod eines Menschen verraten. Ja, ich lese dir aus der Hand, aber erst, wenn Tarek mir erlaubt, auch seine Hände zu lesen«, antwortet sie und schaut ihm dabei in die Augen. Om-Fatima lässt sich nie dafür bezahlen, die Zukunft aus der Hand zu lesen, sie macht es selten und nur, wenn sie Lust dazu hat. Viele Nachbarn schwören auf ihre hellseherischen Fähigkeiten. Tarek ließ sich aber nie davon beeindrucken, obwohl sie ihm ihre Dienste schon einmal angeboten hatte. Er hält das Ganze für Schwachsinn. Sausan versucht ihren Bruder zu überzeugen, und der verdreht die Augen, streckt den Arm aus und sagt: »Ich muss in zehn Minuten den Bus erwischen! Sei also kurz und prägnant!«

Om-Fatimas Augen glänzen und werden ganz schmal. Sie setzt sich im Schneidersitz vor Tarek auf den Boden und nimmt seine Hände. Es ist wie damals, nur mit vertauschten Sitzpositionen. Sie wirft einen Blick auf seine Handflächen und atmet tief ein. Tarek spürt sofort Om-Fatimas ungeheure Energie. Er kann nicht zuordnen, ob sie positiv oder negativ ist, auf jeden Fall aber ist sie ihm zu stark. Er setzt sich auf, macht sich breit und zieht die Augenbrauen zusammen. Er möchte mit dieser Energie nicht in Kontakt kommen. Salma und Sausan setzen sich zu ihm und richten ihre Blicke fest auf Om-Fatima. Alle schweigen. Salma schaltet den Fernsehapparat aus. Nach einer Minute bricht Tarek das Schweigen. »Und? Kannst du mir jetzt sagen, wann ich Präsident werde?« Om-Fatima schaut ihm kurz in die Augen und blickt wieder in seine Hände. Dann beginnt sie eindrücklich zu sprechen. »Vor dir liegt ein langer und mühevoller Weg, der dir ein unbekanntes Territorium in deiner Seele offenbaren wird. Jedoch musst du ihn zu Ende gehen und viel Schmerz durchleben. Ich könnte dir sagen, rück nicht ein, geh nicht zum Militär, aber den einfachen Weg im Leben zu nehmen, führt niemanden zu sich selbst. Nur wenn du Leid und Anstrengung in Kauf nimmst, kannst du dir selbst begegnen.«

Om-Fatima schaut mit ernster Miene zwischen Tareks Augen und seinen Händen hin und her. Tarek kann ihre Worte nicht einordnen, aber er hört weiter wortlos zu. »Ich sehe auch, dass du dir deine Finger an der Liebe schwer verbrennen wirst. Aber scheue auch davor nicht zurück. Wer von der Liebe besiegt wird, hat gewonnen. Merke dir diese Worte gut und behalte sie wie Ohrringe in deinen Ohren: Die

Liebe ist wie ein Kamin. Um das Feuer am Brennen zu halten, muss man klug mit ihm umgehen können. Man darf nicht zu wenig Holz hineinwerfen, sodass es erlischt, und auch nicht alles Holz auf einmal, sodass man es in der Nähe nicht mehr aushält.« Om-Fatimas Ton ändert sich, sie spricht nicht mehr voll Überschwang und theatralisch, sondern bedächtig und wohlwollend. Tarek zieht seine Hände aus den ihren und meint spöttisch: »Danke für die Prophezeiung, Frau Wahrsagerin! Schau nicht so viele Hollywood-Filme!« Er hätte ihr gerne noch gesagt: Welche Zukunftsaussichten, die man vorher überhaupt wissen will, haben wir in diesem Land, in dem wir wie Schafe leben, aber er hält sich zurück. So steht er auf, umarmt seine Mutter und seine Schwester lange, küsst dann das Baby auf die Stirn, nimmt seinen Rucksack und geht, denn Sanaa wartet auf ihn im Park. Er will noch möglichst viel Zeit mit ihr verbringen.

Ihr Plan für eine gemeinsame Zukunft ist zunächst gescheitert, sie müssen sich einen neuen Plan ausdenken, und die Hürden, die sie schon überwunden haben, waren nur eine Kostprobe dessen, was ihnen bevorsteht.

Damaskus, Juni 2010

Um acht Uhr wäre Tareks erste Vorlesung auf der Uni gewesen. Um Punkt acht Uhr öffnet er die Augen. Er hat schon wieder verschlafen. Kaffeearoma erfüllt den Raum und strömt in seine Nase. Seine Mutter hat wie jeden Tag den Mokka mit Kardamom nach ihrer Geheimmethode gekocht. Der Geruch hat auf ihn eine magische Wirkung, er ist blitzschnell hellwach und gleichzeitig von einer tiefen Ruhe erfüllt. Er hört Gesprächsgeräusche vom Balkon her. Die Nachbarinnen trinken den Mokka heute bei seiner Mutter. Sie wechseln sich jeden Tag bei ihrem festen Ritual ab, morgens gemeinsam Kaffee zu trinken, über die Nachbarinnen der anderen Wohnblocks zu lästern und neueste Informationen auszutauschen. Langsam steht er auf, ohne sich zu beeilen. Seit einiger Zeit lässt er die erste Vorlesung gerne ausfallen. Er hat die Begeisterung für das Studium der arabischen Literatur mittlerweile verloren, obwohl er als Jugendlicher große Liebe und Leidenschaft für die arabische Sprache und ihre Schrift empfunden hatte. Doch Arabischlehrer will Tarek nicht werden. Dafür hasst er die Schule zu sehr. Und er hat langsam begriffen, dass er vom Gedichteschreiben nicht einmal einen Hund ernähren kann. Früher schrieb er viele Gedichte über Liebe, Sehnsucht und Ekstase an eine fiktive Frau, häufig in der Mathematikstunde. Leider erwischte ihn der Lehrer ab und zu und es gab Schläge mit einer Holzstange auf die Hände für seine Unaufmerksamkeit. Nicht nur vom Lehrer wurde er ertappt, auch von seinem Vater. Einmal, vor dem Freitagsgebet, suchte sein Vater nach einer Nagelschere. Dabei öffnete Basam eine der Schubladen und fand die zusammengefalteten Zettel mit den Gedichten.

Basam las den ersten Text, in dem er sich darüber lustig machte, dass der verstorbene Vater des Präsidenten stets als ewiger Führer bezeichnet wurde. Basam stürzte in Tareks Zimmer und gab ihm wortlos eine solche Ohrfeige, dass Tarek minutenlang ein Klingen im Ohr hörte. Sein Vater zerriss den Zettel mit dem Text, drehte sich zu Tareks Bücherregal und riss einige Bücher heraus, die ihm Onkel Nisar geschenkt hatte.

»Dieser Blödsinn verdirbt deinen Kopf! Oder willst du dasselbe Schicksal wie Onkel Nisar erleiden?«, brüllte Basam, als er mit den Büchern das Zimmer verließ.

Nisar war vor drei Jahren verhaftet worden, und Basams Nerven waren deswegen auf das Allerhöchste angespannt. Denn als sein Bruder sich 2002 nach Abschluss seines Chemiestudiums mit seiner französischen Frau in Damaskus niedergelassen hatte, hatte er sich öffentlich zu Menschenrechten und journalistischer Freiheit geäußert. Er war daraufhin in einer Nacht-und-Nebel-Aktion verhaftet worden und seither fehlte jede Nachricht von ihm und seinem Schicksal.

Basam verbrannte die Bücher und Tareks Texte. Seit diesem Abend schrieb Tarek nur mehr wenige Gedichte, jedenfalls nichts Politisches mehr, und Romane will er schon gar nicht verfassen. Er hält Schriftsteller für einsame Einzelgänger, die kein Sozialleben haben. Außerdem lesen Araber nicht viel, und wenn, dann meistens Werke von ausländischen Autoren. Die syrischen Autoren und ihre Werke verschwinden in den Kellern der Geheimdienste. In Baramkeh gibt es einen Buchbasar, das ist der beliebteste Ort in Damaskus, um Bücher zu kaufen. Die Händler dort verkaufen haufenweise ins Arabische übersetzte Trivialromane. Onkel Nisar ist Tareks

Vorbild. Er stellte sich oft vor, was der Onkel im Gefängnis gerade machte.

Salma sitzt schon seit einer Stunde mit Wisal, Maisaa und Fardous, ihren Nachbarinnen, auf dem Balkon mit Ausblick auf die Stadt. Sie trinken ihren Mokka, und im Hintergrund singt Fairuz mit ihrer sanften Stimme. Das ist die morgendliche Göttin des Gesanges, eine libanesische Sängerin, deren Lieder jeden Tag von sechs bis neun Uhr in der Früh an jeder Ecke von Damaskus gespielt werden.

»Wieso bist du noch da?«, fragt Salma ihren Sohn. »Vielleicht solltest du dir irgendwann doch einen Wecker anschaffen, sonst schließt du dein Studium erst mit Krücken ab«, sagt sie, und die Nachbarinnen kichern. Von der Erfindung des Weckers hält Tarek nicht viel. Er behauptet immer, dass der Wecker ihn dumm mache und ihm den ganzen Tag eine Blockade im Kopf bescheren würde. Er wache lieber von selbst auf. Es mache ihn produktiver.

Eigentlich ist Tarek mit seinen Gedanken ganz woanders. Er verspätet sich absichtlich, um im Bus Sanaa zu sehen, eine Studentin, die an derselben Universität studiert wie er. Sie ist bereits im dritten Semester und für sie beginnen die Vorlesungen erst um neun. Auf der Uni will Tarek sie nicht ansprechen, aber zum Glück wohnt sie in der Nähe und nimmt manchmal den gleichen Bus wie er, um zur Uni zu fahren. Heute will er die Gelegenheit nutzen, um sie endlich einmal anzusprechen.

Er zieht sich mit großer Sorgfalt an und besprüht sich übermäßig mit seinem »Amber«-Parfum.

»Trinkst du jetzt einen Mokka mit uns oder nicht?«, ruft Salma ungeduldig. »Sag etwas oder hat die Katze deine Zunge gefressen?«, fügt sie hinzu. Tarek geht zu ihnen auf den Balkon und küsst seine Mutter auf die Stirn. »Zu deinem Mokka kann ich nicht Nein sagen, das ist der beste Wecker auf der Welt«, antwortet Tarek. Salma kann kaum atmen, die Duftwolke, die Tarek umgibt, ist zu stark. Sie hält sich einen Teil ihres Kopftuches vor den Mund. Auf dem Balkon muss sie Kopftuch tragen, da ist sie in der Öffentlichkeit.

»Es ist immer wieder verwunderlich, wie du dich in diesem Saustall von einem Zimmer so hochzeitsreif herrichten kannst«, stichelt Salma weiter.

»Und was ist der Anlass, dass du dich so fein machst?«, wundert sich Wisal.

»Habe ich sonst schlecht ausgeschaut?«, will Tarek wissen. »Das mache ich nur für mich«, fügt er hinzu.

»Hol dir eine Tasse aus der Küche«, fordert ihn Salma auf. Aber Tarek will keine Zeit verschwenden. Er gießt sich aus der Kupferkanne einen Mokka in Salmas Tasse, trinkt ihn im Stehen in einem Schluck aus und verabschiedet sich.

Als Kind liebte er es, in der Runde von Salmas Nachbarinnen zu sitzen und zuzuhören. Die Frauen erzählten die spannendsten Geschichten, besonders aufregend waren die von Wisal. Sie arbeitete bis zu ihrer Pensionierung als Gerichtsschreiberin und ihre geheime Schatztruhe ist voller Geschichten. Salma ruft ihm nach: »Du bist ein echter Dimashqi, wie dein Vater, euch bringen nur Frauen zum Aufblühen!«

Tarek läuft die Treppen hinunter. Sein Nachbar aus dem vierten Stock, der Apotheker, schließt gerade hinter sich die Wohnungstür ab.

»Gott beglücke deinen Morgen, Nachbar«, begrüßt ihn Tarek im Vorbeigehen.

»Wohin, wohin? Warte kurz, ich wollte dich fragen, wo ihr eure neue Klimaanlage gekauft habt. Ich habe von meiner Frau gehört, dass sie gut ist. Es ist mittlerweile Juni, wir haben mittags schon 35 Grad, wie wird das erst im August werden?

Unsere alte funktioniert nicht mehr gut«, will der Apotheker wissen.

»Die Europäer würden ›Klimawandel‹ sagen«, erwidert Tarek.

»Die Europäer haben andere Probleme. Sag mir, was eure Anlage gekostet hat. Sie scheint teuer zu sein, denn der äußere Teil ist sehr leise«, sagt der Apotheker neugierig.

»Mein lieber Nachbar, ich schicke dir die Nummer des Installateurs, und er wird dir weiterhelfen. Die Preise ändern sich ständig«, meint Tarek im Weitergehen.

»Warte kurz! Ich fahre bei deiner Uni vorbei, du kannst mitfahren!«, bietet ihm der Nachbar an.

»Ich gehe heute nicht zur Uni, ich muss meinem Bruder im Geschäft helfen. Salam aleikum«, lügt Tarek.

Tareks Bruder Salman hat eine Schneiderei für Damenbekleidung. In Wirklichkeit hat Tarek seinem Bruder noch nie ausgeholfen. Ihr Verhältnis ist nicht besonders gut.

»Für deine Gedichte bekommst du nur dann Geld, wenn du sie als Einwickelpapier für Falafelröllchen verwendest«, spottet Salman, wenn bei Familientreffen über Tareks Zukunftsperspektiven gesprochen wird.

»Was stört dich daran? Es ist doch gut so, du machst Kleider für Frauen, die sich für ihre Männer hübsch machen wollen, und ich schreibe Lieder für Frauen, die ihre Männer vermissen. Außerdem es ist eine super Werbekampagne, wenn meine Schriften als Einwickelpapier genutzt werden. Ich erreiche die Menschen zu einer besonderen Zeit, dann haben sie etwas für den Magen und die Seele gleichzeitig«, kontert Tarek. In Wahrheit jedoch jobbt er auf einer Baustelle bei einem Elektriker.

Tarek tritt auf die Straße. Es ist ein herrlicher Tag, wolkenloser Himmel, die Sonne steht noch nicht im Zenit, es ist angenehm warm. Die Vögel zwitschern so enthusiastisch, dass man die einzelnen Stimmen nicht unterscheiden kann. Der Geruch des Frühlings liegt noch stark in der Luft. Die Dimashqis wohnen in Barzeh, einem reichen Stadtteil am Rand von Damaskus mit vielen kleinen Gärten zwischen den Wohnblocks, in dem viele Beamte und hochrangige Offiziere leben. Die Damaszener haben eine große Vorliebe für Blumen und alle Grünpflanzen. Auch wenn man die Stimmen der Vögel nicht unterscheiden kann, so kann man unter den vielen Blumengerüchen doch einen herausriechen: So unterschiedlich die Bewohner das kleine Grün vor ihrer Haustür auch gestalten, alle sind sich darin einig, Jasmin zu pflanzen. Die Vielfalt an Religionen und Konfessionen in dieser Nachbarschaft ist auch eines der Merkmale dieses Viertels. Nach dem Vorbild der Altstadt wurde hier eine Kirche neben einer Moschee gebaut. Von Tareks Balkon sieht es so aus, als würden sich die beiden Türme umarmen.

Tarek schaut auf die Uhr, es ist acht Uhr fünfunddreißig. Die Busse in Damaskus haben keinen Fahrplan. Aber er hat beobachtet, dass Sanaa um diese Zeit zur Universität fährt. So läuft er zur Hauptstraße hinunter und hat nur einen Gedanken im Kopf, den er ständig wiederholt: »Sprich sie, verdammt noch einmal, endlich an! Hast du nicht gesehen, was ihre Augen dir sagen?« Er klopft sich mit der Faust an die Schläfe. Plötzlich zuckt er zusammen: Hinter ihm macht ein Auto eine Vollbremsung und der Fahrer hupt ununterbrochen. Tareks Puls schießt in die Höhe, er springt auf die Seite und schaut nach hinten. Sein Freund Nauras lacht sich hinter dem Lenkrad kaputt. Erleichtert, wenn auch nicht begeistert, beruhigen sich Tareks Gesichtszüge und er nähert sich dem Auto seines Freundes.

»Wie ich immer sage, du bist der Sohn des Harams!«, ruft er. So nennt man in Damaskus Menschen, die durch außerehelichen Sex gezeugt wurden. »Aber gut, jetzt habe ich mehr Adrenalin im Blut. Das brauche ich heute.«

»Steig ein, ich fahre bei deiner Uni vorbei«, fordert ihn Nauras auf. Sein Kindheitsfreund studiert Wirtschaftswissenschaft an einer Privatuniversität außerhalb von Damaskus. Nauras stammt aus einer wohlhabenden Familie und hat ein eigenes Auto. Das gehört eigentlich dem Militär, aber sein Vater verfügt über mehrere Dienstautos, über deren Nutzung er frei bestimmen kann. Er ist einer der wenigen Sunniten, die einen hohen militärischen Rang erreicht haben. Die überwiegende Mehrheit der Militär- und Geheimdienstoffiziere sind Alawiten und kommen aus der Küstenregion wie der Präsident selbst. »Nein, ich muss mit dem Bus fahren, denn heute ist der Tag, ich werde Sanaa auf einen Kaffee einladen oder sie jedenfalls ansprechen, ich weiß es noch nicht genau«, lehnt Tarek das Angebot ab.

»Ich verstehe deine Logik nicht. Du sagst, sie läuft den ganzen Tag bei dir auf der Uni herum, und du willst sie unbedingt im Bus ansprechen?«, fragt ihn Nauras mit hochgezogenen Augenbrauen. »Sanaa ist doch eine privilegierte junge Frau. Sie lässt sich von den Chauffeuren ihres Vaters fahren, du wirst sie im Bus nicht erwischen!«

»Auf der Uni kann ich sie nie alleine sprechen, sie ist immer in Gesellschaft ihrer Freundinnen. Und es gibt einige alawitische Kollegen, die gar nicht davon begeistert wären, wenn ich sie anspreche. Du kennst Saker, den Sohn von Oberst Maher Saleh, dem größten Tier beim Geheimdienst. Er läuft ihr auf der Uni immer hinterher«, erklärt Tarek fast verzweifelt.

»Ja, das verstehe ich«, antwortet Nauras, »mit der Präsidentenverwandtschaft würde ich mich auch nicht anlegen.

Sakers Vater ist berüchtigt. Er kann zum Tode Verurteilte vom Galgen befreien und dafür jemand anderen aufhängen lassen. Dann wünsche ich dir viel Glück, mein Freund! Und nicht vergessen, heute Abend spielen wir bei Adnan Karten. Bring deine Shisha mit!« Mit diesen Worten fährt Nauras los.

Tarek geht weiter zur Hauptstraße. Da bemerkt er, dass der Bus langsam vorbeifährt. Er steckt zwei Finger in den Mund und stößt einen schrillen Pfiff aus, um den Busfahrer auf sich aufmerksam zu machen. Der Fahrer bemerkt ihn, gibt ihm ein Zeichen mit der Hand, dass der Bus voll ist und Tarek nur einen halben Sitzplatz haben kann, denn in diesem abgenutzten Minibus kann man nicht aufrecht stehen. Tarek nähert sich und schaut suchend hinein, ob Sanaa drinnen sitzt. Zu seiner Enttäuschung findet er sie nicht. Schnell entscheidet er sich, auf den nächsten Bus zu warten. Er dreht sich um und sucht mit Blicken die Straße ab. Und dann passiert, was heute nicht passieren sollte: ein Auto mit Militärkennzeichen fährt an ihm vorbei. Er kennt dieses Auto nur zu gut. Es ist das von Sanaas Vater, General Tamim Mahmoud. Er blickt kurz hinein und ist enttäuscht: Sanaa sitzt hinten und wird vom Chauffeur ihres Vaters gefahren. Sie halten kurz Augenkontakt. Sie lächelt schüchtern. Ihr Lächeln macht Tarek wahnsinnig. Er kann nicht genau einordnen, was ihn an Sanaa fasziniert … Ihre großen, grünen Augen mit Augenbrauen wie gebogene Schwerter darüber oder ihr magisches Lächeln oder ihre zarte, braune Haut oder ihre langen, dunkelbraunen Haare. Vielleicht ist es auch ihre energiegeladene Ausstrahlung oder einfach alles zusammen.

Aber jetzt ist alles umsonst gewesen, er hat zwei Einladungen, mitzufahren, ausgeschlagen und konnte Sanaa trotzdem nicht ansprechen. Nun muss er auch noch auf den nächsten Bus warten. Er setzt sich auf eine kleine Mauer neben der

Straße und holt die Kopfhörer aus der Tasche. Aber zu seinem Glück hält ein Auto neben ihm, es ist Nauras: »Ich habe gesehen, dass sie im Auto sitzt. Ich habe mir gedacht, ich hole dich ab, bevor du hier wie ein einsamer Hund ewig wartest!«

Damaskus, Juni 2010

Die Hauptstraßen sind um diese Zeit verstopft wie beim Jüngsten Gericht. Nauras manövriert das Auto durch die Nebenstraßen von Damaskus, während er gleichzeitig im Handschuhfach die CDs durchwühlt. »Schau bitte auf die Straße, nicht dass du ein Kind umfährst«, weist ihn Tarek zurecht. Er ist äußerst schlecht gelaunt.

»Jetzt komm schon, lass deinen Frust nicht an mir aus! Außerdem kenne ich die Stadt auswendig wie meinen Namen, ich kann das Auto mit verbundenen Augen durch die Gassen lenken«, behauptet Nauras. Er schiebt eine CD in den Player und spielt ein rhythmisches Lied von Tamer Hosny. Seine Lieder sind derzeit Dauerbrenner. Nauras dreht die Musik ganz laut, grinst wissend und fordert Tarek mit Gesten und Mimik auf, während er laut mitsingt: »Du bist die, die den Burschen in unserer Gasse schlaflose Nächte bereitet.« Bei der nächsten Strophe hebt Tarek die Hände und beginnt, ohne dass sich die ernste Miene in seinem Gesicht ändert, sich mit Nauras zu bewegen und zu singen: »Und du hast aus ihren Herzen ein papierenes Fußkettchen gemacht …«

Die beiden sind Freunde, seit sie denken können.

Nauras hat schon als Kind Autofahren gelernt. Sein Vater war stolz darauf und freute sich, bei seinen Freunden damit angeben zu können. Er nahm Nauras schon als kleines Kind auf den Schoß und ließ ihn lenken. Mit vierzehn nahm Nauras oft abends heimlich den Dienstwagen seines Vaters, um seine Freunde abzuholen und mit ihnen herumzufahren. Da er damals noch recht klein war, sah man ihn im Vorbeifahren kaum hinter dem Lenkrad sitzen. Er brachte auch Tarek das Fahren bei und ließ ihn immer wieder in der Gasse hin- und herfahren. Die Polizei konnte ihnen nichts anhaben, denn sie würde es nie wagen, ein Auto mit militärischem Kennzeichen anzuhalten.

Nauras möchte Tarek wieder zum Lachen bringen und erinnert ihn an eine ganz besonders lustige Begebenheit, die sie gemeinsam erlebt haben, als sie ungefähr fünfzehn Jahre alt waren. Nauras, Tarek und ihr Freund Adnan begannen damals, auch das Auto von Tareks Vater nachts, wenn dieser schlief, »auszuborgen«. Einmal beschlossen sie, auf den Qasiun zu fahren, jenen legendären Berg, auf dem Kain seinen Bruder Abel erschlagen haben soll. Der Qasiun beschützt gleichsam die Stadt, außerdem ist der Blick von oben auf Damaskus atemberaubend. In einer Augustnacht war es so weit, die Stadt schlief noch nicht, viele Nachtschwärmer waren zum Gipfel unterwegs, um dort eines der zahlreichen Lokale an der Panoramastraße zu besuchen, die bis zum Sonnenaufgang geöffnet sind. Oben trafen sich alle Gesellschaftsschichten, es gab einfache Lokale mit Hockern und Shisha, doch je weiter man fuhr, desto nobler wurden die Restaurants. Ganz am Ende der Straße konnte man in einigen Restaurants das Monatsgehalt eines gewöhnlichen Beamten für ein Abendessen ausgeben. Mit einem Polster auf der Sitzfläche, um die unbeleuchtete Straße etwas besser sehen zu können, lenkte Tarek das Auto mühsam den Berg hinauf. Kurz vor der Panoramastraße kamen sie an der berüchtigten Luststraße vorbei. Das war für die jungen Männer wesentlich aufregender als die Aussicht auf Damaskus. Diese Straße auf der anderen Seite des Berges war dafür bekannt, dass Paare, die verbotenen Sex suchten oder sich auch nur ungestört näherkommen wollten, hier im dunklen Auto heimlich ihre Lust ausleben konnten. Als die drei Freunde an den parkenden Fahrzeugen vorbeifuhren, wurden ihre Hälse länger und länger, und mit offenen Mündern und großen Augen schauten sie nach links und rechts. Der Nervenkitzel war groß, doch eigentlich konnten sie nicht viel sehen, denn die meisten Scheiben waren angelaufen oder verdunkelt. Am Ende der Autoschlange jedoch parkte ein Fahrzeug mit offen stehendem Fenster, der Fahrer rauchte entspannt eine Zigarette, neben ihm war aber niemand zu sehen. »Der arme Kerl fährt alleine hinauf«, bemitleidete Adnan ihn. »Du bist der Arme, mein Freund, der hat es am allerbesten«, lachte Tarek ihn aus. Es dauerte nicht lange, bis sie die gut beleuchtete Aussichtsstraße erreichten.

Sie wollten die Nacht als erwachsene Männer verbringen, aber bei den teuren Lokalen spielten ihre Geldtaschen nicht mit und bei den günstigen fanden sie keinen Parkplatz, die Straße war noch immer voll. Schließlich entdeckten sie ein Lokal, vor dem Parkplätze frei waren. »Wir werden nur ein Cola bestellen, das wird schon nicht zu teuer sein«, meinte Nauras. Beim Hineingehen fiel ihnen die rote Beleuchtung in dem ziemlich leeren Lokal auf. Ein junger Mann sah sie abschätzig an: »Herzlich willkommen, beste Männer!«

»Wir wollen nur die Aussicht genießen und etwas trinken, wir können nicht lange bleiben«, erklärte Tarek.

»Jaja, immer mit der Ruhe. Setzt euch hin, Gott hat die Welt in sechs Tagen erschaffen. Ich kümmere mich um euch!« Er führte sie zu einer der Sitznischen, die voneinander durch Bambusmatten getrennt waren. Im Hintergrund lief rhythmische Musik aus der Küstenregion. Adnan setzte sich nicht hin, er ging dem Klatschen nach, das aus der letzten Nische kam. Dort saßen drei schon etwas alkoholisierte Männer, klatschten im Takt und schauten einer Bauchtänzerin zu, die auf dem

Tisch tanzte. Adnan erschrak und ging zu den anderen zurück. Bevor er ihnen noch von seiner Beobachtung erzählen konnte, kam der junge Mann mit einem großen Tablett voller Mezze zurück: Gurkenscheiben, Karottenstücke, Schälchen mit Nüssen, Kartoffelchips und Oliven.

»Sagt einmal, Männer, habt ihr Lust auf spirituelle Getränke, damit ihr gute Laune bekommt?«, fragte der Kellner. Tarek war irritiert: »Spirituell?«, fragte er rätselnd. »Sündhafte Getränke«, flüsterte Nauras ihm ins Ohr. Sie schauten einander fragend an. »Nein!«, antworteten sie dann unsicher, aber wie aus einem Mund.

Der Kellner zuckte mit den Schultern, meinte: »Wie ihr wollt, dann schicke ich euch eine Unterhalterin« und ging. »Lasst uns gehen, Leute, ich glaube nicht, dass es sich hier um ein normales Restaurant handelt«, bat Adnan. Als Tarek zu den Chips griff, gab ihm Nauras unter dem Tisch einen leichten Tritt gegen das Schienbein: »Iss nichts, wir wollen gehen, sonst müssen wir die ganze Platte bezahlen!«, flüsterte er ihm zu. In diesem Moment trat eine junge, freizügig gekleidete Frau in die Nische. »Ach, wie süß, ich habe meinem Kollegen nicht geglaubt, dass der Kindergarten einen Ausflug zu uns macht!«, sagte sie und lachte laut. Die drei schauten zu Boden, nur Tarek riskierte einen Blick auf ihre Brüste. »Was wollt ihr? Ich werde nicht für euch tanzen und keinem von euch näherkommen. Ihr solltet schon längst im Bett sein!«, setzte sie fort.

»Wo sind wir hier und was bist du, Bauchtänzerin oder Prostituierte?«, fragte Adnan wie sein Vater, der Psychotherapeut.

»Ach, mein Süßer, macht das einen Unterschied?«, fragte sie und knabberte dabei an einer Karotte. »Mein Vater hat gesagt, man darf Tänzerinnen nicht diskriminieren. Denn Tanzen ist eine Kunst. Aber Prostitution ist Kapitulation«, erwiderte Adnan und wiederholte dabei Wort für Wort, was er von seinem Vater gehört hatte.

»Ich bin keine Prostituierte, aber glaube mir, Prostitution ist auch eine Kunst, aber eine harte«, sagte die Frau und kicherte so haltlos, als wäre sie auf Drogen. Tarek war genervt und drängte die anderen zum Gehen. Beim Ausgang gab es ein kleines, mit einem riesigen Bild des Staatspräsidenten geschmücktes Zimmer, in dem der Kellner mit einer anderen freizügig gekleideten Frau saß und mit einem älteren Mann hinter einem Schreibtisch Karten spielte.

»Wir wollen gehen, ich denke, wir haben uns geirrt, müssen wir etwas zahlen, wir haben nichts gegessen, nur die Frau eine Karotte?!«, stieß Tarek hervor. Der Kellner schaute den Mann hinter dem Schreibtisch, der anscheinend der Eigentümer des Etablissements war, fragend an. Dieser Mann trug einen auffallend langen, struppigen Bart und eine Militärjacke. Er hörte ungerührt zu, nickte leicht mit dem Kopf und meinte: »Schon, aber das Betreten eines Hamam ist etwas anderes als das Verlassen.« Die drei Jungen waren augenblicklich von seiner rauen, krächzenden Stimme eingeschüchtert. Der Kellner bekräftigte: »Ihr habt es gehört, Männer, ihr müsst zahlen, das hier ist kein Spielplatz«, und tippte hastig etwas in den Taschenrechner ein, während er murmelte: »Tisch, Mezze, Einsatz der Tänzerin.« Dann schrieb er auf einen kleinen Block »3000 Lira« und hielt ihn den jungen Männern hin. Die drei waren geschockt.

Dreitausend Lira waren sehr viel Geld. Tarek bekam von seinem Vater 25 Lira Taschengeld pro Tag. Sie steckten die Köpfe zusammen und unterhielten sich flüsternd. Zusammen hatten sie 550 Lira in ihren Taschen, das teilten sie dem Kellner mit. Der Besitzer schüttelte ungeduldig den Kopf und forderte den Kellner auf, die Polizei anzurufen. Der Kellner hatte sich inzwischen hinter die drei jungen Männer gestellt und damit den Ausgang blockiert. Tarek und seine Freunde wurden blass, sie hatten alle denselben Gedanken: »Wenn die Eltern das erfahren, gibt es großen Ärger.« In Tareks Kopf lief die Vorstellung der Prügel, die er von seinem Vater beziehen würde, wie ein Film ab. Der Kellner fragte sie giftig wie eine Kobra kurz vor dem Zubeißen: »Habt ihr nichts Wertvolles bei euch, womit ihr die Rechnung begleichen könnt oder was ihr zumindest als Pfand dalassen könnt, bis ihr das Geld beschafft habt?« Unsicher schauten die drei einander an, Tarek blickte zu Nauras und machte eine auffordernde Kopfbewegung. Nauras verstand sofort und wehrte mit einem leichten Kopfschütteln ab. In seiner Tasche steckte ein nagelneues Handy, das er erst vor zwei Wochen von seinem Vater für einen guten Schulabschluss bekommen hatte. Es war das erste Smartphone mit Touchscreen und kostete ungefähr 20 000 Lira. Ein solches Handy zu besitzen war in Syrien ein Statussymbol und eine SIM-Card war ein kleines Vermögen wert.

»Was gibt es da in deiner Tasche?«, wollte der Kellner wissen, der die Gesten der beiden natürlich mitbekommen hatte. Tarek redete leise auf Nauras ein: »Wir haben keine andere Wahl!« Widerwillig griff dieser in seine Tasche und holte das Handy heraus. Der Kellner und sein Chef waren von dem teuren Gerät völlig überrascht. Dann nahm der Kellner Nauras das Handy aus der Hand, trat einen Schritt zur Seite, machte den Ausgang frei und forderte sie auf zu gehen. »Wir haben bis 5 Uhr früh geöffnet, dann wieder morgen ab 18 Uhr.«

Im Auto saßen sie schweigend. »Scheiße, was machen wir jetzt? Mein neues Handy!«,war Nauras verzweifelt. Tarek antwortete: »Wir müssen jetzt nach Hause fahren und schauen, wie wir die 3000 zusammenbringen. Ich weiß, wo meine Mutter ihr Geld für den Haushalt aufbewahrt, das kann ich heimlich holen. Wie ist es bei euch?«

»Mein Vater hat immer etwas in seinem Geldbeutel, der ist nachts immer in seiner Hose auf dem Garderobenständer«, wusste Nauras. Die beiden drehten sich zu Adnan, der auf der Rückbank saß: »Und du?« Dieser nickte: »Jaja, meine Mutter versteckt auch immer Geld in einer Vase im Gästezimmer!« Nun fuhren sie durch die Luststraße zurück, ohne auch nur einen einzigen Blick auf die parkenden Autos zu werfen. Tarek brachte seine beiden Freunde nach Hause, dann fuhr auch er heim.

Leise ging er die fünf Stockwerke zu ihrer Wohnung hinauf. Es war Punkt drei Uhr, als er die Wohnung betrat. Auf Zehenspitzen schlich er zum Schlafzimmer seiner Eltern und öffnete vorsichtig die Türe einen Spalt breit. Es war stockdunkel, er konnte nichts erkennen. Vorsichtig schlich er zum Schrank, öffnete ihn und griff nach dem Sakko. Plötzlich wurde es taghell. Tarek zuckte zusammen. Sein Vater saß auf einem Hocker neben dem Lichtschalter. »Wo warst du mit meinem Auto, du Hundesohn?« Tarek erstarrte. »Und was willst du in meinem Sakko?«, schrie Basam. Salma war verwirrt aufgewacht, ebenso Salman und Sausan.

Tarek konnte nicht antworten, seine Zähne klapperten. Basam stand zornig auf, packte ihn am Ohr und schleuderte ihn auf das Bett. »Sprichst du jetzt oder ich schlage dich, wo es dir wehtut!« Basam beugte sich zu ihm.

»Wenn ich dir die Wahrheit sage, wirst du mich erst recht schlagen!«, stotterte Tarek mit zitternder Stimme. Basam war ungeduldig und versprach, ihn nicht zu schlagen. Tarek erzählte die Geschichte in drei Sätzen, doch Basam geriet völlig außer sich, ohrfeigte und prügelte seinen Sohn, und als Salma dazwischenging, gab ihm Basam zu guter Letzt noch einen

Tritt. Basam schlug seine Kinder immer häufiger und immer heftiger, seit seine zweite Ehe nach sechs Jahren der Geheimnistuerei endlich bekannt geworden war und er seinen Frust wegen der täglichen Streitereien mit Salma loswerden musste.

»Du Hundesohn, was sollen die Leute über uns sagen? Soll ich nur mehr mit gesenktem Kopf durch die Gassen gehen? Mein Sohn geht mit fünfzehn ins Bordell!« Tarek lag zusammengekrümmt auf dem Bett und ließ alles geschehen, als ginge es ihn nichts an.

Basam rief bei Nauras' Familie an. In dem Moment stand Nauras gerade im Wohnzimmer und zählte das Geld, das er aus der Hose seines Vaters gestohlen hatte. Als das Telefon neben ihm klingelte, wachten seine Eltern auf und die Lichter gingen eins nach dem anderen an. Schnell lief er zur Couch vor dem Fernseher legte sich hin und tat, als ob er schliefe. Asef, Nauras' Vater, griff eilig nach dem Telefon, hörte ein paar Sekunden wortlos zu, schaute zu seinem schlafenden Sohn und seine Augen wurden immer größer. »Okay, sofort«, er legte auf, zog seinen scheinbar schlafenden Sohn heftig hoch und stellte ihn auf die Füße. Nauras stand stramm wie ein Soldat vor seinem Vorgesetzten und schaute Asef in die Augen. »Komm jetzt, wir müssen Basam unten treffen, um diesen Mist zu beseitigen. Wir zwei rechnen später ab.«

Asef hatte seine Uniform angezogen. Er wusste, wenn er als Offizier auftrat, erhielt er den nötigen Respekt. Basam konnte Adnans Eltern nicht erreichen. So beschlossen die beiden Väter, sich mit den Söhnen auf den Weg zu jenem Etablissement zu machen. Im Auto saßen Tarek und Nauras schweigend hinten und warfen sich immer wieder angsterfüllte Blicke zu. Ohne Zweifel hatte der Betreiber des Lokals die Jungen betrogen, denn es war verboten, einen wertvollen Gegenstand ohne schriftlichen Vertrag als Pfand zu behalten.

Als Asef und Basam das kleine Zimmer in dem Etablissement betraten, war es bereits kurz vor fünf Uhr. Es wurde langsam hell und das Trio spielte immer noch Karten und rauchte Shisha. Der Bärtige schaute auf und war im ersten Augenblick begeistert, dass ein hochrangiger Offizier seine Dienste in Anspruch nehmen wollte. Dann bemerkte er dahinter die beiden Burschen und schluckte.

»Herzlich willkommen, mein Herr!«, stieß er hervor und sprang auf. Die Tänzerin und der Kellner liefen schnell aus dem Raum. »Ihr habt uns zu ernst genommen, junge Männer, wir wollten uns mit euch nur einen Scherz erlauben«, versuchte der Bärtige die Situation zu retten.

»Schön, dass du mit Minderjährigen solche Scherze in deinem Bordell machst«, sagte Asef ironisch.

»Es ist kein Bordell!«, stotterte der Bärtige.

»Das ist mir egal. Gib mir zuerst das Handy, denn ich werde mir jetzt auch einen Scherz mit dir erlauben«, forderte Asef und rief einen Freund, der beim Konsumentenschutz arbeitete, an. Schon bald stürmten sechs Beamte das Etablissement. Sie verlangten vom Betreiber die Unterlagen und kontrollierten die Räumlichkeiten. In einer der Nischen erwischten sie einen Mann beim Oralsex mit einer Tänzerin. Da es sich angeblich um ein normales Restaurant handelte, wurde das Lokal für sechs Monate geschlossen und der Betreiber erhielt drei Monate Freiheitsstrafe.

Die drei jungen Männer hatten unter den Folgen ihrer Taten gut zwei Wochen zu leiden, von gestrichenem Taschengeld bis zu Hausarrest. Aber wenn sie diese Geschichte jetzt, nachdem Gras darüber gewachsen war, als Erwachsene erzählen, lachen sie darüber herzlich und laut.

Damaskus, Juni 2010

Tarek lächelt ein wenig, als Nauras ihn an diese alte Geschichte erinnert. Aber er schiebt die Gedanken an diesen Abend wieder weg, er mag keine Erinnerungen an die Schläge, die er als Jugendlicher von seinem Vater erhalten hat. Er fühlt sich jetzt erwachsen und will mit diesem Kapitel abschließen. Schließlich ist er zwanzig Jahre alt und verdient seinen eigenen Lebensunterhalt. Außerdem kann sein Vater für ihn gar nicht mehr sorgen, seit er seinen gutbezahlten Regierungsjob verloren hat. Nach einigen gescheiterten Versuchen, sich selbständig zu machen, arbeitet Basam jetzt für einen bescheidenen Lohn als Buchhalter in einer Fabrik, die Motoröle erzeugt. Damit kann er allerdings nicht einmal die Hälfte des Lebensunterhalts der beiden Haushalte bestreiten. Zur Unterstützung erhält er immer wieder ein paar Scheine von den wohlhabenden Eltern seiner zweiten Frau, damit er den aufwendigen Lebensstil seiner drei Töchter finanzieren kann. Tarek hingegen muss vor seinen reichen Freunden verbergen, dass er immer wieder auf der Baustelle arbeitet. Wenn er hinfährt, zieht er sich, passend zu dem teuren Viertel, in dem er lebt, saubere Kleidung an und nimmt seine Arbeitskleidung im Rucksack mit. Auf dem Heimweg hat er wieder saubere Kleidung an und achtet sehr genau darauf, dass seine Hände und Haare gewaschen sind und ihn keinerlei Spuren der Baustelle verraten.

Seine engsten Freunde aus dem Barzeh-Viertel sind Söhne von Offizieren, wichtigen Beamten oder reichen Händlern. Er bemüht sich, mit ihnen Schritt zu halten, und das gelingt ihm auch meistens, selbst wenn sie fast jeden Abend essen gehen. Oft behauptet er, gerade gegessen zu haben, doch in Wahrheit hat er kein Geld. Er hat sich damit abgefunden, als Einziger kein Auto zu besitzen. So wird er von seinen wohlhabenden Freunden eben jeden Abend abgeholt. Sie schätzen seine Unternehmungslust und seine spannenden Geschichten.

Mittlerweile sind sie bei Tareks Universität angekommen. »Die Shisha nicht vergessen! Heute Abend schauen wir uns bei Adnan eine neue Folge von ›Lost‹ an, ich hole dich ab!« Tarek nickt und küsst Nauras vor dem Aussteigen links und rechts auf die Wangen.

Die Sonne strahlt heiß und kündigt einen glühenden, windstillen Mittag an. Er geht durch die Unterführung zur Universität, wo sich schon viele hundert Studenten aufhalten. Es ist ein riesengroßes Gelände, alle Fakultäten befinden sich an diesem Ort: Medizin, Psychologie, Literatur und noch viele andere sind hier in den verschiedenen Gebäuden untergebracht. Hier befinden sich auch zwei riesige mehrstöckige Gebäude, in denen Studenten aus ganz Syrien wohnen – in einem Gebäude die Männer, im anderen die Frauen. An der Universität Damaskus sind immerhin rund 90 000 Studenten aus dem ganzen Land inskribiert. Obwohl es in Aleppo, Latakia und Homs auch große Universitäten gibt, hat das Studium an der Universität der Hauptstadt doch für viele einen besonderen Glanz.

Als Tarek aus der Unterführung kommt, fällt ihm die Menge auf, die sich am Eingang versammelt hat. Er nähert sich dem Torbogen und erblickt Sakers gigantisches Auto, das jeder auf der Uni kennt. Es ist nicht der einzige Hummer in Damaskus, aber er ist auf jeder Seite mit den riesengroßen Portraits des Präsidenten beklebt. »Du scheinst meine Worte nicht zu verstehen, bist du neu hier?«, brüllt Saker den Torwächter an. Der Sohn des Obersts hat mit seinen 22 Jahren schon eine Halbglatze, sein restlicher Körper ist allerdings so stark behaart, dass sich die Brusthaare aus dem Kragen seines T-Shirts herauskräuseln. Er hat dunkle Augenringe und einen schwammigen Körper, der Alkoholkonsum hat schon in jungen Jahren seine Spuren hinterlassen.

»Ich verstehe Sie, aber ich habe klare Anweisungen vom Rektor, keine Fahrzeuge von Studenten auf das Gelände fahren zu lassen«, erwidert der Torwächter.

»Du hast keine Ahnung, mit wem du sprichst. Wenn du das Tor nicht öffnest, wirst du es dein Leben lang bereuen!« Saker wird sichtlich aggressiver.

»Es tut mir leid, ich kann nicht –«

Während der Torwächter spricht, blickt Saker in die Runde der Schaulustigen, legt hastig den ersten Gang ein und fährt los. Die beiden Torflügel halten dem Druck nicht stand und schwingen auf, Saker fährt zum Parkplatz der Professorinnen und Professoren. Tarek schaut den erstarrten Torwächter mitleidig an. Er würde ihm gerne beistehen, weiß aber nicht, was er sagen soll. Die anderen anscheinend auch nicht, denn alle gehen wortlos an ihm vorbei. Das ist nicht der erste Vorfall dieser Art. Tarek verschwindet mit allen anderen. »Wie schafft es die Ungerechtigkeit, zur Normalität zu werden?«, fragt er sich im Weitergehen.

Syrische Wüste, August 2015

Einer der IS-Kämpfer schleudert die Frau in den Kofferraum des Jeeps. Ihr Rucksack fliegt auf ihren Kopf. Der größere der beiden Männer setzt sich neben den Fahrer des Autos, der andere steigt hinten ein. Der, der sich nach vorne gesetzt hat, spricht in sein Walkie-Talkie: »Fahr los, Bruder, wir warten hier noch kurz, wir müssen einen Kilometer Abstand zwischen den Fahrzeugen halten.« Seine Stimme klingt rau und emotionslos. Der zweite schwarze Jeep, der vor ihrem Fahrzeug steht, fährt sofort los. Er verlässt die asphaltierte Straße und biegt auf einen schmalen Schotterweg ein.

»Abu Khadeifa, der Bus steht noch! Der Busfahrer hat deine Anweisung anscheinend nicht verstanden«, sagt der jüngere Kämpfer, der hinten sitzt, nach einem Blick durch die Heckscheibe. Seine Stimme ist hell und sein Arabisch gebrochen, die gefesselte Frau im Kofferraum hat den Eindruck, dass er kein Syrer ist. Abu Khadeifa schaut zum Bus, schüttelt den Kopf und steigt mit der Kalaschnikow im Anschlag aus dem Auto.

Es ist Mittag, die Sonne steht genau über ihnen und brennt erbarmungslos auf die vegetationslose Steinwüste. Zwischen Deir ez-Zor und Al-Hasaka leben nur giftige Reptilien.

Abu Khadeifa klopft mit der flachen Hand auf die Karosserie des Busses. »Ich habe dir gesagt, fahr los. Verstehst du kein Arabisch! Die Frau gehört uns, vergiss sie!«, schreit er und schaut den Fahrer mit wutverzerrtem Gesicht über den Seitenspiegel an. Der Fahrer blickt starr vor Angst nur geradeaus, genauso wie alle anderen Fahrgäste, die nicht in der Lage zu sein scheinen, den Kopf zu bewegen. Eine lähmende Angst schwebt im ganzen Bus.

Abu Khadeifa blickt dauernd in den Himmel, das ist wie ein Zwang, denn die Angriffe der Kampfjets haben bereits viele von ihnen das Leben gekostet. Daher hält er beständig nach Kampfflugzeugen Ausschau, obwohl er weiß, dass es, wenn er sie sieht, schon zu spät ist, um zu fliehen, die Jets feuern ihre Schüsse auf drei Kilometer Entfernung ab.

Der Busfahrer kann nicht reagieren. Obwohl er diese Strecke seit zehn Jahren fährt und sein Bus seit Beginn des Krieges mehrmals von Bewaffneten aufgehalten worden ist, verlassen ihn diesmal seine Nerven, denn es ist das erste Mal, dass sie eine Passagierin gefangennehmen. Seine Hände zittern und sein Gesicht ist aschfahl. Die flehenden Schreie der entführten Frau, die er noch immer im Ohr hat, zerreißen sein Inneres. Abu Khadeifa senkt den Blick wieder in den Seitenspiegel, schüttelt den Kopf, lädt durch und schießt eine Salve in die Luft. Die Passagiere im Bus reagieren alle gleichzeitig, sie ducken sich und machen sich so klein wie möglich. Der Fahrer zuckt zusammen, legt den ersten Gang ein und fährt los.

»Bruder, der Abstand ist schon groß genug, fahrt ihr los?«, meldet sich das Walkie-Talkie des ersten Jeeps.

»Ja, Bruder, wir sind hinter euch, Allah ist der Beschützer«, sagt Abu Khadeifa, steigt ins Auto und gibt dem Lenker durch eine Handbewegung zu verstehen, er solle losfahren.

Die Schotterstraße ist in schlechtem Zustand, voller Schlaglöcher und Steine. Nach einer halben Stunde ist der Frau im Kofferraum schwindlig und übel. Sie fühlt sich seekrank und unter dem schwarzen Stoffsack, der ihr über den Kopf gezogen wurde, ist es mittlerweile heiß wie in der Hölle.

Sie löst sich langsam aus ihrer Erstarrung und versucht, sich von ihren Fesseln zu befreien. Sie zieht den schwarzen Stoff in ihre Mundhöhle, um ein Loch hineinzubeißen, damit sie mehr Luft bekommt.

»Tschetschene, schau nach, was da hinten los ist, die Geräusche nerven mich.« Abu Khadeifa spricht zu dem Kämpfer auf dem Rücksitz. Der Tschetschene löst den Knoten um den schwarzen Sack und zieht ihn der Frau vom Kopf. Beim Versuch, den ersten tiefen Atemzug zu nehmen, erbricht sie. Sie beginnt heftig zu weinen, wagt es aber nicht, zu schreien, da ihr das Gesicht von Abu Khadeifas Ohrfeige noch immer heftig schmerzt. »Ich werde das Auto sicher nicht putzen. Entweder machst du das oder irgendein Gefangener«, erklärt der Fahrer mit angewidertem Gesicht dem Tschetschenen.

Die Frau merkt, dass das Auto inzwischen wieder auf einer asphaltierten Straße fährt. Sie ist nach wie vor gefesselt, aber der schwarze Sack ist weg. Auch hört sie Geräusche von Menschen und anderen Autos. Sie scheinen nach einer endlosen Stunde Fahrt in ein bewohntes Gebiet gekommen zu sein. Sie sind in Arraqa, wie sie später erfahren wird. Endlich hält das Auto an. Die Männer steigen aus, der Tschetschene und Abu Khadeifa öffnen den Kofferraum und ziehen die Frau und ihren Rucksack heraus. Ihre Angst wächst wieder und ihr Herz beginnt noch heftiger zu klopfen, als sie die bewaffneten Männer sieht, die IS-Flaggen auf den Gebäuden, die von Mauern aus Sandsäcken umgeben sind, und die verschleierten Frauen. »Was habt ihr heute mitgebracht, Brüder?«, fragt einer der Wächter am IS-Gerichtsgebäude, das früher das Magistrat war. Abu Khadeifa meint selbstbewusst: »Etwas, das ausländische Kämpfer nicht bekommen: eine Alawitin, Bruder!«, sagt er, während er die Frau nach vorne drängt.

Nicht nur Abu Khadeifa, sondern die meisten syrischen IS-Anhänger spüren ihre Unterlegenheit den ausländischen Mitkämpfern gegenüber immer stärker. Diese brüsten sich damit, ihr luxuriöses Leben in Europa aufgegeben zu haben, um das islamische Kalifat wieder ins Leben zu rufen und die unterdrückten Syrer und Iraker von ihrem Leid zu befreien. Dieses Argument verschafft ihnen Führungspositionen und das Recht auf alles, was sie begehren. Abu Khadeifa, der vor dem Krieg als Bäcker in Arraqa gearbeitet hat, musste seine fünfzehnjährige Schwester mit lächelndem Gesicht einem Pakistani aus Irland zur zweiten Ehefrau geben, obwohl dieser bereits mit seiner schwangeren Frau und seinem Kind eingereist war. Abu Khadeifa redete sich ein, dass diese Heirat einem höheren Zweck diente, aber der Schmerz scheuerte an seinem Herzen wie ein Seil, das ständig über eine scharfe Kante gezogen wird. Er wusste, dass seine Schwester wie die Dienerin der ersten Frau gehalten wurde und gelegentlich, wenn es günstig war, dem Mann auch für seine sexuellen Vergnügungen zur Verfügung stehen musste. Daher hatte er Angst, dass es ihn irgendwann einmal zerreißen könnte und er dann als Verräter der Sache des IS dastehen würde und eine harte Strafe verbüßen müsste. Wenn Abu Khadeifa mit seinen Vertrauten darüber spricht, heißt es: »Leg dich nicht mit ihm an. Der Ire hat durch seine Kontakte mit dem Ausland viel Einfluss. Schließlich hat er dem IS sehr viel Unterstützung zukommen lassen.«

Die Frau traut ihren Augen nicht. Während sie in das riesige Gerichtsgebäude geführt wird, sieht sie auf dem Zaun, der mit spitzen Stangen den ganzen Bereich umgibt, drei Köpfe aufgespießt.

Es ist nur einige Tage her, dass diese Männer vor einer Menschenmenge aus Männern, Frauen und Kindern als angebliche Regime-Spione enthauptet wurden. Es war nicht das erste Mal, dass in der Mitte des geräumigen Kreisverkehrs solche Aktionen stattfanden, nicht nur Spione, sondern auch Homosexuelle und andere missliebige Personen werden hier öffentlich hingerichtet. Die Kameras liefen und das Video der Enthauptung wurde weltweit in den Nachrichten ausgestrahlt.

Langsam löst sich ihre Erstarrung und sie beginnt wieder zu weinen. »Was mache ich hier? Wo bin ich? Ich mache alles, was du willst! Aber lass mich bitte wieder gehen!«, fleht sie Abu Khadeifa an. Da schlägt er sie wieder ins Gesicht. In ihrem Ohr beginnt es zu rauschen. Wortlos führt er sie in das Gebäude und die Stiegen hinunter in das Untergeschoss. Sie betreten einen Raum, der wie ein Büro eingerichtet ist. Drinnen sitzen zwei Männer, die etwas gepflegter aussehen. Sie tragen Zivilkleidung und scheinen keine Kämpfer zu sein, aber direkt über ihnen hängen neben einer großen IS-Flagge zwei Kalaschnikows an der Wand.

»So, bitteschön, hier eine fette Beute. Eine Alawitin«, mit diesen Worten stößt Abu Khadeifa die Frau vor dem Schreibtisch auf den Boden und legt mit überlegener Geste ihren Ausweis vor die Männer hin. »Dokumentiere das und schreib meinen Namen dazu, ich möchte, dass mein Einsatz entsprechend gewürdigt wird und in der Berichterstattung auch vorkommt.« Der IS hat zu dieser Zeit mehrere Medienkanäle, unter anderem einen Fernsehkanal, in dem entsprechende Kampagnen gesendet werden.

Der Mann hinter dem Schreibtisch nimmt den Ausweis in die Hand und studiert ihn genau. »Wie – Alawitin, sie trägt Kopftuch, und hier steht, dass sie in Damaskus geboren ist und Nadia heißt«, wendet er ungläubig ein. »Eine ihrer Mitreisenden hat sie verraten, sie soll Sanaa heißen«, erklärt Abu Khadeifa.

»Die Frau im Bus muss den Verstand verloren haben. Ich bin Nadia, eine Sunnitin! Ich war auf dem Weg zu meinem Mann, der in Erbil arbeitet«, versucht Sanaa mit zitternder Stimme die Situation zu retten, aber der Mann hinter dem Tisch wirft ihr einen bitterbösen Blick zu. »Halt den Mund, die Stimme einer Frau ist wie ihre Haut, sie darf vor fremden Männern nicht sprechen«, weist er sie zurecht. Dann wendet er sich an den anderen, der sichtlich sein Untergebener ist:

»Abu Faruk, nimm sie und ihren Rucksack mit in den Frauentrakt und lass die Schwester ihre Identität überprüfen.«

Damaskus, Juni 2010

In Tareks Vorlesung geht es heute um den berühmten Kalligraphen Abu Ali Muhammad ibn Ali ibn Muqla, oder einfach gesagt Ibn Muqla, der die arabische Schriftkunst grundlegend verändert hat, als er die Grundlagen für die Kalligraphie erstellte. Er ist sozusagen der Pate der arabischen Schrift. Sein Leben ist ein Symbol für die Unterdrückung von Innovationen im Namen der Religion. Im Jahr 928 erhielt er einen Ministerposten in einem abasischen Kalifat in Bagdad. Er reformierte die arabische Schrift, die er durch das Hinzufügen von Buchstaben, zum Beispiel p, g und v, moderner und internationaler gestalten wollte. Man unterstellte ihm jedoch, durch diese Ergänzungen den Koran zu verändern. Daraufhin wurde er als Minister abgesetzt und nach Shiraz in Persien verbannt. Er arbeitete dort aber weiter an seinem Vorhaben, was den Kalifen veranlasste, ihn verhaften und seine rechte Hand abhacken zu lassen. Auch das hielt Ibn Muqla aber nicht davon ab, an seinen Ideen weiterzuarbeiten und in Shiraz eine Schule zu gründen, um seine Künste zu verbreiten. Der Kalif ließ ihn erneut verhaften und ihm zur Strafe die Zunge abschneiden. Im Gefängnis starb er schließlich. Heute findet man in der persischen Schrift, die der arabischen weitgehend gleicht, diese drei Buchstaben.

Diese Geschichte interessiert Tarek, er liebt die arabische Schrift und ihre Kalligraphie. Später, in der Bibliothek, sucht er einige weiterführende Skripten heraus und blättert sie durch. In diesem Moment nimmt er einen schwachen Parfumduft wahr, der seinen Körper durchströmt und ihn förmlich elektrisiert. Er hebt den Kopf, denkt sekundenschnell an Sanaa, und zu seiner Überraschung steht sie tatsächlich ihm gegenüber bei einem Regal und sucht ein Buch. Sein Puls schießt in die Höhe und er spürt, wie ihm das Herz im Hals schlägt. Sanaa stellt sich gerade auf die Zehenspitzen und möchte ein Buch aus der obersten Reihe nehmen. Tarek hat das erste Mal Gelegenheit, ihre Figur etwas genauer zu bewundern. Sie trägt enge, schwarze Jeans und eine weiße, kurzärmelige Bluse. Ihre Kleidung sitzt wie angegossen, als wäre sie von einem Schneider extra für sie gemacht worden. Tarek kann den Blick nicht abwenden, so vernarrt ist er in sie. Er ballt die Hand zur Faust und entschließt sich, sie jetzt anzusprechen. Er nimmt sich vor, sie zu fragen, ob sie ihm für seine nächste Prüfung Tipps geben kann. Er steht auf, macht einen Schritt auf sie zu, dann zögert er wieder und dreht sich weg, nimmt ein Buch in die Hand. Sanaa steht noch vor dem Regal, blättert, während sie Tarek aus den Augenwinkeln beobachtet. Tarek reißt sich zusammen und macht einen Schritt auf Sanaa zu. »Guten Morgen!«, lächelt er breit. Sie erwidert den Gruß und lächelt freundlich zurück. Tarek ist von diesem Lächeln verzaubert, für ihn bleibt in diesem Moment die Erde stehen.

Er hat vergessen, was er sagen wollte, und stammelt: »Ich weiß, wir wohnen im selben Viertel, ich wollte mich einmal vorstellen. Mein Name ist Tarek.« Er ist erleichtert, diesen Schritt gemacht zu haben, und schaut sie mit großen verliebten Augen an. Beide schweigen kurz. »Ich habe vergessen, was ich sagen wollte«, gibt Tarek dann lächelnd zu.

»Ja, ich bin auch vergesslich, das passiert mir oft. Aber wenn es dir wieder einfällt, kannst du mich anrufen«, erwidert Sanaa und öffnet ihm damit eindeutig eine Tür. Wenn Tarek sein Herz sprechen ließe, würde er sagen: »Du bist die schönste Frau, die jemals auf dieser Welt gelebt hat. Ich bin so sehr in dich verliebt, und wenn es keinen Gott gäbe, würde ich dich anbeten«, aber das sagt man nicht. Tarek zieht sein Handy aus der Tasche und reicht es ihr. Sie tippt blitzschnell ihre Nummer ein und gibt es ihm zurück. Dabei streifen ihre Finger scheinbar unabsichtlich seine Hand, während sie sich in die Augen blicken. Tarek ist wie elektrisiert, er kann es kaum glauben, er hat Sanaa berührt.

»So, jetzt muss ich gehen. Meine Freundinnen warten draußen«, lächelt sie ihm zu, dreht sich um und geht. Tarek bleibt unbeweglich stehen und schaut ihr nach. Er blickt auf sein Handy und speichert die Nummer unter »Traumfrau«.

Dann läuft er schnell hinaus zu der Bank vor dem Fakultätsgebäude für Literatur, bei der er sich immer mit seinen Freunden trifft. In dem großen Garten gibt es mehrere Bänke, eine davon ist »ihre«, und ohne sich etwas auszumachen, finden sie sich immer dort. Tareks Freunde teilen seine kritische Haltung gegenüber dem Regime, und wenn sie unbeobachtet sind, drehen sich ihre Gespräche immer um Politik. Als er die Bank erreicht, sitzen dort schon Mohanad und Hibba, mit denen er seit Studienbeginn befreundet ist. Mohanad ist ein zuvorkommender blonder Syrer mit blauen Augen, der wie ein Skandinavier aussieht, dessen Familie aber schon seit Generationen in Damaskus lebt. Aber wer sich mit der Geschichte der Stadt auskennt, wundert sich nicht über das unterschiedliche Aussehen ihrer Menschen. Wenn Mohanad mit seinem breiten Damaszener Dialekt spricht, wirkt es wie ein synchronisierter Film, weil sein Aussehen nicht zu seiner Sprache passt. Hibba kommt aus Hama und lebt seit drei Jahren mit ihrem Bruder in einer der wilden Siedlungen am Rand von Damaskus, in denen ohne Planung drauflosgebaut wird und wo jeder sich selbst darum kümmern muss, sein Haus mit Strom und Wasser zu versorgen. Wegen der unzähligen Kabel für Strom und Telefon, die einander völlig willkürlich überschneiden, sieht man den Himmel kaum. Hibba ist wortgewandt und politisch sehr interessiert. Sie ist eine entschiedene Gegnerin der herrschenden Baath-Partei, denn ein Großteil der Familie ihres Vaters wurde 1982 in dem Massaker von Hama ermordet.

Tarek nähert sich der Bank mit Tanzschritten und einem Lied auf den Lippen. »Was ist los? Einen so glücklichen Tarek haben wir noch nie gesehen«, wundert sich Mohanad. »Sie hat mir ihre Nummer gegeben, sie hat mir ihre Nummer gegeben!« Hibba und Mohanad schauen ihn mit großen Augen an. »Sanaa?«, fragt Hibba.

»Ja, und ich habe sogar ihre Hand berührt«, sagt Tarek und tanzt weiter.

»Gratuliere! Aber du bist doch kein Höhlenbewohner, der noch nie eine Frau berührt hat«, wundert sich Mohanad.

»Das war keine Berührung, das war ein göttlicher Augenblick. Ich habe mich noch nie so lebendig gefühlt!«, erklärt Tarek und betont seine Worte mit breiter Gestik.

»Ich freue mich für dich. Aber wie weit, glaubst du, wirst du mit ihr gehen? Du hast sicher nicht vergessen, welcher Konfession sie angehört!«, versucht Hibba, Tarek wieder auf den Boden zurückzuholen. Tarek zuckt die Schultern und antwortet nicht. »Sie ist Alawitin und die Tochter eines Hochrangigen. Wenn du mehr als eine Freundschaft willst, wirst du Unruhe auslösen. Alawiten geben nie einem Sunniten ihre Tochter zur Frau!«, setzt Hibba fort, und ihr Hass auf die Alawiten ist spürbar. »Jetzt zerstör doch nicht die Freude eines Verliebten, er muss sie ja nicht gleich heiraten!«, meint Mohanad. »Außerdem weiß jeder hier auf der Uni, dass der durchgeknallte Saker ständig Sanaas Nähe sucht. Die sind auch Alawiten, und Sanaas Vater wird seine Tochter sicherlich eher dem Sohn eines hohen Geheimdienstlers geben als dir«, wendet Hibba noch ein.

»Da hat Hibba zwar recht, aber jetzt hast du so lange auf diesen Moment gewartet und uns mit deinen Plänen gelöchert. Wir müssen feiern, dass du sie endlich angesprochen hast! Du lädst uns jetzt auf einen *Tesqehe* bei Buz-Al-Gedi ein!«, schlägt Mohanad vor. Das Restaurant Buz-Al-Gedi liegt in der Shaalan-Straße, nicht weit vom Universitätsgelände, und ist berühmt für traditionelle Damaszener Gerichte.

»Nicht nur *Tesqehe*, ich kaufe euch das ganze Restaurant!«, ruft Tarek überschwänglich.

»Und die Vorlesung?«, wendet Hibba ein.

»Komm, lass uns gehen. Professor Smail erzählt in der ersten Stunde ohnehin nur von den Problemen mit seiner Frau. Ich kaufe nachher in der Bibliothek eine Zusammenfassung der Vorlesung«, wischt Tarek Hibbas Einwand euphorisch zur Seite und geht bereits los.

Nur vom Denken an das köstliche Frühstück aus Kichererbsen und gebratenen Fladenbrotstücken in einer Soße aus Joghurt, Sesampaste und Zitronensaft läuft den dreien das Wasser im Mund zusammen. Sie verlassen das Gelände über den Weg des Jasmins, einen kurzen Pfad durch den Garten, an dessen beiden Seiten Jasminsträucher zu einem Tunnel zusammengewachsen sind. Es riecht intensiv nach den weißen Blüten, ein Geruch, der in die Seele eindringt und Tote wieder zum Leben erweckt.

Arraqa, August 2015

Abu Khadeifa folgt Abu Faruk, der Sanaa mitgenommen hat, und sie steigen die Treppen hinauf. Die unteren Ebenen sind den Funktionären, hochrangigen Kämpfern und dem Gericht vorbehalten. In den oberen Stockwerken sind die Gefängnisse. Ganz oben sind die bedeutendsten Gefangenen untergebracht. Alle Gegner des IS wurden davon in Kenntnis gesetzt, damit dieses Gebäude vor Luftangriffen geschützt ist. Am Treppenabsatz zum vierten Stock müssen die Männer zurückbleiben. »Du weißt, dass der vierte Stock den Frauen vorbehalten ist«, sagt ein Wärter, der den Eingang zum Frauenbereich bewacht. Abu Khadeifa ist kurzzeitig irritiert. »Mich beschäftigt etwas, ich bin mir über die Identität dieser Frau nicht sicher«, stottert er. Dann fasst er sich und setzt fort: »Ich muss mit Um Baakr über den Vorfall reden und ihr von meinen Zweifeln berichten. Meine Beobachtungen werden ihr bei der Befragung sicher helfen.« Der Soldat schaut ihn zweifelnd an. »Bleibt hier stehen, ich hole sie«, erklärt er und verschwindet hinter der großen Tür. Der Zutritt zum Frauenbereich ist für alle Kämpfer ausnahmslos verboten. Vor dieser strikten Regelung gab es massive Probleme, weil immer wieder Kämpfer um bestimmte Frauen gestritten haben.

Nach einigen Minuten öffnet sich die Tür und eine Frau in Uniform geht auf Abu Khadeifa zu. »Was willst du mir sagen?«, fragt sie mit ihrer tiefen, fast männlich klingenden Stimme und baut sich vor ihm auf. Abu Khadeifa tritt einen Schritt zurück. So wie alle anderen Kämpfer hat er Scheu vor

Um Baakr. Sie ist ungefähr vierzig, ihr Gesicht ist durch eine Brandnarbe entstellt, eine Augenbraue fehlt, der Mund ist verzogen. Alle haben Respekt vor ihr, nicht wegen ihrer etwas beängstigenden Erscheinung, sondern weil sie als erste Frau im IS eine wichtige Funktion bekam und Alleinherrscherin über das vierte Stockwerk ist.

In diesem Gerichtsgebäude werden alle straffällig gewordenen Frauen und insbesondere die *Sabaya* festgehalten und auf die nächstmögliche Ehe vorbereitet. *Sabaya* sind Frauen anderer Religionen, die im Krieg »erbeutet« wurden. Der IS bestimmt sie als Sklavinnen für die Kämpfer. Besonders gilt das für Jesidinnen und Alawitinnen. Christinnen haben die Möglichkeit, *Algesia* zu zahlen, Tribut, Steuer, um ihren Glauben behalten zu dürfen. Für arme Christinnen beträgt diese *Algesia* einhundert Euro, das ist viel Geld, reiche hingegen werden mit sechshundert Euro besteuert. Christen werden als »Träger des Heiligen Buches« gesehen, daher ist diese Religion anerkannt. Jesiden, Alawiten wie auch Schiiten gelten als Abtrünnige und haben nur die Wahl, sich zum »richtigen« Islam zu bekennen oder getötet zu werden. Die Frauen aber können versklavt werden und dürfen an Kämpfer für ungefähr 1500 Euro – das entspricht dem Preis einer Kalaschnikow – verkauft werden.

»Es ist wegen dieser Frau«, erklärt Abu Khadeifa fast unterwürfig. »Wir haben ihr Gepäck und ihre Papiere an der Sicherheitskontrolle untersucht. Und nichts deutet darauf hin, dass sie Alawitin ist. Aber die Frau, die im Bus neben ihr saß, hat uns nachdrücklich versichert, dass sie an der Grenzstelle von einem Regime-Söldner erkannt und mit dem Namen ›Sanaa‹ angesprochen wurde. Sie hat den Söldner gebeten, mit ihr kurz den Bus zu verlassen, und ist nach einigen Minuten wieder eingestiegen. Das schien der Frau neben ihr verdächtig und sie hat versucht, auf dem Handy mitzulesen. Dabei hat sie festgestellt, dass diese Sanaa Alawitin ist.«

Um Baakr nickt und stellt fest: »Das ist meine Arbeit. Ich weiß schon, wie ich das mache.« Sie dreht sich um, gibt Abu Faruk den Befehl, mit Sanaa in das letzte Zimmer am Flur zu gehen und danach sofort wieder auf seinen Posten im Erdgeschoss zurückzukehren, und verschwindet wieder hinter der Tür, durch die sie gekommen war.

Arraqa, August 2015

Ich werde durch einen langen Flur mit vielen Türen geführt. Manche sind geschlossen, einige sind offen, in diesen Zellen sitzen Frauen mit angstvollem Gesichtsausdruck, manche sind gefesselt. Uns kommt eine Frau in Uniform entgegen, die zwei aneinandergefesselte Frauen hinter sich herzieht. Beide tragen ein weißes Gewand, das ihren Körper fast vollständig bedeckt, und bewegen sich, ohne eine Miene zu verziehen, wie seelenlose Roboter. Ich blicke in ihre Gesichter und ihre Augen sind leer. »Für wen sind diese Frauen, Schwester?«, fragt Abu Faruk neugierig.

»Es sind abtrünnige Jesidinnen für zwei unserer heldenhaften Brüder an der südlichen Front.« Abu Faruks Augen beginnen bei diesen Worten lüstern zu glänzen.

Meinen Körper durchzuckt es wie ein Blitz, als ich höre, was für ein Schicksal vermutlich auch mich erwartet. Abu Faruk öffnet wie angewiesen die letzte der Türen, schiebt mich in die Zelle und fordert mich auf, mich auf den Boden neben eine kauernde Frau zu setzen. Sie hat ihren Kopf auf die Knie gelegt und blickt nicht auf. Er stößt mich zu Boden und hockt sich vor mich hin. Er starrt mich an und blickt immer wieder zwischen meinen Augen und meinem Mund hin und her. Er rutscht immer näher an mich heran. »So eine Schönheit hat unser Gebäude noch nie vorher betreten. Wenn du wirklich eine Alawitin bist, wirst du sicher schnell gekauft werden. Leider habe ich für dich kein Geld mehr, ich habe mein ganzes Geld für eine bei weitem hässlichere Frau ausgegeben«, flüstert er und kommt immer näher. Ich spüre schon seinen heißen Atem, und es ekelt mich vor dem Geruch nach Rauch. Ich versuche, meinen Kopf gegen die Wand zu drücken, um möglichst weit von Abu Faruk weg zu sein. Die Frau neben mir bricht in Tränen aus. »Das Militär wird bald kommen. Sie werden uns sicher befreien!«, stößt sie unter Schluchzen hervor, ohne ihren Kopf zu heben. Abu Faruk schlägt sie auf den Kopf, um sie zum Schweigen zu bringen: »Hör auf, du jesidisches Miststück!«

Da öffnet sich die Tür und Um Baakr stürzt herein: »Warum sitzt du so nah bei ihr! Abu Faruk, steh auf und verschwinde!«

Abu Faruk erhebt sich enttäuscht und geht mit langsamen Schritten hinaus. Um Baakr blickt zu uns beiden. Da bemerkt sie Blut auf dem blauen Kleid der Jesidin. »Bist du verletzt oder hast du deine Periode?« Die Frau antwortet nicht. Um Baakr ruft laut nach einer Soldatin. »Marua!« Dann wendet sie sich wieder an die Jesidin: »Du solltest dich auf diese Ehe einlassen! Wenn du so weitermachst, wirst du nicht überleben. Du solltest deinem Ehemann gehorchen.«

Marua steht in der Tür. »Was befehlen Sie?«, fragt sie. An ihrem Dialekt erkenne ich, dass sie aus dem Maghreb kommt, vielleicht ist sie eine jener Tunesierinnen, die sich dem IS angeschlossen haben, weil sie dem Aufruf eines ägyptischen Scheichs gefolgt sind, sich als Sexualpartnerinnen zur Verfügung zu stellen, um den Kämpfern Entspannung während der harten Kämpfe zu bringen und Nachkommen für das Kalifat zu gebären.

»Marua, nimm sie mit und schau nach, warum sie blutet«, befiehlt Um Baakr.

Marua zerrt die Frau grob in die Höhe und stößt sie aus dem Raum. Um Baakr wirft mir einen schneidenden Blick zu und richtet ihre ganze Aufmerksamkeit auf mich. Sie zieht meinen

Ausweis aus der Tasche, die sie vorher von Abu Faruk bekommen hatte.

»Antworte mir schnell auf meine Fragen, ohne lang nachzudenken. Wie heißt du, mit vollem Namen«, fordert Um Baakr mich auf.

»Nadia Mohamed Thabet,« antworte ich, ohne zu zögern.

»Wann bist du geboren?«

»Am 9.4.1990.«

»Wo wurde dein Ausweis ausgestellt?«

» Sarouja, Damaskus Stadt.«

»Wann wurde er ausgestellt?«

Da zögere ich: »Ich kann mich nicht erinnern.«

»Gut«, sagt Um Baakr, »es wäre verdächtig, wenn du das auswendig wüsstest.«

Ich vermeide während dieser Befragung jeden Augenkontakt und schaue zu Boden. Nach einigen Augenblicken des Schweigens verlangt Um Baakr von mir, mich nackt auszuziehen. Sie untersucht meine Kleidung und auch meinen Körper ganz genau. Wonach sie sucht, sagt sie nicht. Anschließend untersucht sie meinen Rucksack akribisch, während ich mich wieder anziehe. In einer Außentasche findet sie mein Handy und steckt es sofort in ihre Hosentasche. »Das schaue ich mir später an.« Dann kramt sie weiter. »Und was ist das?«, fragt Um Baakr und zieht einen Plastikbeutel voller Medikamentenschachteln heraus und schüttelt ihn. »Das sind meine Medikamente«, sage ich mit leiser Stimme. »Was hast du?«, will Um Baakr wissen und zieht eine Augenbraue in die Höhe. Ich zeige mich irritiert und zögere mit der Antwort.

Um Baakr schaut mich noch immer abwartend an. »Ich habe diese Medikamente nur zur Vorsorge mit«, antworte ich mit zitternder, unsicherer Stimme. Um Baakr sieht sich die einzelnen Schachteln genauer an. »Glaubst du, ich bin dumm?

Das sind keine normalen Schmerzmittel, das sind Spritzen und Hormonpräparate.« Ich gebe mich wieder irritiert und schweige. Um Baakr wird ärgerlich, packt mich am Kopftuch und drückt mich gegen die Wand. Ihr wütendes Gesicht kommt ganz nah und sie schreit in mein Ohr: »Du bist hier nicht von einer kleinen Bande entführt worden. Wir sind ein Staat, wir haben Ärzte und Krankenhäuser. Rück einfach mit der Wahrheit heraus!«

Da beginne ich mit weinerlicher Stimme zu erzählen: »Ich habe Gebärmutterkrebs und ich habe gehört, dass im Islamischen Staat Menschen mit unheilbarer Erkrankung gnadenhalber getötet werden.« Ich bin gerade selbst überrascht von meiner Fähigkeit zu schauspielern. Dass ich eine so begabte Lügnerin bin, habe ich bisher nicht gewusst. Die Medikamente sind in Wirklichkeit für die Schwester meiner Freundin Samah bestimmt, die in Erbil lebt. Krebsmedikamente sind in Syrien trotz des jahrelangen Krieges immer noch billiger als im Irak. Sie zu meiner Verteidigung zu verwenden, war nicht geplant. Auch die Idee der Euthanasie ist mir erst jetzt gekommen, um überzeugend zu wirken.

»Was für ein Schwachsinn! Wer hat dir so etwas erzählt? Jeder, dem langweilig ist, erzählt irgendwelche Märchen über den IS.« Um Baakr ist verärgert. Wir schweigen beide. Ich setze mich auf das kleine Bett, das als einziger Einrichtungsgegenstand in dem schmalen Zimmer an der Wand steht, und starre auf den Boden. Um Baakr schaut mich nachdenklich an. »Bist du gerade rein, um beten zu können?«, fragt sie. Ich schüttle den Kopf. »Dann komm mit mir auf die Toilette, um den Wudū zu machen.« Als Um Baakr die Türe der Toilette im Nebenraum öffnet, treffen wir dort Marua, die tunesische Soldatin, und die jesidische Frau, die gerade gekrümmt über dem Toilettenloch steht und erbricht.

»Ich kann nicht herausfinden, warum sie blutet, ich glaube nicht, dass es nur ihre Periode ist. Sie spricht nicht mit mir. Sollen wir sie ins Krankenhaus bringen?«, fragt Marua Um Baakr verzweifelt. »Nein. Bring sie ins Erdgeschoss in den Entlassungsraum, ihr irakischer Ehemann soll sie heute wieder abholen«, ordnet sie an. »Er soll sich darum kümmern. Er ist so stur, er hat seine Kalaschnikow verkauft, um den Kaufpreis für sie zusammenzubringen, er wird sich etwas einfallen lassen. Und, Marua, bevor du das machst, bring mir einen Gebetsteppich in das kleine Zimmer«, fügt sie hinzu.

Ich kann gerade kein Mitleid mit dieser Frau empfinden, ich bin ganz im Überlebensmodus und nur auf mich konzentriert. Ich nähere mich dem Waschbecken und beginne unter den scharfen Blicken Um Baakrs mit der rituellen Waschung. Ich wasche Kopf, Arme, Mund, Ohren und Füße dreimal, um beten zu dürfen.

Der Zustand der Toilette steht in krassem Widerspruch zur Idee der Reinigung. Becken und Fußboden sind sehr schmutzig. Ich mache so weit alles richtig, Um Baakr legt keinen Widerspruch ein. Zurück im Zimmer, stelle ich mich gleich auf den Gebetsteppich. »Zähl mir die fünf Säulen des Islam auf«, fordert Um Baakr zu überzeugen.

»Das Glaubensbekenntnis: Es gibt keinen Gott außer Allah und Muhammed ist sein Prophet, das Beten: die fünf Gebete am Tag, das Fasten, Al Zakat: soziale Pflichtabgaben, und die Pilgerfahrt nach Mekka«, antworte ich mit leiser Stimme. Wie alle Prediger des IS glaubt Um Baakr, dass Alawiten keine Moslems sind. Sie halten uns für Abtrünnige, für Alkoholtrinker, sie denken, dass wir Frauen ohne Kopftuch auf die Straße gehen dürfen und uns mit dem Islam nicht auskennen. Aber diese Vorurteile sind gerade von Vorteil, denn sie helfen mir, Um Baakrs zu überzeugen.

»In Ordnung, und was für eine Gebetszeit ist jetzt?«, fragt sie streng.

»Nachmittag, oder?«, antworte ich.

»Dann beginne jetzt«, nickt sie.

»Ist der Gebetsteppich in Richtung Mekka gelegt?«, frage ich sie.

»Bete jetzt«, herrscht mich Um Baakr an.

Ich spreche die Vorbereitungssätze, die ähnlich den Rufen des Muezzins vom Minarett sind, und bete nach sunnitischer Art. Als ich die letzten Worte im Knien ausspreche, breche ich in lautes Weinen aus. »Warum macht ihr das mit mir? Ich will nur zu meinem Mann nach Erbil! Lasst mich weiterreisen. Die Frau im Bus ist sicher dement«, stoße ich unter Schluchzen hervor.

»So einfach wirst du nicht wieder gehen dürfen, hör auf zu weinen, ich habe jetzt keine Zeit für dich«, mit diesen Worten ergreift Um Baakr meinen Rucksack und öffnet genervt die Türe.

»Warte kurz, lass mich bitte meine Medikamente nehmen. Kann ich noch ein Glas Wasser haben?«, bitte ich. Um Baakr schaut mich ein paar Sekunden regungslos an, dann nickt sie langsam und verlässt das Zimmer. Ich versuche, das Geschehene zu verarbeiten. Das kann doch nicht real sein? Das muss ein böser Traum sein. Ich denke verzweifelt nach, wie ich meinen Vater und Tarek über diese Ereignisse informieren könnte. Das war die dümmste Idee der Welt, durch das IS-Gebiet zu fahren … Möge Gott Salim Goldhands Hände brechen für diesen Plan! Nach einigen Minuten öffnet sich die Tür, ein Wächter und Marua begleiten Um Baakr, die mir eine kleine Wasserflasche und den Beutel mit den Medikamenten zuwirft.

»Warum sind alle Medikamente neu? Musst du nichts regelmäßig einnehmen?«, fragt sie misstrauisch.

»Doch, aber ich habe meine Handtasche mit den angebrochenen Schachteln im Bus liegen gelassen, als mich die Männer

herausholten«, sage ich und bin wieder verwundert, wie schnell ich meine Lügen erfinde.

»Nimm deine Medikamente ein, du wirst jetzt ins Frauengefängnis gebracht. Du wirst dort in einigen Tagen von einem Arzt untersucht werden. Wenn du lügst, dann werde ich dich das Lügen bereuen lassen«, droht Um Baakr unmissverständlich. Als ich zwei willkürlich ausgesuchte Tabletten hinuntergeschluckt habe, packt mich der Wächter am Arm und zieht mich hinaus auf den Flur.

Beim Haupteingang wartet ein Auto auf uns. Bevor wir das Gebäude verlassen, legt Marua mir Handschellen an und stülpt einen dicht gewebten Stoffsack über meinen Kopf. Dann steigt sie mit mir in das Fahrzeug. Die Fahrt dauert ungefähr fünfzehn Minuten. Die zwei Männer, die uns begleiten, müssen beim Eingang zum Frauengefängnis, das von Kämpfern bewacht, aber von Kämpferinnen verwaltet wird, zurückbleiben. Marua übergibt mich an zwei Frauen, die mir den Sack vom Kopf ziehen. Sie nehmen mir das Kopftuch, meinen Gürtel und meine Schuhbänder weg und ohne weiter mit mir zu sprechen, führen sie mich in eine Einzelzelle im Erdgeschoss, die winzig klein ist und auf deren Boden nur zwei Decken liegen. »Du bekommst erst morgen zu essen«, sagt eine der Wächterinnen und wirft krachend die Metalltüre zu. In der Zimmerdecke ist eine schmale Öffnung, durch die als einzige Helligkeit das Licht einer Neonröhre dringt.

Damaskus, Juni 2010

Am Abend sitzt Tarek mit Nauras bei Adnan, sie schauen gemeinsam wie jeden Sonntag die neue Folge ihrer Lieblingsserie an. Adnan wohnt in derselben Gasse wie Tarek. Auch wenn sein Vater als Psychotherapeut nicht so viel verdient, haben sie zwei übereinanderliegende und durch eine Wendeltreppe verbundene Wohnungen in diesem fünfstöckigen Wohnblock ergattert. Adnan bewohnt die untere Wohnung alleine, sie ist ein beliebter Treffpunkt, um Shisha zu rauchen, fernzusehen oder einfach zu chillen. Sein Urgroßvater und sein Großvater waren Viehhändler in Nablus in Palästina. Nach der Vertreibung tauschten sie ihren ganzen Besitz in Gold, und Adnans Vater erbte ein riesiges Vermögen. Obwohl schon sein Vater in Damaskus geboren wurde, fühlt Adnan sich mit Palästina verbunden, und wenn über den Konflikt mit Israel gesprochen wird, erwidert er immer: »Wir werden zurückkehren.«

Ihnen hat sich auch Aiham angeschlossen, der ebenfalls im selben Viertel wohnt und gemeinsam mit Nauras an der Privatuniversität Wirtschaftswissenschaften studiert. Sein Vater ist Leiter der Finanzabteilung im Magistrat von Damaskus.

»Ich habe wirklich Pech, die Shisha mit dir zu teilen, her mit dem Schlauch«, fordert Aiham seinen Freund Tarek auf. Sie haben zwei Shishas, Nauras und Adnan teilen sich eine, Aiham und Tarek die andere. Aiham hat sich Tarek als Partner ausgesucht, weil dieser normalerweise nicht viel raucht, aber heute ist er angespannt und zieht ständig an der Shisha. »Du hast kein einziges Mal auf den Fernseher geschaut, interessiert dich das überhaupt?«, fragt Aiham, als er den Schlauch entgegennimmt.

»Lass ihn, er ist nur physisch da«, grinst Nauras. Tarek hält die ganze Zeit sein Handy in der Hand, schreibt unentwegt SMS, löscht sie wieder und überlegt, ob er Sanaa lieber anrufen soll. Er entscheidet sich, zurückhaltend zu bleiben, obwohl er ihre Stimme zu gerne hören würde, und so schreibt er ihr kurz vor zehn Uhr nur »Gute Nacht«.

Nach einer Minute bekommt er eine Antwort: »Gehst du so früh schlafen wie die Hühner?«

Tarek versteht das als Aufforderung, sie anzurufen.

»Ich telefoniere kurz draußen, ich komme gleich wieder!«, erklärt er und verlässt die Wohnung. Aber an diesem Abend wird er nicht wiederkommen. Sie telefonieren drei Stunden lang miteinander, während Tarek durch die Straßen spaziert. Er hätte nie gedacht, dass er zu Fuß so weit weg von seinem Zuhause gehen würde. Das Gespräch findet kein Ende. Sie reden über alles Mögliche, nur nicht über ihre Gefühle. Plötzlich ertönt eine freundliche Telefonstimme: »Die Verbindung wird in sechzig Sekunden unterbrochen. Ihr Guthaben ist aufgebraucht. Bitte laden Sie Ihre Karte neu auf.«

Telefonieren ist in Syrien sehr teuer – mit dieser Wertkarte wollte er einen Monat lang auskommen –, und Tarek muss sich sein Geld sehr genau einteilen. Sie vereinbaren noch schnell, in der nächsten Zeit über das Festnetz zu telefonieren. Erst als sie das Gespräch beenden, begreift Tarek, wie spät es inzwischen geworden ist und wie weit er gegangen ist. Kurz vor ein Uhr fahren auch keine Busse mehr, und ein Taxi ist nachts sehr teuer. Er kann auch keinen seiner Freunde mehr anrufen. So geht er den ganzen weiten Weg wieder zurück. Er genießt die Stadt, sein geliebtes Damaskus, in der Nacht legt sie ihren Schleier ab und zeigt ihr zärtliches Gesicht.

Am nächsten Tag beginnt Tarek mit dem Umbau der Telefonanlage in der Wohnung. Es gibt drei Apparate, einen in der Küche, einen im Wohnzimmer und einen auf dem Balkon, wo seine Mutter morgens mit den Nachbarinnen Kaffee trinkt. Er besorgt sich ein langes Telefonkabel, legt es möglichst unauffällig hinter den Möbeln vom Balkon bis in sein Zimmer, und in der Nacht, wenn alle schlafen, kann er den Apparat in seinem Zimmer anstecken und ungestört telefonieren, so lange er will. Und so sprechen Tarek und Sanaa bald jede Nacht bis zum Morgengrauen miteinander. Die Telefonanlage hat aber einen Haken: An den anderen beiden Apparaten kann man, wenn man abhebt, alles mithören.

Als Sausan, Tareks Schwester, nach der Geburt ihres Kindes einige Tage bei ihren Eltern wohnt, sieht sie eines Nachts in der Küche am Telefonapparat ein rotes Lämpchen leuchten. Neugierig hebt sie ab und hört Tarek mit einer Frau sprechen. Das Gespräch der beiden Verliebten bringt eine besondere Saite in ihr zum Klingen. Ein wenig beneidet sie die beiden, weil sie so etwas nie erleben durfte und ihr Mann, der ständig nach Blut und Fleisch riecht, nicht einmal weiß, wie man zwei zärtliche Worte in einem Satz zusammenbringt. Und so schleicht sie in diesen Nächten in die Küche und lauscht den beiden Verliebten. In Sanaas Familie hingegen ahnt noch niemand, dass ihr einziges Kind verliebt ist.

Nach vielen Nächten und langen Telefonaten vereinbaren sie ein Treffen am Wochenende außerhalb der Universität. Tarek möchte Sanaa zum Essen einladen. Er will mit ihr nach Al-Rabieh fahren, ein wunderschönes grünes Erholungsgebiet am Fluss Barada, der ganz Damaskus mit Trinkwasser versorgt. An den Hängen der umliegenden Hügel gibt es viele Restaurants. In der Luft hängt stets ein leichter Geruch von Gegrilltem. Es ist nicht billig, aber Tarek wird auf seine

Ersparnisse zurückgreifen, um Sanaa zu beeindrucken. Am Telefon hat er behauptet, dass sein Vater ein Auto besitzt und er es sich jederzeit leihen kann, doch das stimmt schon lange nicht mehr. Er wollte nicht vor der Tochter eines hohen Offiziers, die täglich mit dem Auto zur Uni gebracht wird, als Habenichts dastehen. So bittet er Adnan, ihm sein Auto am Freitag zu leihen, was Adnan gerne für Tarek macht.

So holt Tarek Sanaa am vereinbarten Treffpunkt ab. Das Wetter ist vielversprechend, in der Morgendämmerung gab es einen kurzen Regenschauer, und jetzt riecht es stark nach den Thymianstauden, die schon fast ausgetrocknet waren und jetzt ihren Durst gelöscht haben. Üblicherweise schwebt dieser Duft nur dann in der Luft, wenn es im Oktober nach der langen trockenen Zeit das erste Mal regnet.

Tarek spielt im Auto seine Lieblinglieder und fährt Richtung Al-Rabieh. Jedes Mal, wenn er einen kurzen Seitenblick auf Sanaa wirft und ihr Lächeln sieht, fühlt er sich, als habe er die ganze Welt in der Hand. Er parkt das Auto neben dem Fluss, der jetzt, vor der Hitze des Sommers, noch viel Wasser führt. Die Vögel in den Bäumen am Flussufer zwitschern unaufhörlich. Er führt Sanaa in ein Grillrestaurant direkt am Ufer, wo sie gegrillte Hackfleischspieße mit Tabouleh, Hummus und Baba Ghanoush essen.

Auf dem Rückweg schlägt er vor, über den Qasiun zu fahren, dort bei einem der Stände noch einen Kaffee zu kaufen und ihn an einem schönen Aussichtspunkt zu trinken. So bleibt Tarek bei einem klapprigen, bunt bemalten VW-Bus stehen. Er kennt den alten Kaffeeverkäufer, Abu Said. Tarek kommt oft am Abend mit seinen Freunden her, um Abu Saids legendären Mokka und die atemberaubende Aussicht auf Damaskus zu genießen. Sanaa und Tarek nehmen ihre Kaffeebecher und fahren ein Stück weiter, wo es ruhiger ist.

In die nahe gelegene »Luststraße« will er nicht fahren, Sanaa soll keinen falschen Eindruck von ihm bekommen. Kurz vor dem Ende der Aussichtsstraße bleibt er beim »Denk-an-mich-Felsen« stehen. Dort fällt der Berg so steil ab, dass viele Menschen, die ihren Schmerz nicht mehr ertragen konnten, ihn dort mit einem Sprung beendeten. Jeder Damaszener kann eine Geschichte über einen solchen Menschen erzählen. Ob diese Geschichten der Wahrheit entsprechen oder ausgeschmückt sind, kann niemand sagen. Damaszener lieben es, ihren Erzählungen Gewürze hinzuzufügen, und wenn drei Menschen in Damaskus dieselbe Geschichte erzählen, erkennt man den ursprünglichen Inhalt nicht wieder.

»Kennst du die Legende von Mohamad und Lora?«, fragt Tarek Sanaa, während sie den Ausblick bewundern, als säßen sie auf einem fliegenden Teppich.

»Der Muslim und die Christin?«, antwortet Sanaa mit fragendem Blick. »Ach ja, oft bauen Religionen Mauern statt Brücken zwischen den Menschen.«, bedauert sie.

»Ja, und Konfessionen ebenfalls«, bekräftigt Tarek und spürt, dass er etwas anspricht, das er wahrscheinlich an diesem schönen Tag lieber nicht angeschnitten hätte. Er hätte lieber ein Thema gewählt, das ihm den Weg ebnet, ihr seine Liebe zu gestehen. Nach einigen Augenblicken des Schweigens wendet sich Tarek zu Sanaa und schaut sie mit großen, verliebten Augen an. »Du machst mich ganz verwirrt, ich weiß nicht, wie du das schaffst«, lächelt er.

»Was denn?«, fragt sie zurück und freut sich schon auf seine Antwort.

»Jedes Mal, wenn ich dich sehe, bist du schöner als das vorige Mal.« Tarek ergreift ihre Hand, er blickt auf ihre Hände, er blickt in ihre Augen, dann führt er ihre Hand zum Mund und küsst sie zärtlich. Er legt ihre Hand auf seine Brust und lässt sie das Hämmern seines Herzens spüren. Sanaa wird rot und senkt den Blick. Tarek zieht sie an sich und umarmt sie fest. Er hat sich noch nie im Leben so sicher gefühlt wie in dieser Umarmung. Doch in diesem Augenblick stößt Tarek einen der Kaffeebecher um, der Inhalt ergießt sich über Sanaas Jeans und den Autositz.

»Scheiße, das müssen wir schnell in Ordnung bringen, bevor es am Sitz trocknet und nicht mehr herausgeht. Sonst habe ich mit meinem Vater ein Problem. Wir fahren zu mir, in unserem Keller gibt es einen kleinen Raum für die Putzfrau, dort hat Om-Fatima ihre Putzsachen, es gibt auch eine Toilette und ein Waschbecken, dort können wir deine Hose reinigen.«

Sanaa schmunzelt wissend, nickt und sie fahren los. Auf dem Weg erklärt er ihr seinen Plan. Es würde kein gutes Ende nehmen, wenn sie gemeinsam beim Betreten des Hauses gesehen würden. Daher wird er sie kurz vor seinem Wohnblock aussteigen lassen, dann die drei Türen – ins Haus, zum Keller und in seinen geheimen Raum – aufsperren, Licht einschalten und sich wieder ins Auto setzen. Sanaa soll hineingehen, jede Tür hinter sich ins Schloss fallen lassen und im Geheimraum auf Tarek warten. Tarek beobachtet mit klopfendem Herzen, wie Sanaa an seinem Auto vorbei ins Haus hineingeht. Sie macht alles genau nach Plan.

Während sie wartet, sieht sie sich erstaunt um: Das Zimmer im Keller – das Versteck, wie Tarek und seine Freunde es nennen – hat er mit Adnan, Nauras und Aiham hergerichtet, das Gerümpel von Tareks Familie kam in die Keller der anderen Familien. Jetzt stehen hier zwei Sofas, dazwischen ein kleiner runder Tisch, neben der Tür ist ein doppelter Lichtschalter für das helle Deckenlicht und für eine kleine rote Lampe an der Wand. Unter die rote Lampe hat Tarek ein Bild seines Lieblingsdichters Mahmud Darwisch gehängt. Die Farbe an den Wänden ist schon abgeblättert, aber das fällt niemandem auf. Ganz oben unter der Decke sind Lüftungsklappen angebracht, die man auch ganz öffnen könnte, wenn sie nicht schon seit Jahren verrostet wären. In einer Ecke steht ein Heizstrahler, denn im Winter wird es hier drinnen richtig kalt. Im Sommer ist es immer angenehm kühl. In der anderen Ecke ist auf einem Regal eine provisorische Bar eingerichtet, Flaschen mit Raki und Ouzo, Chivas und Black Label stehen da, aber auch eine kleine Wasserpfeife. Obwohl es in Syrien nicht verboten ist, Alkohol zu trinken, stößt es in der Öffentlichkeit auf Ablehnung. So lassen es sich die vier jungen Männer hier mit Getränken aus der Bar beim Kartenspielen und Musikhören gut gehen. Wichtig ist, das Versteck geheimzuhalten, die Eltern dürfen auf keinen Fall etwas davon erfahren, daher erzählen sie auch ihren anderen Freunden nichts, denn sie fürchten Schnüffler. Nur Tareks jüngerer Bruder Salman hat zufällig davon erfahren und war empört, doch seinen Bruder zu verraten, kam für ihn nicht infrage. Für Tareks Eltern ist Alkohol ein Tabu. Tarek selbst löst sich immer mehr von seiner strengen Erziehung. Als Kind hat er in der Volksschule Preise gewonnen, weil er bei Wettbewerben ganze Koranverse auswendig hersagen konnte, und mit seinem Vater den Islamunterricht sufistischer Prediger besucht. Jetzt geht er nicht einmal mehr zum Freitagsgebet. Er findet die Lebensweise der Sufisten zermürbend. Er möchte nicht in Enthaltsamkeit und Abstinenz leben, um im nächsten Leben dafür belohnt zu werden. Denn er glaubt, beides haben zu können – das jetzige Leben genießen und später ins Paradies kommen. Er ist sehr optimistisch, dass Gott ihm aus irgendeinem Grund seine Sünden verzeihen und ihn ins Paradies aufnehmen wird. Diese Leichtigkeit und dieses zuversichtliche Vertrauen in die Zukunft haben sich bis jetzt in seinem Leben durchaus bewährt.

Tarek schaut sich um, ob ihn jemand beobachtet, und folgt schnell Sanaa. »Das also ist das Versteck, in dem ihr euch immer verschanzt«, sagt sie, als Tarek den Raum betritt. Er nickt lächelnd, und während er die Tür zweimal hinter sich absperrt, bittet er sie, sich hinzusetzen. Leichter Zigarettengeruch steigt auf, aber beide nehmen es nicht wahr. »Jetzt sehe ich erst, dass ich dir hier nichts zu trinken anbieten kann außer alkoholischen Getränken«, stellt Tarek sich dumm und hofft im Geheimen, dass sie mit ihm ein Glas Whisky trinken wird, was sie jedoch ablehnt.

Tareks Herz klopft heftig, aber er will es nicht zeigen, denn er möchte ein starker, lässiger Mann bleiben, der keine Angst kennt. So setzt er sich zu ihr und gesteht: »Ich muss dir ehrlich etwas sagen: Ich habe weder für deine Jeans noch für mein Auto Putzzeug da. Ich wollte dich hier ungestört umarmen, ohne mich um die Blicke der Passanten zu kümmern.«

Sanaa lacht verlegen: »Das habe ich schon gewusst. Du kannst mit mir über alles offen reden, Habibi.«

Tarek traut seinen Ohren nicht: »Hast du mich jetzt Habibi genannt?« Als Sanaa wieder ihr unwiderstehliches Lächeln aufblühen lässt, nimmt er sie in die Arme und drückt sie fest an sich. Er ist von ihrem Duft berauscht, er weiß nicht, ob es ihr Haar, ihre Haut oder ihr Parfum ist oder eine Mischung von allem. Langsam lösen sich ihre Körper ein wenig voneinander, aber nur so viel, dass sie die Atemluft des anderen auf ihrem Gesicht spüren. Sie sehen sich einige Sekunden lang direkt in die Augen. Sanaas grüne Augen wirken auf Tarek wie Fenster zu fernen Galaxien, die ihn unwiderstehlich anziehen. Dann richtet er mit Mühe den Blick auf ihren Mund

und verliert jedes Zeitgefühl. Und ohne zu wissen, wer den Anfang gemacht hat, berühren sich ihre Lippen in einem vorsichtigen Kuss, der immer leidenschaftlicher wird. Ohne es zu wissen, haben sie wahrscheinlich den Rekord des längsten Kusses längst gebrochen, aber trotzdem noch nicht genug voneinander. Es ist Tareks allererster Kuss.

Plötzlich hören sie draußen Geräusche. Es klingt, als würden mehrere Personen die Stufen hinuntergehen und jemand die Tür zu den Kellerräumen öffnen. Tarek und Sanaa erstarren vor Angst. Tarek spitzt die Ohren und versucht zu erkennen, wer da kommt. Es scheinen auch Frauen dabei zu sein. Die Schritte kommen immer näher. Tarek springt auf, schaltet das Licht aus und dreht den Schlüssel ein wenig im Schloss, damit niemand von außen aufsperren kann. Durch die Lüftungsschlitze fällt ein wenig Licht in den Raum, Tarek setzt sich wieder zu Sanaa und versucht sie zu beruhigen. Langsam erkennt er die Stimmen: Es ist die Familie des Apothekers, die in der Wohnung im unteren Stock lebt. Es geht um die neuen Möbel, die sie gekauft haben. Die alten Möbel wollen sie in den Keller stellen. »Wie lange, glaubst du, werden sie brauchen?«, flüstert Sanaa an Tareks Ohr. »Keine Ahnung, aber wir müssen hierbleiben, bis sie fertig sind!«

»Ich habe meinen Eltern versprochen, um fünf wieder zu Hause zu sein!«

»Du kannst ihnen sagen, dass du dich ein bisschen verspäten wirst!« Als Sanaa ihren Eltern eine SMS schreiben möchte, sieht sie zu ihrem Schrecken, dass im Keller kein Empfang ist. Sie denkt nur an ihren paranoiden Vater, der das ganze Militär in Bewegung setzen wird, wenn Sanaa nicht zur vereinbarten Zeit nach Hause kommt und auch am Handy nicht erreichbar ist. Tarek möchte ruhig wirken und seine Ruhe auf sie übertragen. So nimmt er sie wieder in die Arme und lässt sich mit ihr auf das Sofa sinken. Sie legt ihren Kopf auf seine Brust und fühlt sich sicher. Tarek denkt, selbst wenn er alles geplant hätte, wäre es nicht so gut gelungen. Obwohl draußen die Geräusche der Nachbarn lauter werden, genießen die beiden ihre Nähe, dicht aneinandergepresst wie die Seiten eines geschlossenen Buches.

Der Lärm draußen wird allmählich weniger, und nach einiger Zeit verlassen die Nachbarn den Keller. Tarek und Sanaa warten noch einige Minuten, um sicherzustellen, dass niemand mehr da ist, dann schleichen sie so, wie sie gekommen sind, getrennt aus dem Versteck. Draußen sitzt Tarek schon im Auto und beobachtet, wie Sanaa an ihm vorbeigeht. Es ist fünf Uhr nachmittags, und die Sonne ist schon fast hinter dem Berg Qasiun verschwunden. Eine riesige Schar Möwen kreist schreiend über dem Viertel. Die Menschen, die sich vor der Hitze des Tages in ihren Häusern verschanzt hatten, beginnen wieder, auf die Straße zu gehen. Abu Waleed, der Besitzer des kleinen Minimarkts am Anfang der Gasse, spritzt Wasser auf den Boden und gießt die Blumen, dann holt er zwei Hocker aus dem Laden, für sich selbst und für einen unerwarteten Gast, und zündet seine Shisha an. Am Ende der Gasse spielen die kleinen Kinder Fußball. Jetzt fängt die zweite Hälfte des Tages an, jetzt geht es nicht mehr um Arbeit, sondern um Freizeit und Zusammensein. Tarek lehnt sich zurück und atmet tief aus: Das war der schönste Tag seines Lebens. Sein Blick wandert auf den Beifahrersitz. Erschrocken fällt ihm wieder ein, dass er die Kaffeeflecken entfernen muss, bevor er Adnan das Auto zurückgibt.

Damaskus, August 2010

Sanaa findet den Namen des Verstecks lieblos. So vereinbart sie mit Tarek, diesen Kellerraum ihr »Liebesnest« zu nennen. Es wird für die beiden zu einem festen Ritual, den Samstag gemeinsam dort zu verbringen. Von diesem Geheimnis wissen nur Nauras, Adnan und Sanaas engste Freundin Samah. Tarek hat nach dem ersten Zusammensein mit Sanaa vor seinen Freunden angegeben wie ein Löwe auf seinem Thron.

Bei jedem Zusammensein kommen Sanaa und Tarek einander näher, jedes Mal überschreiten sie eine weitere Grenze. Im Gegensatz zu Tarek hatte Sanaa schon einmal eine Beziehung.

Als sie siebzehn war, verbrachte sie die Sommerferien in dem Dorf in Latakia, aus dem ihre Familie stammt. Dort verliebte sie sich in einen jungen Mann. Aber die Beziehung hielt nicht lange, die beiden waren einfach zu verschieden. Der Junge aus dem Dorf wollte nicht mehr Bauer sein, er wollte zur Militärakademie. Sein größter Traum war es, Offizier zu werden. Das schreckte Sanaa ab, sie wollte keinen Mann, der wie ihr strenger und fanatischer Vater war.

Sanaa wagt es zunächst nicht, Tarek von dem Jungen zu erzählen, weil sie nicht sicher ist, ob er damit umgehen kann. Sie weiß, dass sie einem Mann in dieser Gesellschaft eine frühere Erfahrung mit einem anderen Mann nicht zumuten kann.

Auch wenn sich Sanaa und Tarek immer näherkommen, gibt es eine Grenze, die nicht überschritten werden darf. Die Frau muss als Jungfrau in die Ehe gehen, doch es wird für die beiden Verliebten zunehmend schwerer, sich an diese Regel zu halten. Sanaa verspricht Tarek, ihm beim nächsten Mal seinen aufregendsten erotischen Wunsch zu erfüllen, nämlich ihm in einem schwarzen Negligé, das er selbst aussucht, einen Bauchtanz vorzuführen. Auf diesen Samstag bereitet sich Tarek besonders vor. Er richtet schon am Vorabend Getränke, Nüsse und Sanaas Lieblingsschokolade im »Liebesnest« her. In die Mitte des kleinen Tisches stellt er eine Mini-Shisha mit Trauben-Minze-Tabak gefüllt. Auch das Auto ist schon reserviert. Adnan hat sich mittlerweile darauf eingestellt, dass Tarek es jeden Samstag ausborgt. Er arbeitet seit Kurzem als Versicherungsvertreter, obwohl sein Vater wollte, dass er Psychologie studiert und in seine Fußstapfen tritt. Adnan aber denkt, dass man, wenn man sich den ganzen Tag mit Problemen der menschlichen Psyche beschäftigt, diese Probleme entweder selbst hat oder bekommen wird. Sein Lebensmotto ist der arabische Spruch: »Umgib dich mit den Glücklichen, dann wirst du selbst glücklich sein.« Er steht samstags erst am Nachmittag auf und braucht das Auto nicht vor dem Abend.

Tarek wartet schon eine halbe Stunde vor dem Eingang zu Adnans Wohnblock. Aber Adnan geht nicht zum Telefon. Erst als Tarek den Klingelknopf der Sprechanlage dauerhaft drückt, meldet er sich endlich. »Mann, ich stehe schon seit einem Jahr unten. Wirf mir endlich den Autoschlüssel herunter, Sanaa wartet schon auf der Straße auf mich«, ruft Tarek unwirsch in die Gegensprechanlage. »Ich mach dir die Türe auf, komm rauf und hol ihn dir«, knurrt Adnan mit schläfriger Stimme. Fluchend öffnet Tarek die Türe und läuft die fünf Stockwerke hinauf, so schnell es geht. Er will Sanaa nicht noch länger warten lassen. Ein schlaftrunkener Adnan erwartet ihn bereits in der Türe, Tarek reißt ihm nur die Schlüssel aus der Hand und ruft im Davonlaufen: »Wir sehen uns am Abend.« Adnan schließt schulterzuckend die Wohnungstür und macht es sich wieder auf der Couch bequem. Es ist ihm einfach noch viel zu früh, um aufzustehen.

Sanaa wohnt zwar nur fünf Minuten von Tarek entfernt, aber diese paar Minuten kommen Tarek wie eine Ewigkeit vor. Auf der Straße gibt es einige Schlaglöcher, aber für Tarek existieren sie nicht, er fliegt förmlich darüber. Wie ausgemacht steht Sanaa schon beim Kiosk. Tarek ärgert sich, dass er ausgerechnet heute zu spät kommt. Er wollte doch ein richtiger Gentleman sein. Kaum angekommen, springt er aus dem Wagen, rennt auf die andere Seite und öffnet Sanaa die Türe. »Welcher leichtsinnige Mann lässt so eine Schönheit in der Hitze der Sonne warten«, versucht Tarek charmant zu sein.

Es geht schon gegen elf Uhr und die Sonne strahlt gnadenlos vom Himmel, es gibt kaum Schatten.

Als Tarek wieder ins Auto steigt, spürt er Sanaas Anspannung. »Mein Vater hat das Auto am Vormittag gebraucht, und ich habe lange auf ihn warten müssen«, entschuldigt er sich und versucht mit einem Lächeln ihre Stimmung zu verbessern.

»Ist schon gut. Ich habe gerne auf dich gewartet. Ich wollte nur nicht schwitzen«, lächelt Sanaa zweideutig. Erleichtert greift Tarek nach ihrer Hand und küsst sie. »Mach dir keine Gedanken, du riechst immer gut.« Wie geplant machen sich die beiden auf den Weg zum Souk al-Hamidiya. Dort wollen sie das Negligé kaufen.

Der Souk al-Hamidiya ist ein historischer Basar. Der Boden besteht aus kleinen, quadratischen Basaltsteinen, auf beiden Seiten der Straße reiht sich ein kleiner Laden an den anderen. Das schwarze Metalldach ist stark gewölbt und hat viele kleine Löcher, die früher von allen möglichen Besatzern bei Feierlichkeiten aus Freude geschossen wurden. Wenn

Tarek als kleines Kind mit seiner Mutter in den Souk einkaufen ging, schaute er immer fasziniert zu diesen Löchern hinauf und dachte, er könnte jene Sterne des Nachmittags sehen, mit denen sein Vater ihm immer drohte, wenn er seine Hausaufgaben nicht gemacht hatte: »Ich schwöre, wenn du deine Hausaufgaben bis morgen nicht ordentlich gemacht hast, zeige ich dir die Sterne des Nachmittags!«

Sie gehen unter dem Bogen des Jupitertempels durch und betreten den Souk von der Rückseite bei der Umayyaden-Moschee. Von dort aus erreicht man am einfachsten, ohne Blicke auf sich zu ziehen, den Teil des Basars, wo Frauenunterwäsche verkauft wird. Zufällig liegt dort in der Nähe auch Tareks Lieblingseisgeschäft. Daran kann er aber im Moment nicht denken. Dass Sanaa gleich Wäsche nach seinem Geschmack mit ihm kaufen wird, macht ihn atemlos. Er malt sich die kommenden Stunden aus und spürt, wie er immer aufgeregter wird.

Angekommen in der in Damaskus scherzhaft »Gasse der roten Nacht« genannten Zeile, sind die Waren der ersten drei Geschäfte eine reine Enttäuschung. Sie sind rot und entsetzlich kitschig und entsprechen einfach nicht Tareks Geschmack. »Wenn dein Schatz ein Bulle ist, zieh rot für ihn an«, raunt Sanaa in Tareks Ohr und zieht ihn weiter. Zum ersten Mal an diesem Tag muss sie kichern: »Ich glaube, das sind Kleidungsstücke für Anfängerinnen. Gehen wir weiter, ich kenne einen guten Laden da hinten.«

Heute sind so viele Menschen da wie am Tag des Jüngsten Gerichts. Zielstrebig bahnen die beiden sich ihren Weg durch die Gassen, bis sie links vor sich das Geschäft entdecken. Stilvolle schwarze Wäsche mit Ledereinsätzen, Satinbändern und zarter Spitze, soweit das Auge reicht.

Tarek muss schlucken. Nicht nur seine sichtbare Vorfreude, allein die Tatsache, dass ein Mann ein solches Geschäft betritt, ist ungewöhnlich. Beim Eintreten werden sie von drei Verkäuferinnen begrüßt. Am liebsten würde Tarek wieder verschwinden. Die Blicke der Frauen machen es nicht einfacher für ihn. Mit einem skeptischen Blick auf Tarek fragt eine der drei Sanaa, was sie denn suche. »Danke, wir schauen nur. Ich bereite mich für meine Hochzeit vor«, stottert sie, um den misstrauischen Blicken zu entgehen. Verwundert über diese Notlüge blickt Tarek Sanaa an, diese zieht ihn rasch in den hinteren Teil des Geschäfts.

Tarek entdeckt ein schwarzes kurzes Kleid, das ihm sofort ins Auge sticht. Der durchsichtige und fließende Satinstoff wird umrahmt von zarter Spitze, das Kleid wird nur von hauchdünnen Trägern gehalten. Er gibt Sanaa mit einem Augenzwinkern und einer kleinen Geste zu verstehen: »Das ist es!« Sanaa nimmt das Kleid in ihrer Größe und sie gehen zur Kasse. Tarek bezahlt, ohne an die Zukunft zu denken. Bevor sie den Souk verlassen, entscheiden sie sich doch, in Tareks Lieblingseisgeschäft zu gehen. Sie holen zwei Becher zerstoßenes *Booza,* mit zerkleinerten Pistazien überzogenes Eis, und genießen es auf der Fahrt zum »Liebesnest«. Sanaa hält beide Becher und gibt abwechselnd Tarek einen Löffel Eis, dann isst sie wieder selbst davon. Tarek dreht die Lautstärke hoch und spielt sein Lieblingslied: »Die Liebe ist kein Gefühl, wie viele denken. Die Liebe ist ein geheimes Territorium unserer Seele, das ich mit dir entdeckt habe.«

Damaskus, August 2010

Tarek parkt in der Nebengasse. Er geht voraus, öffnet alle Türen. »Geht!«, schreibt er Sanaa eine kurze SMS und steigt selber in den ersten Stock. Nach einer Minute kommt Sanaa nach, geht die Stufen in ihr »Liebesnest« hinunter und schließt gleich jede Tür hinter sich. Tarek wartet wie ausgemacht fünf Minuten, bis Sanaa sich umgezogen hat. Aber diese paar Minuten kommen ihm wie eine Ewigkeit vor. Sein Herz schlägt auf Hochtouren. Er kann seine Lust, Sanaa in dem schwarzen Negligé zu sehen, kaum zügeln. Plötzlich hört er, wie in einem der oberen Stockwerke eine Tür zugeschlagen wird und jemand die Stufen herunterkommt. Tarek versucht zu sehen, wer da kommt, und noch bevor er sich ein Fluchtmanöver ausdenken kann, steht Salma, seine Mutter, vor ihm. »Ach, Habibi, Gott hat dich mir geschickt! Ich koche *Shakriehe* und brauche einen Eimer Joghurt. Ich habe den Topf bereits auf dem Feuer, hol es mir schnell!« Begeistert drückt Salma ihrem Sohn einen Kuss auf die Wange.

Tarek sieht seine Mutter wie erstarrt an. Er würde gerne Nein sagen, aber er liebt sie über alles und außerdem ist er so erzogen, dass man Mütter nie zurückweisen darf. Im Islam heißt es: »Das Paradies liegt unter den Füßen der Mütter.« Tarek nimmt die hundert Lira von Salma und läuft wie vom Tiger verfolgt zum nächsten Minimarkt. Sie ist über sein schnelles Handeln erstaunt, dreht sich achselzuckend um und geht wieder hinauf zu ihrer Wohnung.

Im »Liebesnest« hat Sanaa sich inzwischen umgezogen. Sie hat in dem Einkaufssack zu ihrer Überraschung auch noch einen schwarzen Slip gefunden, den sie ebenfalls anzieht. Dann versucht sie ein paar Bauchtanzbewegungen, die sie in einigen ägyptischen Filmen gesehen und dann geübt hat. Sanaa freut sich, dass Tarek ihre Lieblingsschokolade gekauft hat, und schenkt für ihn ein Glas Whisky ein. Bevor sie beginnen kann, sich Gedanken zu machen, warum Tarek so lange braucht, hört sie die Kellertür auf- und zugehen und jemanden kommen. Tarek öffnet die Tür, sieht zunächst niemanden, denn es ist nur die schwache rote Glühbirne eingeschaltet. Als er einen Schritt in den Raum macht, schließt Sanaa die Tür und springt auf seinen Rücken. Tarek geht zur Couch und legt Sanaa zärtlich hin. Er spürt die zarte Haut ihrer Beine unter seinen Händen und blickt sie fasziniert und zugleich ungläubig an. Er betrachtet Sanaa von oben bis unten ganz genau. »Ich bin überzeugt, dass ich gerade der glücklichste Mann auf der ganzen Welt bin. Du bist unbeschreiblich schön«, flüstert Tarek und muss immer wieder Pausen machen, um Luft zu holen. Sanaa lächelt verführerisch. »Ich würde dich sehr gerne tanzen sehen!«, sagt Tarek so leise, als würde er glühende Kohlen in der Hand halten.

»Ja, mach die Augen zu, ich möchte mich vorbereiten«, sagt sie liebevoll, aber bestimmt.

Tarek zündet eine der kleinen, runden Kohlen an, die auf dem Tisch liegen und sofort Feuer fangen, und legt sie auf den Kopf der Shisha. Dann schließt er die Augen und wartet. Tarek hört die kleinen Münzen an ihren Silberkettchen leise klingen, als Sanaa ihr Hüfttuch umbindet. Sie schaltet auf ihrem Handy Musik ein, die langsam beginnt und immer schneller und rhythmischer wird. Die Trommelschläge der Tabla werden immer stärker. »Jetzt kannst du schauen!«

Tarek öffnet die Augen, und während er Sanaa zusieht, taucht er in eine Trance ein. Er und sie sind nicht mehr im Keller, sondern in Andalusien, sie ist Subh, die Königin von Cordoba, und er ist Almansor. Ihre Bewegungen gleiten in großer Harmonie ineinander und sie vermeidet es, Tarek in die Augen zu sehen, um konzentriert zu bleiben. Tarek ist fasziniert, wie gut Sanaa in dieser kurzen Zeit tanzen gelernt hat. Er wickelt den Schlauch von der Shisha, lehnt sich zurück und versucht, sich zu entspannen, doch das will ihm kaum gelingen. Um die Situation noch explosiver zu machen, beginnt Sanaa, mit Tarek Augenkontakt aufzunehmen. Er steht auf und macht einige Tanzschritte auf Sanaa zu. Körper an Körper schwingt er einige Takte im Gleichklang mit ihr. Als sie sich küssen, trägt Tarek sie zur Couch und sie lassen ihren Gefühlen und ihrer Lust endlich freien Lauf. Sie ziehen sich gegenseitig hastig aus. Tarek küsst und streichelt jede Handbreit ihres Körpers. Nach einiger Zeit fühlt sich die Temperatur im »Liebesnest« wie vierzig Grad an. Tarek schaut in Sanaas Augen: »Ich kann mich nicht mehr zurückhalten!«, flüstert er atemlos. Sanaa drückt Tarek noch dichter an sich. »Ich will dich in mir spüren, tu es!« Tarek schaut sie wie erstarrt an, aber Sanaa drückt ihren Kopf mit geschlossenen Augen in den Polster und bewegt ihn hin und her. »Tu es«, stöhnt sie entschlossen.

Der arabische Spruch sagt: »Der Rausch hat sich verzogen, die Ernüchterung folgt auf dem Fuß.« Tarek versucht zu realisieren, was gerade passiert ist und wie es sich anfühlt, das verbotene Land zu betreten. Plötzlich spürt er es nass an seiner Wange, er hebt den Kopf und sieht, dass Sanaa leise weint. Er löst sich von ihr, springt auf und schaltet das Licht ein. Sanaa hat sich aufgesetzt, legt den Kopf auf ihre Knie und umschlingt ihre Beine mit den Armen. Ihr Weinen wird lauter und heftiger. Auf der Couch neben ihrem Schenkel sieht Tarek einen Blutfleck. Er fühlt sich wie gelähmt, als wären seine Hände gefesselt. Schnell wird ihm die Dramatik der Situation bewusst. Er holt ein paar Papiertaschentücher, umarmt Sanaa zärtlich und drückt ihr die Tücher in die Hand. »Habibti, egal, was passiert, ich bleibe an deiner Seite!«, versucht Tarek Sanaa zu beruhigen: »Wir werden heiraten, und kein Mensch erfährt davon.« Aber Sanaa weint nur noch heftiger. »Ich bin erledigt, wenn mein Vater davon erfährt, wird er mich umbringen!«, schluchzt sie. »Und wie soll ich dich heiraten – du bist Sunnit, das wird mein Vater nur über seine Leiche akzeptieren.«

Sanaa ist außer sich.

»Dein Vater wird davon nichts erfahren, überhaupt kein Mensch wird davon erfahren. Beruhige dich, wir haben genug Zeit, um eine Lösung zu finden.« Tarek umfasst Sanaa noch fester und küsst sie auf den Kopf.

»Habibi, du weißt vieles nicht. Meine Frauenärztin ist eine Freundin der Familie. Spätestens wenn ich wieder bei ihr bin, wissen es alle.« Sanaa weint wieder heftiger. »Und wenn es dich nicht mehr gibt und ich in ein paar Jahren heirate, wird es in der Hochzeitsnacht ein großer Skandal«, sagt Sanaa, ohne zu überlegen, was sie da sagt.

»Was für ein Unsinn, mich wird es immer geben, außer ich sterbe! Sag so etwas nie wieder!«, ruft Tarek aufgebracht. Er reicht ihr ein Glas Wasser und legt ihre Kleidung Stück für Stück neben sie. Dann zieht er sich an und sagt: »Ich mache einen Anruf, bin gleich wieder da!« Auf der Straße geht er ein Stück von seinem Wohnblock weg und ruft Nauras an.

»Nauras, ich stecke bis zum Hals in Schwierigkeiten. Was du gestern befürchtet hast, ist gerade passiert«, erzählt Tarek verzweifelt.

»Was, echt? Verarschst du mich jetzt?«, fragt Nauras, aber Tarek antwortet nicht. »Möge Allah deine Hände brechen. Hast du sie geöffnet?«

Tarek unterbricht ihn wütend: »Es heißt nicht ›geöffnet‹, sprich nicht in dieser Proletensprache von ihr!«

»Geöffnet oder mit ihr geschlafen, das ist jetzt egal. Ich habe dich gestern gewarnt. Sie ist die Tochter eines alawitischen Generals, er könnte dich umbringen und hinter dem Mond verstecken. Aber beruhige dich, es gibt eine Lösung. Lass mich kurz mit Jalal telefonieren. Er hat dasselbe erlebt und bei einem Arzt das Jungfernhäutchen seiner Freundin rekonstruieren lassen.«

Nauras verspricht, sich bis zum Abend zu melden. Tarek steckt das Handy wieder ein und atmet tief ein und aus. »Was in aller Welt habe ich da gemacht? Ich hätte mich beherrschen müssen. Ich war egoistisch und habe nur an meinen Spaß gedacht.« Tareks Gewissensbisse plagen ihn ohne Gnade. Mit einem schnellen Blick auf die Uhr stellt er fest, dass es bald vier Uhr wird und Sanaa nach Hause muss. Er beeilt sich. Als Tarek den Kellerraum wieder betritt, umarmt sie ihn fest. »Lass mich bitte nicht allein. Ich brauche dich«, beginnt sie wieder zu weinen. Er beruhigt sie und erzählt von Nauras' Vorschlag.

»Ja, ich will es machen, egal wieviel es kostet«, antwortet Sanaa schnell, noch bevor Tarek seinen Satz beendet hat.

»Ich werde mich heute Abend mit Nauras treffen und mich informieren, wie das alles vor sich geht. Es ist fast vier Uhr und du musst nach Hause. Aber jetzt musst du dich beruhigen. So kannst du nicht heimgehen, du schaust fertig aus. Mach einfach, was ich dir sage.« Tarek stellt sich vor sie hin, legt seine Hände auf ihre Schultern und bittet sie, die Augen zu schließen. »Entspann dich, wir werden es gemeinsam schaffen. Ich werde niemandem erlauben, dir auch nur ein Haar zu krümmen. Ich werde alles tun, was in meiner Macht steht, damit alles wieder gut wird. Ich liebe dich!«

Sanaa öffnet die Augen und gibt Tarek einen Kuss.

Im Auto schweigen beide und heute spielt auch keine Musik. Kurz bevor Sanaa aussteigt, nimmt Tarek sie in den Arm. »Lach für mich ein wenig!«, fordert er sie liebevoll heraus. Sanaa schaut zu ihm und schüchtern erblüht ihr wunderschönes Lächeln.

Arraqa, September 2015

Sanaa, Sanaa, Sanaa, mein Name ist Sanaa. Ich muss mich daran erinnern. Es ist mir endlich gelungen, eine Niete aus meiner Jeans herauszulösen. Mit ihr meinen Namen in die Wand zu kratzen tut meinen Fingern sehr weh, aber ich muss mir meinen Namen merken. Ich muss stark bleiben, an etwas denken und mein Gehirn am Laufen halten. Ich bin am 24. August entführt worden. Wie viele Tage sind wohl inzwischen vergangen? Ich habe vierzehnmal lange geschlafen. Aber das kann doch nicht sein, dass ich schon vierzehn Tage hier eingesperrt bin. Heute habe ich meine Periode bekommen. Das letzte Mal war es Anfang August. Das heißt, es ist jetzt Anfang September. Worauf soll ich mich jetzt verlassen, auf meinen Schlafrhythmus oder auf meinen weiblichen Kalender? Da ich gerade die Präsidentin meiner Ich-Republik in dieser Zelle bin, gebe ich dem weiblichen Kalender das Zepter in die Hand, er muss draußen sonst schweigen.

Um Baakr hat gemeint, dass mich ein Arzt in einigen Tagen untersuchen würde. Bis jetzt ist weder ein Arzt gekommen, noch bin ich von irgendjemandem befragt worden. Die Neonleuchte an der Zellendecke ist Tag und Nacht eingeschaltet. Nur einmal war es für einige Stunden ganz dunkel, das war nach einem ungeheuer lauten Knall, anscheinend hat die Luftwaffe in der Nähe ein Umspannwerk bombardiert.

Endlich öffnet sich die Türe. Um Emad bringt eine Metallschüssel mit Joghurt und Fladenbrot. Diesmal bin ich nicht sehr hungrig, sie haben mir schon vor ein paar Stunden gekochte

Kartoffeln und Brot gegeben. Manchmal lassen sie mich einen ganzen Tag warten, bevor sie etwas bringen, manchmal ist es wie jetzt. »Bitte, Um Emad, kannst du die da oben erinnern, dass ich hier bin. Ich habe nichts gemacht. Mein Mann wartet auf mich in Erbil, lasst mich wenigstens mit ihm telefonieren!« Ich stehe auf, halte sie am Arm und flehe sie an.

»Hör auf zu jammern, du bist erst zehn Tage hier. Glaubst du, wir haben im Islamischen Staat keine anderen Probleme als dich!«, versucht Um Emad meine Hand abzuschütteln.

»Dann lasst mich wenigstens in eine größere Zelle mit anderen Frauen, ich werde verrückt hier!«, wende ich ein.

»Du wirst nirgendwohin verlegt, bevor deine Identität nicht geklärt ist«, stößt Um Emad zwischen den Zähnen hervor. »Wir haben jetzt neue Anweisungen. Alle Gefangenen müssen die Zeit nützen und den richtigen Islam lernen. Schau, nimm dieses Buch und lies«, reicht sie mir ein Buch mit dem Titel »Der Befehl deiner Religion«. »Außerdem musst du ab jetzt die Gebetszeiten einhalten«, setzt Um Emad fort und holt von draußen einen Kübel Wasser, der neben der Tür abgestellt war. »Mach das Wudū jetzt, ich möchte das Ding wieder mitnehmen.«

»Ich kann jetzt nicht beten, ich bin unrein, ich habe heute meine Tage bekommen«, erkläre ich und merke, dass mein Einwand Um Emad sichtlich irritiert.

»Aha … du dürftest wirklich keine Alawitin sein«, erwidert sie und schweigt kurz. »Gut, in drei Tagen organisiere ich einen Waschtermin für dich«, sagt sie und dreht sich zum Gehen. Ich weiß nicht, was diese Menschen über uns Alawiten denken. Aber das ist nicht das erste Mal, dass ich mit solchen Annahmen konfrontiert werde. Auch Sausan, Tareks Schwester, hat mich im Ramadan ganz neugierig gefragt, ob wir auch fasten.

»Ich brauche Einlagen und muss auf die Toilette«, bitte ich Um Emad, bevor sie die Metalltüre schließt.

»Jetzt habe ich aber keine. Wenn ich mit dem Essenverteilen fertig bin, lasse ich dich auf die Toilette gehen«, verspricht Um Emad, während sie die Türe versperrt.

Ich brauche aber jetzt Einlagen. Wenn ich heute keine bekomme, werde ich die ganze Nacht an die Türe hämmern und »Einlagen, Einlagen, Einlagen« schreien. Ich werde es machen wie die Demonstranten, die 2011 auf der Straße »Freiheit, Freiheit« geschrien haben. Im Gegensatz zu mir haben sie allerdings das ganze Land auf den Kopf gestellt. Was ist diese Freiheit eigentlich? Hätten sie einfach den damaligen Zustand akzeptiert, wäre all dieses Leid nicht ausgebrochen. Diese Demonstranten hätten lieber nach Einlagen für Frauen schreien sollen. Oder für Einweg-Jungfernhäutchen demonstrieren, die jede Frau nach sexuellen Erfahrungen vor der Ehe selbst einsetzen kann, um wieder Jungfrau und ehrenvoll zu sein. Das hätte auf jeden Fall für mehr Zivilisation gesorgt. Was ist diese Ehre? Und wieso steckt sie in diesem Häutchen? Wenn ich dieses Häutchen unter dem Mikroskop anschaue, sehe ich da ehrenvolle Zellen, die um sich kreisen? Jetzt sitze ich hier nach ihrer Revolution, die uns mehr Zivilisation bringen sollte, und muss um Einlagen betteln, um mein Blut aufzufangen. Irgendwie scheint mir, je zivilisierter die Menschheit wird, desto blutiger wird sie. Wieso kann sich der Mensch nie zufriedengeben? Immerhin waren wir von allen arabischen Ländern das toleranteste und liberalste. Der Westen hat diese nutzlose Freiheit. Warum gibt es dort mehr Suizide und Scheidungen als bei uns? Es scheint mir, dass Mensch und Freiheit nicht kompatibel sind.

Und was ist, wenn sie mir wirklich keine Einlagen geben? Diese verdammte Periode, wenn sie kommt, ist es eine Katastrophe, und manchmal, wenn sie nicht kommt, ist es auch eine Katastrophe. Was haben bloß die Urfrauen ohne Einlagen gemacht?

Plötzlich höre ich draußen Schreie. »Möge Gott euch Erfolg bescheren! Lasst mich!«, schreit eine Frau, die durch den Flur geführt wird, immer wieder. Die Schreie sind zuerst leise, dann vor meiner Türe sehr laut, schließlich werden sie wieder leiser. Die Frau ist keine Syrerin, ihr irakischer Dialekt ist nicht zu überhören. Schließlich höre ich Schläge. »Hör auf, du jesidische Hure! Sei froh, dass dich jemand gekauft hat! Besser, als im Gefängnis zu verrotten!«, schreit ihre Bewacherin. Auf einmal habe ich das Bedürfnis zu weinen, nicht aus Mitleid mit ihr, sondern aus Angst, dasselbe Schicksal zu erleiden. Aber ich kann nicht weinen. Weine, weine endlich einmal, Sanaa! Vor wem willst du stark sein, du bist hier allein! Vielleicht brauche ich es auch, jetzt stark zu sein, um durchhalten zu können.

Meine Türe wird wieder geöffnet. Jedes Mal, wenn ich den Schlüssel im Schloss höre, rutscht mir das Herz in die Hose. Dass der Arzt kommt und meine Lüge entlarvt. Oder dass sie mich an jemanden verkaufen. Es ist aber wieder Um Emad. »Yallah!« sagt sie, winkt mir mit der Hand zu, dass ich mitkommen soll. »Heute keinen schwarzen Sack über den Kopf?«, frage ich sie. »Nein, ich habe keine Lust. Du kannst alles sehen. Auch wenn dir die Flucht gelingen sollte, wirst du nicht weit kommen«, antwortet Um Emad genervt. Und sie hat recht, es gibt nicht viel zu sehen, außer einem Flur mit einigen Türen. Ich würde gerne mit meinen Nachbarinnen reden, aber sobald die Wächterinnen uns hören, gibt es Schläge. Ich weiß nur, dass meine linke Nachbarin Ausländerin ist, sie spricht kein Arabisch, und die rechte eine kurdische Kämpferin, die im Kampf gefangengenommen wurde.

Die sogenannte Toilette hat keine Türe, nur ein Loch im Boden und einen Wasserhahn an der Wand. Um Emad gibt mir ein Kinder-T-Shirt, das ich als Einlage verwenden soll. Sie sagt, es gebe gerade keine Einlagen. Ich werfe wieder unauffällig einige Tabletten, die ich einnehmen sollte, in das Toilettenloch, ohne dass es Um Emad, die gerade mit ihrem Handy beschäftigt ist, sieht. Mir wurde schlecht, als ich sie in den ersten Tagen geschluckt hatte. Ich trinke am Wasserhahn so viel ich kann, denn Wasser bekomme ich nur hier und nicht in meiner Zelle. »Um Emad, lass mich bitte mit meinem Mann telefonieren, er ist sicher verrückt vor Angst, was mit mir geschehen ist«, flehe ich sie auf dem Rückweg von der Toilette an.

»Du gibst nicht auf, oder?«, antwortet Um Emad. »Erst, wenn deine Identität festgestellt ist, kümmern wir uns darum, ob du verheiratet bist«, setzt sie fort. Trotzdem bin ich erleichtert, gewaschen und für die nächsten Stunden versorgt zu sein, und schlafe schnell ein. Ich träume, dass ich mit Tarek in Latakia an einem Strand bin und wir lachen. Das Meer glitzert in den Strahlen der Sonne, als würde es aus Abermillionen Perlen bestehen. Ich kann die Wärme der Sonne und meine Füße im Sand spüren.

Plötzlich werde ich aus meinem Traum gerissen, eine Frau wird auf mich geworfen. Mit einem lauten Knall fällt die Türe wieder ins Schloss.

Damaskus, August 2010

Sanaa und Tarek sitzen im Wartezimmer des Frauenarztes Michael Shalhoub. Der Raum ist bis auf den letzten Sitz gefüllt, und anders als sonst in Wartezimmern üblich, gibt es keine Gespräche. Obwohl der Arzt Christ ist, fällt Tarek auf, dass viele Frauen mit Kopftuch hier sind. Er fühlt sich durch die skeptischen Blicke der anwesenden Frauen sehr unbehaglich, er ist der einzige Mann im Raum. Tarek ist trotzdem dankbar, dass Jalal, der Freund von Nauras, den Kontakt zu dem Arzt hergestellt hat.

Drei Tage nach dem Treffen im »Liebesnest« ist Sanaa noch sehr bedrückt, es beschäftigt sie ständig. Tarek ist von der Idee der Operation nicht begeistert, aber Sanaa möchte es unbedingt machen lassen, auch wenn sie auf dem Weg vor Angst beinahe umgekehrt wäre.

Sie warten schon zwei Stunden, und es fühlt sich wie zwei Jahre an. »Frau Idris, bitte!«, ruft die Assistentin, aber Tarek und Sanaa reagieren nicht, obwohl Sanaa gemeint ist. Erst beim zweiten Aufruf fällt Tarek ein, dass er einen falschen Namen angegeben hat, um Sanaas Anonymität zu wahren, zum Glück liegt die Praxis des Arztes im Viertel Al-Tijara, weit weg von Sanaas Wohnviertel. Sie stehen auf, und Sanaa drückt Tareks Hand ganz fest, sie ist extrem nervös. Alle Versuche, sie zu beruhigen, laufen ins Leere.

Das Arztzimmer ist viel kleiner als das Wartezimmer, und die Einrichtung sehr veraltet. Gleich neben der Tür steht ein Schrank. Auf der anderen Seite des Raumes sitzt der Arzt an einem antiken Schreibtisch, davor stehen zwei Stühle. Links trennt ein Vorhang den Raum in zwei Teile, dahinter stehen der Untersuchungsstuhl und ein Instrumentenschrank. Das Zimmer riecht unangenehm nach Schimmel. Tarek findet den Arzt gleich unsympathisch. Obwohl er erst Mitte vierzig ist, hat er bereits weiße Haare. Er ist klein und sehr blass. Und ebenso farblos ist auch seine Begrüßung.

»Wann war der Vorfall, und wie oft habt ihr seitdem Sex gehabt?«, fragt der Arzt, während er die beiden mit einer Geste auffordert, Platz zu nehmen. Noch bevor Tarek antworten kann, dreht sich der Arzt zu Sanaa: »Bitte komm hinter den Vorhang, mach dich frei und leg dich auf den Untersuchungsstuhl.« Sanaa steht auf und lässt Tareks Hand erst im allerletzten Moment los, bevor sie hinter dem Vorhang verschwindet. Der Arzt untersucht sie und holt Tarek zu sich. Damit hat Tarek nicht gerechnet, er ist kurz irritiert. Als er Sanaa ansieht, steigt Wut in ihm auf. Sie liegt halbnackt auf dem Stuhl und wirkt sehr verängstigt. Besonders stört ihn, dass ein fremder Mann auf ihr Geschlecht schaut.

»Ich zeige dir, wo das Jungfernhäutchen eingerissen ist«, erklärt der Arzt und fordert Sanaa auf zu husten. Tarek versucht, den Riss in der Hautfalte zu sehen, aber erst als Sanaa hustet, gelingt es ihm. Der Arzt vergewissert sich, dass Tarek alles gesehen hat, und bittet Sanaa, sich wieder anzuziehen. »Das kann ich einfach wieder zusammennähen, das kostet euch 30 000 Lira, und ich kann euch Ende des Monats einen Termin im Omayad-Krankenhaus geben«, teilt der Arzt ihnen kühl mit, während er sich wieder hinter seinen Schreibtisch setzt. Das Ganze wirkt wie Routine. Tarek ist von dem Preis überwältigt. Für diese Summe muss er zwei Monate arbeiten. Aber er hat keine andere Wahl und akzeptiert unbeholfen den Vorschlag. Dann schreibt der Arzt alle Details auf ein Papier.

Ein Wort unterstreicht er doppelt. »Passt auf, ich werde den Operationsraum für eine Blinddarmoperation reservieren. Bloß kein Wort von Rekonstruktion! Das ist nämlich illegal«, instruiert er die beiden.

»Können wir den Preis etwas drücken?«, fragt Tarek bittend.

»Das ist eine Operation und kein Spiel. Wenn ihr es nicht wollt, bereitet mir keine Kopfschmerzen«, fertigt der Arzt ihn schroff ab. Tarek nimmt das Papier, bedankt sich und sie verlassen die Praxis. Als sie wieder im warmen Sonnenlicht stehen, atmen sie erlöst auf. Tarek fühlt sich, als hätte er soeben die dunkle Höhle eines finsteren Monsters verlassen.

Arraqa, September 2015

»Medikamente haben wir nicht, aber da ist eine Decke für sie.« Eine Wächterin gibt mir eine Decke und schließt sofort wieder die Tür, nachdem ich die ganze Nacht geklopft und um Hilfe gebeten habe. Ich lege alle Decken über meine neue Zellengefährtin, die mittlerweile zu zittern aufgehört hat. Amina, so hat sie sich gestern in ihrem Fieberzustand vorgestellt. Als ich ihr über das Haar streiche, öffnet sie wieder die Augen. »Geht es dir besser?«, frage ich sie, denn sie hatte die ganze Nacht Schweißausbrüche. »Besser als wann?«, fragt Amina mit bitterer Ironie.

»Na super, wenn du Witze machst, heißt das, dass es dir besser geht«, lächle ich sie an und freue mich, dass ich endlich jemanden in meiner Nähe habe. Ich bin aber immer noch skeptisch, ob sie mir nicht geschickt wurde, um mich auszuspionieren. Aber das kann doch nicht sein, sie kann ja Fieberschübe nicht vortäuschen. Vielleicht fürchtet sie auch, dass ich sie aushorchen soll. Mir ist es eigentlich egal, Hauptsache, ich bin nicht mehr allein, selbst wenn meine Gefährtin eine Spionin ist.

»Wie lange habe ich geschlafen?«, fragt mich Amina und versucht sich aufzusetzen, sie spricht gebrochenes Arabisch.

»Keine Ahnung, geschlafen hast du nicht wirklich, aber du liegst hier sicherlich schon elf oder zwölf Stunden. Woher kommst du eigentlich?« Diese Frage wollte ich ihr schon gestern stellen.

»Ich bin Deutsche, aber mein Vater kommt aus dem Libanon«, antwortet Amina, und ich muss schmunzeln, denn ihr

Akzent ist lustig und sie verwechselt die männlichen und weiblichen Formen.

»Du bist Deutsche? Und was machst du hier? Bist du Journalistin?«, frage ich verwundert.

»Ich bin in den Islamischen Staat gezogen, um die Fahne des Islam zu hissen und das einzig richtige Wort Gottes zu bewahren«, antwortet Amina emotionslos wie ein Roboter, diesmal in einwandfreiem Arabisch, als hätte sie das schon hunderte Male gesagt. Meine Sympathie schwindet in Sekundenschnelle. Ich habe davon schon im Fernsehen gehört und Berichte gesehen, aber ich habe nie für möglich gehalten, dass solche Kämpferinnen wirklich existieren. Ich bin wütend und würde ihr am liebsten ins Gesicht schreien: Du ignorante Schlampe, du und deinesgleichen, ihr habt unser Land zerstört, und ich sitze deinetwegen hier! Ich merke, dass ich jetzt nicht reagieren kann, denn wenn ich etwas sage, würde ich explodieren. Aber nach einigen Sekunden des Schweigens merkt Amina, dass anscheinend etwas nicht stimmt.

»Findest du das nicht gut?«, fragt sie mich verunsichert. Ich weiß nicht, was ich sagen soll. In meinem Kopf drehen sich so viele Gedanken. Ich kann sie nicht mehr sehen, aber ich will auch nicht alleine bleiben.

»Doch, aber ich …«, und ich fange plötzlich, wie aus dem Nichts, heftig zu weinen an. Ich drehe mich weg und schaue in die andere Ecke. Ich schluchze aus tiefem Herzen und drücke meinen Kopf gegen die Wand. Amina schiebt sich zu mir und umarmt mich zaghaft. Ich empfinde großen Hass gegen sie, aber die Umarmung tut sehr gut. Sie legt meinen Kopf in ihren Schoß und streichelt meine Haare. Und ich muss noch mehr weinen. Endlich!

Nach ein paar Minuten schlafe ich in ihrem Schoß ein. Es fühlt sich sehr bequem an nach den vielen Nächten auf dem harten Boden, und als ich aufwache, hat Amina wieder Fieber, aber spürbar weniger als gestern. Wütend klopfe ich erneut an die Metalltür. »Sie wird sterben, wenn sie keine Medikamente bekommt!« Ich habe langsam keine Angst mehr, denn schlimmer als jetzt kann es nicht mehr werden. Nach einigen Minuten kann ich nicht mehr schreien, meine Kehle ist trocken. Plötzlich höre ich über meinem Kopf schleifende Geräusche, als würde ein Tier, vielleicht eine Ratte, dort oben laufen. Da fällt durch den Lüftungsschlitz unter der Decke ein an eine Schnur gebundener Streifen Tabletten in unsere Zelle. Ich höre leises Murmeln: »This is good.« Auf dem Streifen steht »Maxicillin 500 mg«, anscheinend ist das ein Antibiotikum. Es sind noch vier Tabletten drinnen. Ich löse den Streifen von der Schnur, die sichtlich aus einer Wolldecke gefertigt wurde, und die Schnur wird sofort wieder in die Nachbarzelle zurückgezogen. Ich hocke mich zu Amina und drücke ihr zwei Tabletten in die Hand. »Amina, schluck die schnell!« Wie benommen richtet sich Amina auf. »Woher hast du die auf einmal?«, fragt sie verwundert. »Du hast offensichtlich eine Freundin nebenan! Schluck sie jetzt hinunter!«, sage ich und drücke ihre Hand an ihren Mund. »Ich kann sie ohne Wasser nicht nehmen, mein Mund ist ganz trocken«, jammert Amina. »Schnell, Habibti, du bist hier nicht in einem Münchner Restaurant!«, dränge ich sie.

»Warum zwei und nicht eine und wie oft soll ich die Tabletten nehmen?«, fragt sie, nachdem sie mit verzogenem Gesicht die Tabletten mühsam hinuntergeschluckt hat.

»Ich weiß es nicht genau, am Anfang zwei und dann alle paar Stunden eine«, zucke ich mit den Schultern. Nach einigen Minuten des Schweigens legt sich Amina wieder auf den Boden und sagt: »Ich bin übrigens nicht aus München. Ich komme aus einem Dorf in der Nähe von Nürnberg. Und ich war nie ein verwöhntes Kind, das jeden Tag im Restaurant isst.« Jetzt klingt

sie sehr traurig, und ich verstehe nicht, warum sie von sich als Kind spricht. »Wie alt bist du eigentlich?«, frage ich neugierig. »Ich wurde vor zwei Monaten siebzehn. Aber ich habe so viel Mist erlebt, dass meine Seele schon siebzig Jahre alt ist. Und du? Wie alt bist du, und warum bist du eigentlich hier?«, fragt sie zurück.

Ich erzähle ihr genau dieselbe Geschichte, die ich im Gerichtsgebäude erzählt habe. Sie zeigt großes Mitleid mit mir und ist der Meinung, dass ich zu Unrecht hier eingesperrt bin. »Wenn du schon beten kannst und so viel über den Islam weißt, bist du sicher keine Alawitin. Alawiten und auch Schiiten sind Abtrünnige und wissen nichts über Allah«, ist sie überzeugt. Ich weiß allerdings nicht, ob ich mich darüber freuen oder ärgern soll, dass der Islamische Staat solche Märchen über andere Konfessionen verbreitet. Ich kann hier nur Zustimmung vortäuschen und mit dem Kopf nicken. Und es dauert nicht lange, dann ist Amina wieder eingeschlafen.

»Warum stehst du?«, fragt sie mich, als sie nach einigen Stunden wieder aufwacht. Und dann merkt sie, wie ausgebreitet sie daliegt. »Es tut mir leid, dass ich so viel Platz brauche. Komm, ich mache Platz für dich«, blickt sie mich bedauernd an. »Nein, danke, ich will mich ein bisschen vom Sitzen erholen. Meine Knochen tun von diesem elendigen Boden schon weh«, erkläre ich.

»Ich habe eine Idee: Komm, leg dich auf mich, ich spiele für dich eine Zeitlang Matratze, dann tauschen wir und du bist meine Matratze«, bittet sie mich grinsend. Ich bin mir nicht sicher, wie ich reagieren soll. »Na komm, sei nicht schüchtern, yallah«, sagt sie euphorisch und legt sich auf den Bauch. Ich lege mich vorsichtig auf sie und es fühlt sich wunderbar an. Wir können unser Lachen nicht zurückhalten, sodass eine Wächterin an unsere Tür klopft und uns auffordert, still zu sein.

»Du hast draußen viel zu verlieren, oder?«, fragt sie mich, als wir wieder ruhig geworden sind.

»Ich verstehe nicht, was du damit meinst«, versuche ich zu begreifen.

»Du hast viel Angst, hier zu bleiben«, erklärt sie.

»Hast du keine Angst davor?«, frage ich zurück.

»Nein, ich habe nichts mehr zu verlieren. Ich bin jetzt frei, ich habe die ultimative Freiheit«, bekräftigt sie.

»Willst du sagen, dass ich nicht frei bin, weil ich etwas zu verlieren habe?«, frage ich kopfschüttelnd. »Ich denke …«, plötzlich öffnet sich die Tür und Amina schweigt sofort. Wir setzen uns schnell auf und Um Emad und zwei Wächterinnen greifen nach Amina und ziehen sie aus der Zelle. »Wird sie entlassen?« Aber die drei reagieren nicht auf meine Frage und schlagen wortlos die Zellentür zu.

Damaskus, September 2010

Heute ist Freitag. Es ist der erste Tag des Wochenendes in Syrien. Das Omayad-Krankenhaus liegt im noblen Al-Rawdah-Viertel. In diesem Teil der Stadt sind viele Botschaften untergebracht und da diese heute geschlossen sind, ist es sehr ruhig.

Der Frauenarzt plant solche Operationen meist am Wochenende, da in einem Privatkrankenhaus an solchen Tagen nicht viel los ist. Wie Dr. Shalhoub ihnen aufgeschrieben hat, stehen Tarek und Sanaa um acht Uhr früh vor dem Krankenhaus. Zu Hause erzählt Sanaa, dass sie sich mit Samah in der Universitätsbibliothek auf eine Prüfung vorbereiten müsse. Sie ist äußerst nervös und hält Tareks Hand die ganze Zeit fest. Er spürt ihr leichtes Zittern. »Wenn wir hier in ein paar Stunden wieder herauskommen, haben wir die Sache hinter uns«, versucht er sie zu beruhigen. »Ja, und was ist, wenn die Operation nicht gelingt und er es nicht hinkriegt?«, fragt Sanaa besorgt. »Alles, was ich über diesen Arzt gehört habe, spricht dafür, dass er es kann. Er hat diesen Eingriff schon hunderte Male durchgeführt«, erfindet Tarek auf der Stelle und wird leiser, damit es überzeugend klingt. In Wahrheit hat er überhaupt kein gutes Gefühl. Inzwischen hat er so viele widersprüchliche Informationen über solche Rekonstruktionen recherchiert, am häufigsten, dass dieses Häutchen gar nicht genäht werden kann, sondern dass nur die Vagina etwas gestrafft wird, damit sie beim nächsten sexuellen Kontakt etwas einreißt und leicht blutet. Aber Tarek wagt es nicht, mit Sanaa darüber zu reden. Bei sich denkt er, dass sie das nur machen, damit Sanaa wieder Ruhe findet. Irgendwann würden sie heiraten und kein Mensch würde etwas von der ganzen Geschichte erfahren. Obwohl er sich für diesen Eingriff in Schulden stürzt, ist ihm Sanaas Wohlbefinden wichtiger.

An der Rezeption meldet sich Sanaa bei der jungen Frau an. »Wie heißen Sie?«, fragt die Rezeptionistin freundlich.

»Samah Idris«, antwortet Sanaa sichtlich nervös. Die Frau sucht in ihrem großen Buch nach dem Namen. »Blinddarmoperation bei Dr. Michael Shalhoub, oder?«, fragt sie, und Tarek spürt die Ironie in ihrer Stimme, als wüsste sie, worum es hier geht. Sie weist ihr ein Zimmer zu und Tareks Vermutung bestätigt sich, als zwei Krankenschwestern Sanaa zur Operation abholen. Ihre Blicke schneiden förmlich in sein Fleisch, als würden sie sagen: »Du egoistisches, geiles Schwein, warum hast du ihr das angetan!«

Tarek wird bewusst, dass er nicht gefragt hat, wie lange die Operation dauern wird, und daher auch nicht weiß, wie lange er hier in diesem Zimmer warten muss. Ihm fällt auf, dass er wieder an seinen Fingernägeln herumbeißt. Diese Marotte musste er sich als Teenager mühsam abgewöhnen. Es begann in seiner Kindheit, an den Abenden, wenn sein Vater nach Hause kam und abprüfe was er an diesem Tag in der Schule gelernt hätte. Tarek saß verängstigt in seinem Zimmer und hoffte jeden Abend, dass er diesen Satz nicht hören würde: »Tarek, bring deine Schulsachen und komm her!« Sein Vater lag auf dem Sofa vor dem Fernseher und schlug mit einer Stange, die man benützte, um die Fensterläden zu schließen, auf die Polsterung. Tarek saß auf dem Boden. Und jedes Mal, wenn er eine Vaterfrage nicht richtig beantwortete, bekam er einen Schlag mit der Stange. Besonders das Einmaleins brachte ihm viele Schläge ein. Da auf Arabisch »multiplizieren« und »schlagen« dasselbe Wort sind, kommentierte Basam immer wieder belustigt: »Du wirst die Tabelle des Schlagens nur durch Schläge erlernen!« Schließlich war Tarek froh, wenn sein Vater bei seiner zweiten Frau übernachtete.

Tarek steckt die Hände in die Hosentaschen und geht im Zimmer auf und ab. Aber die Schwestern kommen schon nach einer halben Stunde wieder zurück. Sie schieben das Bett wieder auf seinen Platz. Sanaa ist noch ganz benommen und nicht ansprechbar. »Wenn die Patientin aufwacht und wieder ganz fit ist, könnt ihr jederzeit das Krankenhaus verlassen. Sie soll sich in nächster Zeit schonen und diese Medikamente für drei Tage einnehmen. Auf dem anderen Zettel steht, wann sie wieder in die Praxis von Dr. Shalhoub zur Kontrolle kommen soll«, sagt die ältere der Schwestern und drückt Tarek ein Rezept und einen kleinen Zettel in die Hand. »Aber nicht vergessen, unten bei der Rezeption die Rechnung zu begleichen!«, sagt sie mit ernster Miene.

»Ja, das mach ich gleich«, antwortet Tarek ohne große Begeisterung.

»Ich weiß, das ist ein teurer Spaß. Aber wer Kamele treiben will, muss ein hohes Tor haben!«, bekräftigt die Krankenschwester. »Ich hoffe, dass solche Typen wie du meiner Tochter nie über den Weg laufen«, setzt sie fort. Dann dreht sie sich um, und die beiden Schwestern verlassen das Zimmer. Tarek hört sie am Gang kichern. Er schließt die Augen und schüttelt den Kopf. Er schwört sich, nie mehr mit Sanaa in ihr »Liebesnest« zu gehen. Aber diesen Beschluss sollten sie nicht lange durchhalten …

Tarek sitzt neben Sanaa auf dem Bett und schaut sie mit großer Liebe an. Er streichelt ihre Wange und küsst ihre Hand. »Ich wünschte, ich könnte es dir abnehmen und an deiner Stelle sein!«, flüstert er ihr ins Ohr. Aber Sanaa ist noch nicht ganz wach. So geht Tarek hinunter, um zu zahlen. An der Theke neben der Rezeption kauft er eine kleine Flasche frisch gepressten Orangensaft für Sanaa. Als er wieder ins Zimmer kommt, sitzt sie auf dem Bettrand. »Habibti«, flüstert Tarek liebevoll und umarmt sie lange. »Hier, trink etwas, du brauchst Vitamine!«, er öffnet die Flasche und will sie ihr reichen.

»Ich mag jetzt nicht. Hilf mir bitte, mich anzuziehen, ich möchte möglichst schnell das Krankenhaus verlassen.«

Nach zehn Tagen erscheinen sie wie geplant zur Kontrolle beim Frauenarzt. Wieder müssen sie lange warten und erleben den kalten Gesichtsausdruck von Dr. Shalhoub als dieser die Kontrolle durchführt. Diesmal ist es Sanaa, die darauf besteht, dass Tarek einen Blick auf das Jungfernhäutchen wirft. Als Sanaa hustet, aber diesmal ohne die Anweisung des Arztes, glaubt Tarek, den Riss im Jungfernhäutchen kurz vibrieren zu sehen, doch der Arzt sagt entschlossen: »Es ist geheilt. Die Nähte haben sich von selbst aufgelöst. Ihr braucht keine Kontrolle mehr. Beim nächsten Eindringen wird sicher Blut fließen!«, und sein Ton gibt ihnen unmissverständlich zu verstehen, dass sie jetzt gehen sollen.

Kaum haben sie die Praxis verlassen, beruhigt Tarek sie: »Habibti, du kannst die Sache aus deinem Gedächtnis streichen, es ist alles in Ordnung!« Von seinen Zweifeln wird er ihr nicht erzählen. »Aus diesem Anlass will ich dich in das teuerste Restaurant der Stadt einladen, wir gehen zu Abu Abdo«, sagt Tarek und wartet gespannt auf Sanaas Reaktion. »Falafel?«, fragt Sanaa, und beide lachen laut. Tarek kennt den 72-jährigen Abu Abdo recht gut, sein kleiner Imbiss ist im Al-Koussour-Kreisverkehr, wo Tarek einmal auf einer Baustelle gearbeitet hat. Abu Abdo hat überall einen guten Ruf, und das zu Recht. Er macht die besten Falafel der ganzen Stadt. Als sie sich dem Imbiss nähern, liegt schon von weitem der köstliche Geruch in der Luft. Ihnen läuft das Wasser im Mund zusammen. Tarek und Sanaa stellen sich in die Warteschlange und als sie endlich an der Reihe sind, ruft Tarek: »Mein Onkel Abu Abdo! Möge Gott dein Leben verlängern! Vier Falafelröllchen nach deinem Geschmack, bitte! Mit viel Sumach!« Dann holt er aus dem Kühlschrank zwei selbstgemachte Ayran. »Abu Abdo, verrätst du mir dein Rezept? Ich lass dich meine Oma heiraten!«, scherzt Tarek mit dem alten Mann, als er seine Portion entgegennimmt. »Was soll ich mit einer zweiten Frau machen? Ich kann schon die eine nicht erhalten, die zu Hause auf mich wartet! Mein Rezept geht mit mir ins Grab!«, lacht er laut und wünscht ihnen guten Appetit.

Die beiden spazieren zum nahe gelegenen Ibn-Al-Haytham-Park. Es ist erst Mittag, und im September ist in Damaskus das Wetter am schönsten, es ist weder heiß noch kalt. Von einem wolkenlosen Himmel strahlt die Sonne heute besonders zärtlich. Alle Bänke sind belegt, ein paar Tage vor Schulbeginn wimmelt der Park geradezu von Kindern. Sie setzen sich in den Schatten eines großen Baumes ins Gras und genießen ihr Essen. Tarek freut sich, dass Sanaa unbeschwert und voller Appetit isst. Er lächelt ihr zu, aber in Gedanken ist er schon weit weg. Ihm ist in diesem Augenblick klar, dass sie beide in diesem Land keine Zukunft haben. Er träumt davon, mit ihr weit weg von all diesem Wahnsinn in Frieden zu leben. Sein Wunsch, auszuwandern, ist nun zu einem entschlossenen Bedürfnis gewachsen.

Arraqa, September 2015

Verdammt, sie ist jetzt schon lange weg. Was ist, wenn sie nicht zurückkommt? Vielleicht ist sie noch gar nicht so lange weg, und ich empfinde das nur so. Die Zeit ist eine unerklärliche Sache. Fünfundzwanzig Jahre sind so schnell wie ein Augenzwinkern vergangen. Und diese paar Stunden ohne Amina kommen mir wie eine Ewigkeit vor. Wenn die Zeit so schnell vergeht, ist das nicht gut. Und wenn sie zu langsam vergeht, ist es unerträglich. Wieso kann sich der Mensch nie zufriedengeben? Und warum habe ich mich mit diesen Fragen vorher noch nie befasst? Habe ich dieses ganze Leid und die Einzelhaft gebraucht, um mir Gedanken über die Zeit, die Psyche und die Gesellschaft zu machen? Vor einigen Monaten schien es mir noch, als gäbe es keine anderen Probleme auf der Welt als die Streitigkeiten mit meinen Arbeitskolleginnen im Callcenter, in dem ich nach dem Universitätsabschluss gejobbt habe. Obwohl bereits da außerhalb von Damaskus Krieg herrschte. Musste ich diesen Wahnsinn erleiden, um meinen Horizont zu erweitern? Und was habe ich jetzt von diesem philosophischen Denken? Vielleicht ist es besser, in Unwissenheit und ohne existenzielle Probleme zu leben, aber dafür glücklicher zu sein. Aber findet der Mensch nicht immer einen Grund, um nicht zufrieden zu sein und seine eigenen Probleme für die dramatischsten zu halten? Also vielleicht es ist doch besser, wenn man einmal ernsthaft und heftig leidet und damit der Realität einen Schritt näher kommt. Wie viel Zeit ist vergangen, seit ich mich gefragt habe, wie viel Zeit vergangen ist?

Ich will nicht wieder alleine sein. Ich habe mich schnell an sie gewöhnt. Sie ist zwar ein Schaf, aber ihre Gegenwart ist amüsant. Wie furchtbar bin ich eigentlich? Ich wünsche mir, dass sie zurückkommt. Sie wurde hoffentlich entlassen, und ich auch, bald.

Ich will weinen, ich will nicht mehr stark sein. Das Stark-sein-Wollen erschöpft mich mehr als das Gefängnis selbst. Vor wem will ich stark sein? Ich weiß es nicht. Weine, Sanaa. Du bist in einer schwierigen Situation. Hab wenigstens Mitleid mit dir selbst. Und meine Tränen rinnen wie ein Wasserfall. Es ist so befreiend. Ich lehne den Kopf an die Wand und weine.

Plötzlich höre ich ein dumpfes Hämmern. Das ist meine Nachbarin auf der linken Seite. Ich klopfe zweimal zurück. Sofort reagiert sie mit dreimaligem Klopfen. Ich klopfe wieder dreimal. Dann antwortet sie mit drei schnellen und zwei langsamen Schlägen. Sie will mich anscheinend trösten. Ich merke, dass ich aufhöre zu weinen und ein Lächeln sich auf meinem Gesicht ausbreitet. Ich mache es ihr nach und klopfe ebenfalls dreimal schnell und zweimal langsam.

Nach kurzer Zeit versucht sie erneut, mir etwas durch die Öffnung in der Decke zuzuwerfen, und plötzlich baumelt eine Aleppo-Seife an einer Schnur mitten in der Zelle. Ich löse die Schnur und lese die in die Seife gekratzten Wörter »You are not alone« und daneben ein lächelndes Emoji. Die Nachricht wärmt mein Herz. Ich wische sie mit den Fingern schnell weg und hole aus meiner Tasche die Niete, mit der ich meinen Namen in die Wand gekratzt habe. »Who are you?«, schreibe ich in die Seife und ziehe zweimal an der Schnur. Die Seife entschwindet und kommt nach einigen Minuten wieder zurück. »Russin. Journalistin. Du?«, schreibt sie.

»Nadia. Wie lange bist du schon da?«

»Ich weiß nicht, vielleicht einen Monat.«

»Ich habe Angst. Du?«

»Nein. Ich bin frei.«

»Wie?«

»Mach die Augen zu und träume.«

»Meinst du, mir Sachen vorstellen?«

»Ja, alles, was du willst.«

»Aber ich habe Angst.«

»Erlaube ihnen nicht, dir die Freiheit im Kopf zu nehmen.«

Wieso bin ich nicht selbst auf die Idee gekommen, diese Zelle in meiner Fantasie zu verlassen? »Ich werde es tun, danke!«, schreibe ich, schließe meine Augen und will den Traum, den ich gestern hatte, mit Tarek am Strand in Latakia zu sein, fortsetzen. Und es geht sehr schnell. Ich kann mir wieder jedes Detail vorstellen. Ich laufe am Rand des Wassers und die Wellen verwischen meine Spuren im Sand Meter für Meter. Die Gischt löst sich langsam auf und ich kann den vertrauten Meeresduft einatmen.

Ein Möwenschwarm fliegt niedrig über meinem Kopf vorbei, sein Geschrei klingt enthusiastisch, Tarek drückt mich an sich und ich spüre Wärme in meiner Brust. Ich bin meiner russischen Nachbarin sehr dankbar. Jetzt kann ich überallhin und alles tun.

Da öffnet sich die Türe der Zelle. Es ist Amina, die von den Wächterinnen hineingestoßen wird. Ich freue mich und nehme sie in den Arm. Sie schaut mich neugierig an und setzt sich auf den Boden. »Ich bin egoistisch, weil ich mir deine Rückkehr so gewünscht habe«, gebe ich zu.

»Ach ja, mach dir keine Sorgen, ich kann das gut verstehen, immerhin freut sich jemand, dass ich existiere«, wischt Amina meine Bedenken mit einer Handbewegung weg. »Wo warst du? Was wollten sie von dir?«, frage ich neugierig. »Um Baakr wollte sich Kosmetiktipps für ihre verbrannte Gesichtshälfte holen«,

antwortet Amina mit gleichgültiger Ironie.

»Du vertraust mir noch nicht, oder?« Ich lege meine Hand auf ihre.

»Du bist es, die mir noch nicht vertraut. Mir ist es egal, ich kann dir alles erzählen. Aber willst du es hören? Willst du hören, wie ich auf dem Boden meiner Küche vergewaltigt wurde, und wie ich dem widerlichen Mann ein Messer in den Bauch gerammt habe? Willst du das wirklich alles hören?«, stößt Amina laut hervor, ihre unterdrückte Wut zerreißt sie innerlich. Eine Wächterin wummert an die Türe und befiehlt uns, zu schweigen. »Es kommt mir unrealistisch vor, wenn wir uns in dieser dunklen Zelle über Modetrends und den nächsten Urlaub unterhalten. Du kannst mir alles erzählen, meine Nerven sind taub, ich kann alles ertragen«, ermuntere ich Amina flüsternd und blicke ihr dabei in die Augen.

Amina nickt zermürbt. »Es ist übrigens Samstag, sechzehn Uhr, die Sonne steht strahlend am Himmel«, teilt sie mir mit.

Es ist vier Uhr. Ich weiß nicht, warum es für mich plötzlich so aufregend ist, die Zeit zu kennen. »Es ist vier Uhr!«, rufe ich voller Freude.

Damaskus, April 2011

Sanaa sitzt schon seit einer halben Stunde im Ibn-Al-Haytham-Park. Es ist über ein halbes Jahr her, seit sie hier unter diesem großen Baum gesessen sind und Falafel von Abu Abdo gegessen haben. Die Meldestelle des Militärs, bei der Tarek heute einrücken muss, ist zu Fuß erreichbar. Sie haben gestern vereinbart, hier gemeinsam zum Abschied zu frühstücken. Sanaa hat schon die Falafel von Abu Abdos kleinem Imbiss geholt.

Die beiden müssen sich jetzt sehr weit weg von der Universität und dem Barzeh-Viertel, in dem sie wohnen, treffen. Endlich taucht Tarek auf. Er hat für das Militär bereits seine Haare abrasiert, aber Sanaa findet, dass ihm das steht. »An so einem Tag lässt du mich so lange warten, Habibi«, wirft Sanaa ihm vor.

»Glaub mir, Habibti, wenn es nach mir gegangen wäre, wäre ich schon um acht Uhr hier gewesen. Meine Schwester ist zum Abschied gekommen, und Om-Fatima wollte mir aus der Hand lesen«, entschuldigt sich Tarek und streichelt Sanaas Hand.

»Und was hat diese Hellseherin in deinen Händen gelesen?«, fragt Sanaa neugierig.

»Sie hat gesagt, dass ich in die schönste Frau der Welt verliebt bin und mit ihr den Rest meines Lebens in Kanada verbringen werde«, lächelt Tarek und schaut ihr voller Liebe in die Augen. Die Vorstellung, nach Kanada auszuwandern, kommt nicht aus dem Nichts, die Ereignisse der letzten Monate lassen ihnen keine Wahl.

Das Drama begann, als Sanaas Studienkollege Saker von ihrer Beziehung zu Tarek erfuhr. Saker wurde rasend vor Eifersucht und fing an, die beiden zu verfolgen. Sein Hummer mit den Riesenportraits des Präsidenten war nicht zu übersehen, und so merkten sie immer wieder, dass er ihnen nachfuhr, wenn sie gemeinsam unterwegs waren. Saker konnte seine Wut nicht lange im Zaum halten. Eines Nachts kurz vor Weihnachten, als Nauras Tarek nach einem langen Kartenspielabend bei Adnan nach Hause brachte, stieg dieser am Beginn der engen Gasse aus, um zu Fuß zu seinem Wohnblock zu gehen. Da tauchten plötzlich vor dem Eingang aus dem Nichts drei Männer auf. Sie versperrten Tarek den Weg und der Erste schlug ihn ins Gesicht. Als Tarek sich reflexartig wehrte, stießen ihn die beiden anderen zu Boden und traktierten ihn ohne Gnade mit Fäusten und Füßen. Als sie von Tarek abließen, der sich auf dem Boden zusammengerollt hatte, hinterließen sie ihm eine eindeutige Botschaft: »Dein Herr Saker Saleh lässt dich grüßen. Das war nur eine Streicheleinheit. Du hast dir angemaßt, dich mit deinen Herrschern auf dieselbe Stufe zu stellen. Wenn du die Finger nicht von Sanaa lässt, kommen wir wieder.« Dann verschwanden die Schläger. Es gelang Tarek, trotz seiner Schmerzen Nauras anzurufen, der ihn sofort ins nächste Krankenhaus fuhr. Tarek hatte zwei gebrochene Rippen und zahlreiche Prellungen und Blutergüsse. Aber was ihn am allermeisten traf, war eine tiefe Platzwunde an der Augenbraue, deren Narbe ihn sein ganzes Leben lang begleiten würde.

»Ich glaube, es ist jetzt vorbei mit eurer Liebesgeschichte, Tarek. Sonst erreichst du einen Punkt, von dem aus es kein Zurück mehr gibt!«, warnte ihn Nauras, als sie das Krankenhaus wieder verließen.

»Nauras, begreifst du nicht, ich habe diesen Punkt schon längst erreicht!«, erwiderte Tarek verzweifelt.

Vor dem Krankenhaus warteten Adnan und Aiham.

»Was hast du den Ärzten gesagt?«, fragte Adnan besorgt.

»Nichts, ich habe angegeben, ich bin die Treppe hinuntergefallen«, antwortete Tarek missmutig.

»Ich verstehe nicht, warum er dieses Arschloch nicht anzeigen will«, wandte sich Nauras verwundert an die Freunde.

»Bitte, hört auf! Eure Väter arbeiten alle bei der Regierung, ihr kennt dieses System recht gut. Was erwartest du, wenn ich jetzt zur Polizei gehe und den Sohn des Cousins des Präsidenten anzeige!? Genau nichts! Wahrscheinlich waren diese Schläger selbst Polizisten oder Soldaten, die bei seinem Vater dienen!«, rief Tarek wütend.

»Was sagst du deiner Familie und Sanaa?«, wollte Aiham wissen.

»Lass uns bitte jetzt nach Hause fahren, es ist schon drei Uhr, ich will schlafen!«, sagte Tarek und bewegte sich Richtung Auto. Nauras brachte ihn nach Hause, aber diesmal fuhr er bis vor die Eingangstür. Er schwor sich, Tarek nie wieder früher aussteigen zu lassen, obwohl die Gasse fast zu eng für sein Auto war.

Dieser Abend sollte ein Wendepunkt in Tareks Leben sein. Er wollte nicht viel Staub über diesen Konflikt mit Saker aufwirbeln, denn er hatte einen Plan. Seiner Familie erklärte er dasselbe wie den Ärzten. Aber Sanaa musste er die Wahrheit sagen. Sie war fassungslos. Trotzdem war sie froh, dass Tarek Saker nicht anzeigte, denn sie hatte berechtigte Sorge, dass ihrem Vater, vor dem sie große Angst hatte, dann alles zu Ohren kommen würde. Und auch Tarek hoffte, dass General Tamim Mahmoud von ihrer Beziehung nichts erfahren würde. Aber ihre Hoffnung zerschlug sich schnell. Drei Tage später, als Saker wieder einmal versuchte, Sanaa in der Cafeteria der Universität ein Geschenk zu überreichen, schüttete sie ihm ihren heißen Tee ins Gesicht. »Arschloch! Lass mich endlich in Ruhe!« Sie hatte ihre Wut nicht mehr zurückhalten können.

Von diesem Vorfall erfuhr Oberst Maher Saleh durch seinen Geheimdienstschnüffler an der Uni und stellte seinen Sohn daraufhin zur Rede. Dann kontaktierte er General Mahmoud, um sich zu entschuldigen, dass sein Sohn dessen Tochter ständig belästigte. Sie vereinbarten einen Termin, an dem Oberst Saleh mit seinem Sohn in die Wohnung von General Mahmoud kommen sollte. Sanaas Vater war voll Ehrfurcht vor diesem geplanten Besuch. Maher Saleh war nicht nur der Cousin des Präsidenten, er stand vor allem an der Spitze des Geheimdiensts. Er hatte zwar den niedrigeren militärischen Rang, aber ein Offizier des Geheimdienstes hat mehr Macht und Einfluss als normale Offiziere.

Als Sanaas Vater sie fragte, was das Problem sei, stockte ihr das Blut in den Adern. Sie erzählte nur, dass sie Sakers Bemühungen und sein Werben nicht wollte, sagte aber kein Wort von Tarek. Doch ihre Hoffnung, dass Saker bei dem Treffen nichts von Tarek erzählen würde, erwies sich als naiv. Saker war nicht klar, ob er die konfessionelle oder die politische Karte spielen sollte, da er nicht wusste, wie konservativ Sanaas Vater war. Denn spätestens seit der Präsident selbst eine Sunnitin geheiratet hatte, hatten sich die Fronten verschoben und es gab einige Eheschließungen zwischen Sunniten und Alawiten. Nachdem er sich Informationen über Tarek und seine Familie beschafft hatte, entschied Saker sich schließlich, alle Karten gleichzeitig zu spielen. »Er ist nicht nur Damaszener und äußert sich ständig kritisch über die Politik, seine Familie hat auch eine beschämende Vergangenheit. Sein Onkel wurde verhaftet, weil er öffentlich den ewigen Führer als Verbrecher bezeichnet hat. Und sein Vater war die rechte Hand des früheren Vizekanzlers, der nach Frankreich geflohen ist und von dort über unseren Präsidenten schimpft!«, triumphierte er vor den beiden.

Sanaas Vater zeigte sich sehr empört. Einen Augenblick träumte er davon, in die Familie des Präsidenten einzuheiraten, aber da Sanaa sein einziges Kind ist, will er sie nicht zu einer Ehe zwingen. So zeigte er sich dankbar für die Informationen und versicherte, der Sache mit Tarek nachzugehen. Für Maher Saleh rechtfertigten die Argumente seines Sohnes dessen Handeln nicht, er entschuldigte sich für die Belästigungen und wechselte das Gesprächsthema zu den aktuellen Ereignissen des Arabischen Frühlings. Sie waren entspannt und überzeugt, dass diese Revolution Syrien nicht erreichen würde.

In der Küche saß Sanaa mit ihrer Mutter. Sie konnte nicht viel von dem Gespräch hören. Sie wollte vor ihrer Mutter ganz entspannt und gleichgültig erscheinen, aber innerlich wurde ihr übel vor Angst. Als die Gäste gegangen waren, rief Mahmoud brüllend Sanaa zu sich. Obwohl er fast jeden Tag einen Wutanfall hatte und Soldaten anschrie, hatte ihn Sanaa noch nie in diesem Zustand erlebt. Der Besuch des Cousins des Präsidenten hatte Mahmoud Schweißausbrüche verursacht, er spürte, wie ihm unter den Achseln die Tropfen herunterrannen. Er war rot wie eine Tomate, seine Adern am Hals schienen kurz vor dem Explodieren, aber jetzt bemühte er sich, mit ihr ein Gespräch zu führen. Mahmoud liebte sein einziges Kind über alles, denn er hatte sie erst spät bekommen, als er die Hoffnung auf Nachwuchs schon aufgegeben hatte. Sanaa kam erst zur Welt, als er 39 war. Damals hoffte er auf einen Sohn. Aber da seine Frau vierzehn Jahre lang nicht schwanger geworden war, war er überglücklich, eine Tochter zu bekommen.

»Wer ist dieser Hurensohn Tarek? Erklär es mir!«, schrie Mahmoud. »Wenn es stimmt, dass sich dieser Dreckskerl um dich bemüht, werde ich ihn mitten in der Uni mit meinen Stiefeln zertreten.« Sanaa versuchte, ihren Vater zu beruhigen: »Baba, das ist der Cousin von Samah, nur ein ganz normaler Bekannter, ein Studienkollege. Saker hat alles übertrieben, weil ich sein hässliches Gesicht nicht ertrage.«

Aber Mahmoud wurde nicht ruhiger. »Meine Tochter, du kannst diesen Mann nicht lieben. Es geht um meinen Ruf beim Militär! Jetzt weiß sogar Maher Saleh davon. Und außerdem habe ich dir tausendmal gesagt, suche dir eine andere Freundin, ich will keine Kopftuchträgerin in meinem Haus sehen! Ich scheiße auf sie und auf ihren Gott!«, stieß er immer lauter hervor. Sanaa versicherte ihm wieder und wieder, dass nichts zwischen ihr und Tarek war und er sich keine Sorgen machen musste. Sie wusste, wie skrupellos ihr Vater sein konnte. So versprach sie ihm, den Kontakt zu Tarek abzubrechen.

In dieser Nacht weinte Sanaa in ihrem Bett wie noch nie zuvor in ihrem Leben. Jedes Mal, wenn sie sich vorstellte, die Beziehung zu Tarek aufzugeben, schluchzte sie erneut auf. Gegen Mitternacht trat die Mutter an ihr Bett, sie hatte ihr Weinen und Wimmern gehört. »Er ist doch kein normaler Bekannter«, stellte sie besorgt fest, setzte sich zu Sanaa und wischte ihr zärtlich die Tränen von den Wangen. »Dein Vater kann auch nicht schlafen, dem geht es auch nicht gut. Du musst ihn verstehen. Sein Ruf ist das Wichtigste, was er beim Militär hat. Dein Baba ist ein ehrgeiziger Mann, er hat noch Ambitionen weiterzukommen, und er kann keine dunklen Flecken in seinem Lebenslauf gebrauchen«, bat sie um Verständnis.

Aber Sanaa weinte nur noch heftiger. »Ich mache mir auch Sorgen um dich. Was ist, wenn er dich zum Kopftuchtragen zwingt oder zu irgendetwas anderem? Wir sind anders als die –«, doch da hielt ihre Mutter inne, weil sie merkte, dass ihre Worte Sanaa nicht beruhigten, sondern das Gegenteil bewirkten. Sie strich Sanaa übers Haar: »Glaub mir, ich weiß, wie du dich fühlst. Ich hatte dieses Gespräch schon vor zwanzig Jahren mit meiner Schwester, deiner Tante Walaa. Du weißt, dass sie einen sunnitischen Mann geheiratet hat und mit ihm in Frankreich lebt. Das war für meine Familie auch keine einfache Entscheidung, aber ihr Mann war immerhin damals schon ein wichtiger Funktionär in der Baath-Partei und ist mittlerweile syrischer Botschafter in Frankreich. So konnte meine Familie vor den Nachbarn im Dorf ihr Gesicht wahren. Aber dieser Tarek ist noch so jung und hat doch keine Verdienste, um eine solche Ausnahme zu sein. Du bist auch noch jung, konzentriere dich erst einmal auf dein Studium. Männer –« Sanaa unterbrach ihre Mutter und bat, sie jetzt alleine zu lassen. »Ich werde morgen mit deinem Baba, wenn er sich beruhigt hat, reden, denn ich weiß, dass du eine brave Tochter bist.« Mit diesen Worten verließ sie Sanaas Zimmer.

Aber Mahmoud ließ die Sache trotz Sanaas Versprechungen nicht ruhen. In den nächsten Wochen begleiteten seine Chauffeure sie auf Schritt und Tritt. Tarek und Sanaa konnten sich nach der Uni nicht mehr treffen und zum »Liebesnest« fahren. Sie telefonierten so oft es ging und tauschten auf der Uni Blicke aus.

»Hast du verstanden, was ich dir mit meinen Augen heute in der Bibliothek gesagt habe?«, fragte Tarek in einem Telefonat.

»Ja, du wolltest sagen, du hast Hunger«, lachte Sanaa.

Tarek seufzte empört.

»Sicher habe ich dich verstanden und sofort geantwortet, aber du hast mich anscheinend nicht verstanden, sonst hättest du jetzt nicht gefragt,« gab sie zurück. Tarek fühlte sich in die Ecke getrieben. Sie konnte dieses Spiel sehr gut und blieb meistens Siegerin.« Natürlich liebe ich dich auch«, beendete Sanaa dieses Wortgefecht lachend.

Im Grunde aber war ihnen seitdem klar, dass eine gemeinsame Zukunft für sie in Syrien nicht möglich war. Tarek erzählte Sanaa jeden Tag von seinem Traum, nach Kanada auszuwandern. Am Anfang zögerte Sanaa sehr, aber Tarek wusste, dass sie in der Tradition ihrer Familie und ihrer Sippe und unter dem Regime ihres fanatischen Vaters nicht glücklich war. Daher gab er nicht auf. Er brachte Sanaa dazu, mehrmals mit der jüngeren Tochter seiner Nachbarin Maisaa, die in Kanada lebte, zu telefonieren. So erfuhr Sanaa viel über das Leben dort, und nach vielen langen Gesprächen entschieden sie sich, einen Antrag auf Einwanderung bei der kanadischen Botschaft zu stellen. Maisaas ältere Tochter Nawal arbeitete in der kanadischen Botschaft von Damaskus und versprach Tarek, bei der Antragstellung zu helfen. Die Kanadier bevorzugen gut Ausgebildete und Frischverheiratete oder junge kleine Familien, teilte Nawal ihnen mit. Also war klar, was den beiden für eine Einwanderung fehlte: Heirat und Universitätsabschluss. »Folgt eurem Herzen, egal wo es euch hinführt. Es ist schlauer als das Gehirn. Dafür ist das Leben da, und eure Eltern werden ganz sicher nach einigen Jahren eure Liebe akzeptieren«, bestärkte Nawal die beiden.

Somit fassten sie einen neuen Plan. Eine Heiratsurkunde zu besorgen war einfach, denn in Syrien ist, im Gegensatz zu seinen Nachbarländern, eine Zivilheirat ohne vorherige religiöse Heirat möglich. Sanaa brauchte für einen Abschluss nur mehr ein Jahr, Tarek aber noch drei. Das war das große Problem. So lange wollten sie nicht warten. Aber wie immer gab Tarek nicht auf und schlug bald eine Alternative vor. Vor einigen Monaten hatte er bei seiner Arbeit auf einer Baustelle den Besitzer des Hauses namens Salim kennengelernt, einen bekannten Juwelier. Schon bald stellte sich heraus, dass Salim auch ein begnadeter Dokumentenfälscher war.

Tarek war Salim sofort aufgefallen: Er unterschied sich von den übrigen Arbeitern durch seine Eloquenz und seinen Mut, sich über die politische Lage in Syrien kritisch und ohne Angst zu äußern. Das gefiel Salim, und bald fanden sie heraus, dass sie auch die Liebe zum Whisky verband, und so trafen sie sich oft auf ein Glas. Salim besaß eine Sammlung der teuersten und besten Whiskys der ganzen Welt. Dabei war auch Tareks Lieblingssorte, die er sich sonst nur selten leisten konnte, und das ließ sich Tarek nicht entgehen. Sie wurden gute Freunde, und als Tarek ihm von seiner Liebe zu Sanaa, den Schwierigkeiten, die ihr Vater ihnen in den Weg stellte, und seinen Auswanderungsplänen erzählte, vertraute Salim ihm sein gut gehütetes Geheimnis an: Er selbst sei der berühmte Dokumentenfälscher »Goldhand«. Tarek hatte den Namen schon gehört, aber nicht gewusst, dass diese Legende wirklich existierte. Und so bot Salim Tarek an, eine Urkunde über seinen Universitätsabschluss herzustellen, so perfekt, dass sie vom Original nicht zu unterscheiden sein würde, und sie über sein Netzwerk im Universitätsarchiv eintragen zu lassen.

»Wie ist das möglich?«, fragte ihn Tarek ungläubig. »Ich kenne Beamte im Archiv, die ihre Mutter für 5000 Lira verkaufen würden«, lächelte Salim selbstbewusst und stieß mit Tarek an. »Obwohl ich solche kleinen Arbeiten seit meiner Jugendzeit nicht mehr mache, ist das mein Geschenk an euch, ihr unzertrennlichen Liebesvögelchen!«, bekräftigte Salim und gab sich sehr großzügig und gelassen. Aber innerlich glühte er für diese Geschichte.

Ohne zu zögern, akzeptierte Tarek dieses Angebot, und die beiden fingen an, alle Dokumente für den Einwanderungsantrag zusammenzustellen. Von ihrem Plan erfuhren nur wenige Freunde und niemand aus den Familien. Sie meldeten sich in einer Privatschule zu einem Intensiv-Englischkurs an und sahen sich im Internet alles an, was sie über Kanada finden konnten. Jeden Abend sprachen sie von ihren Träumen, und Sanaa löste sich immer mehr von ihren Sorgen und Bedenken und wurde allmählich zuversichtlicher und gespannt auf dieses Abenteuer. »Mit dir, Habibi, gehe ich mit geschlossenen Augen bis ans Ende der Welt!«, sagte sie bei einem Telefonat, nachdem Tarek sie das hundertste Mal gefragt hatte, ob sie diesen Schritt wirklich wagen wollte. »Ich will es mir nicht einmal in meiner Fantasie vorstellen, mit einem anderen Mann als dir zusammen zu sein«, bekräftigte sie. Da gab es für Tarek keine Zweifel mehr.

Doch Saker hatte mitbekommen, dass Tarek und Sanaa sich wieder außerhalb der Uni trafen. Daraufhin schmiedete er einen teuflischen Plan, der Tareks Leben nachhaltig verändern sollte. Mitte Februar begannen die großen Prüfungen an der Universität. Tarek schnitt sehr schlecht ab, von sieben Fächern schaffte er nur eines. Er hatte für diese Prüfungen gar nicht gelernt, sondern sich nur auf die Auswanderung konzentriert. Einige Tage nach der Prüfungsphase holte der Rektor Tarek in sein Büro. Tarek hatte keine Ahnung, worum es ging, aber ihm war, als hätte er einen Felsen im Magen, denn der Rektor nahm nur in Ausnahmefällen mit einem Studenten persönlichen Kontakt auf.

Als er das Büro betrat, saß der Rektor hinter seinem Schreibtisch und daneben standen zwei Militärpolizisten. »Du hast einen schweren Betrug begangen. Du hast Mouaas Afandi einen Miniatur-Lautsprecher besorgt, den er sich ins Ohr stecken kann, und ihm von draußen die Antworten auf die Prüfungsfragen diktiert. Hier ist dein Verbannungsschreiben, du bist für ein Jahr suspendiert«, sagte er streng und reichte Tarek ein amtliches Schreiben. Tarek verstand die Welt nicht mehr.

»Herr Rektor, bitte, ich habe diesen Namen noch nie im Leben gehört. Das muss ein Missverständnis sein«, flehte Tarek.

»Jetzt tu nicht so unschuldig, die Sache wurde von der Polizei geklärt. Auch Mouaas Afandi hat gestanden, dass du es warst, und die Nummer, mit der er während der Prüfung eine Stunde lang telefoniert hat, läuft auf deinen Namen«, erwiderte der Rektor entschlossen. »Jetzt musst du mit den zwei Herren zur Einrückungsstelle, um den Gesundheitstest zu machen, und dann wirst du zum Militärdienst einrücken«, beendete der Rektor das Gespräch.

Tarek war schockiert. Er konnte das alles nicht fassen. Er brach zusammen und versuchte noch einmal, auf den Rektor einzuwirken, den Vorwurf noch einmal überprüfen zu lassen, aber die beiden Militärpolizisten packten ihn an den Armen und zogen ihn aus dem Raum. Sein erster Gedanke war, dass Saker dahintersteckte. Und seine Vermutung sollte sich auch bewahrheiten. Für Tarek und Sanaa brach jetzt eine Welt zusammen. Tareks Einrückungstermin war im April, und die Zeit bis dahin reichte nicht, um ein Einwanderungsvisum zu erhalten. Außerdem nahmen ihm die Militärpolizisten sofort seinen Zivilausweis ab und gaben ihm stattdessen das Papier mit dem Einberufungsbefehl. Somit konnte er weder heiraten noch einen Reisepass beantragen.

Tarek brauchte einige Tage, um den teuflischen Plan zu begreifen. Alle Träume, die er sich mit Sanaa in den letzten Monaten ausgemalt hatte, wanderten in den Müll. Alles, was er auf der Universität über diesen Mouaas Afandi herausfinden konnte, war, dass man ihn exmatrikuliert hatte und er nach Idlib zu seiner schwerkranken Mutter zurückgegangen war.

In Tarek wuchs eine unermessliche Wut auf die Ungerechtigkeiten in diesem Land. Jedes Mal, wenn er daran dachte, dass ihm Unrecht geschehen war und er nichts dagegen tun konnte, kochte das Blut in seinen Adern vor Wut und er fühlte eine ungeheure Ohnmacht. Seine Abscheu gegenüber der Korruption in seiner Heimat erreichte einen neuen Höhepunkt. Sie war allgegenwärtig, bei der Jobsuche, bei jeglichen Investitionen, beim Hausbau, in der Bildung, im Sport, in der Kunst, im Gerichtssaal, auf der Polizeistation, beim Militär, sogar in den Krankenhäusern. Korruption und Ungerechtigkeit lagen förmlich in der Luft, man atmete sie bei jedem Atemzug ein und sie floss in den Arterien jedes Syrers. Überall konnte man das Gesetz umgehen, wenn man die richtigen Leute kannte oder zu ihnen gehörte. Wenn man einen Stein auf den anderen legen wollte, brauchte man Beziehungen. Wenn man sie nicht hatte, konnte man sie mit Geld kaufen. Mit Geld und Beziehungen konnte man alles haben und erreichen. Alles. Aber die Menschen hatten sich damit abgefunden, es war zur Normalität geworden. Einige, die weder Geld noch Beziehungen hatten, versuchten, den Dialekt der Küstenregion, aus der der Präsident stammte, nachzuahmen, um bevorzugt zu werden oder ihre Ziele schneller zu erreichen. Wer diesen Dialekt sprach, war wahrscheinlich entweder beim Militär oder beim Geheimdienst. Jetzt aber war Tarek persönlich betroffen. Er wäre am liebsten auf die Straße gegangen, um ganz laut dagegen zu demonstrieren, auch wenn es sein Leben kosten würde. Er hatte immer wieder den Tagtraum, sich in der Universität zur Sprechanlage zu schleichen und eines der Gedichte, die er über diese Ungerechtigkeit geschrieben hatte, laut vorzulesen, sodass es in allen Räumen des Universitätsgeländes zu hören wäre. Aber er wusste ganz genau, wo er dann enden würde. Er kannte viele Denker und Kritiker des

Regimes, die entweder im Gefängnis oder im Sarg oder, wenn sie Glück hatten, im Exil gelandet waren. »Bitte, Habibi, lass mein Herz um dich nicht verbrannt werden! Lass die Finger von der Politik!«, bat Salma ihren Sohn immer, wenn er sich voller Emotionen darüber äußerte.

Jetzt sitzt Tarek mit Sanaa im Park und betrachtet ihr Gesicht ganz genau. Die beiden müssen sich damit abfinden, ihre Auswanderungspläne auf die Zeit nach dem Militärdienst zu verschieben. »Du schaust mir nicht nur in die Augen, warum schaust du mich so an? Stimmt etwas nicht mit meinem Gesicht?«, fragt Sanaa irritiert.

»Dein Gesicht ist wunderschön. Ich möchte mir nur dein Aussehen ganz genau einprägen, damit ich dich, wenn ich die Augen schließe, sehen kann«, erklärt Tarek, während er Sanaa weiter betrachtet.

»Nur weil du beim Militär dein Handy nicht dabeihaben darfst? Du hast ja in deiner Geldtasche ein Foto von mir!«, erinnert ihn Sanaa.

»Habibti, Fotos haben keine Seele. Aber dein Bild in meinem Kopf schon«, sagt Tarek und küsst ihre Hand, die er die ganze Zeit gehalten hat. Sanaa holt aus ihrer Tasche ein Paar schwarze Handschuhe und überreicht sie ihm. »Du hast keine warmen Handschuhe. Diese sind mit Fell gefüttert. Ich habe sie im Souk Alkhoga auf dem Weg hierher gekauft. Ich hoffe allerdings, dass du sie nicht brauchen wirst und in eine warme Region eingeteilt wirst!« Tarek probiert sie an und fühlt sich sofort wohl damit.

»Sie sind so zart und warm wie dein Lächeln, Habibti!«, zwinkert er ihr zu. Sanaa lächelt befreit. »Willst du die Falafelröllchen nicht essen?«, fragt Tarek. »Nein, Habibi, nimm sie mit, dann kannst du sie später essen. Ich habe jetzt keinen

Appetit«, schüttelt Sanaa den Kopf. »Was ist das für eine Logik? Du willst, dass ich später in Gesellschaft fremder Männer esse, und du willst mir das Vergnügen nicht gönnen, mit dir zu essen, wo das doch für einige Zeit das letzte Mal ist?«, möchte er Sanaa umstimmen, was ihm auch sofort gelingt. Sie genießen ihre kleine Mahlzeit auf der Bank im Park und reden eine Zeitlang darüber, wo Tarek eingesetzt werden und wann er das erste Mal Urlaub bekommen könnte. Die Zeit vergeht schnell, und nur die Sonne erinnert Tarek mit ihrem zunehmenden Strahlen daran, dass die Zeit mit Sanaa zu Ende geht, denn er hat weder sein Handy noch eine Uhr, weil er beides zum Militär nicht mitnehmen darf.

»Wie spät ist es?« Als Sanaa antwortet: »Kurz vor zwölf«, beginnt sein Herz schneller zu klopfen. Tarek erhebt sich und zieht Sanaa leicht an der Hand, damit auch sie aufsteht. Er drückt sie fest an sich und schließt die Augen. Nach einer Weile lösen sie sich voneinander, und Tarek sieht Tränen auf ihrer Wange. »Nicht traurig sein, Habibti, es ist nur eine Phase, und die vergeht schnell. Jetzt hast du mehr Zeit, dich auf unsere Auswanderung vorzubereiten«, wischt er ihre Tränen zärtlich weg.

Sanaa begleitet ihn, bis sie den Eingang der Meldestelle sehen können. Tarek atmet tief ein. Eine lange Schlange von glatzköpfigen Männern steht vor dem Gebäude. »Sobald ich telefonieren kann, werde ich mich melden. Ich habe mit Nauras ausgemacht, wenn sie mich besuchen, bringt er mein Handy mit, vielleicht kann ich es heimlich behalten«, verabschiedet sich Tarek und geht.

»Hast du irgendwo meine Nummer aufgeschrieben?«, ruft sie ihm nach. Tarek lächelt im Weitergehen und sagt, wie aus der Pistole geschossen, die zehnstellige Nummer auf.

Arraqa, September 2015

»Allahu akbar«, stößt Amina jedes Mal hervor, wenn sie mich auf ihren Rücken biegt. Sie will der Aufforderung der Wächterin, jetzt zu beten, nicht nachkommen. Daher dehnen wir unsere Rücken und spielen »Brunnenschöpfen«. »Samiaa Allahu liman hamida«, erwidert sie, wenn ich sie auf meinen Rücken biege. Wir machen Gymnastik und simulieren mit Worten das Beten. Wir können unser Lachen nur mit Mühe unterdrücken. Ich frage mich immer wieder, wieso diese junge Frau das Paradies im Westen verlassen hat, um freiwillig hierherzukommen. Vielleicht werde ich das nie nachvollziehen können. Ich kann auch nicht in sie hineinschauen. Ich bin mittlerweile zu dem Schluss gekommen: Der Mensch ist ein seltsames Lebewesen. Trotzdem scheint uns diese bizarre Welt gewöhnlich und normal zu sein. Wir haben für alles eine Erklärung, sogar dafür, warum wir Kriege führen und Menschen töten. Manchmal haben wir doch keine Erklärung, aber dann heißt es, das sei die Natur der Dinge. Das müsse so sein. Aber gibt es eine Garantie, dass ich mich anders verhalten würde, wenn ich in ihrer Haut stecken würde?

Plötzlich dreht sich ein Schlüssel im Schloss unserer Zelle. Amina fällt auf die Knie und nimmt Gebetshaltung ein. Eine Wächterin bringt uns das Essen, zwei halbgar gekochte Kartoffeln und zwei Tomaten in einer Blechschüssel, die mit einem großen Fladenbrot zugedeckt ist. Amina teilt das Brot und ich schäle die Kartoffeln. Wir drücken sie und jeweils eine Tomate in unsere Brothälften und rollen sie, so gut es geht, zusammen.

»Kennst du das, wenn du nicht mehr du selbst sein kannst? Und dich bei jedem Menschen wieder verstellen musst? Kennst du das, wenn du nicht mehr weißt, wer du eigentlich bist und was du wirklich willst?«, fängt Amina nach langem Schweigen leise zu erzählen an und fällt dabei immer wieder ins Englische. »Alles, was ich wollte, war ein harmonisches, friedliches Leben. Aber das war in meiner Familie nicht möglich. Meine Eltern haben sich getrennt, als ich vier war. Und seitdem hasse ich es, wenn Menschen streiten«, spricht Amina weiter. Ich höre ihr aufmerksam zu. »Ist deine Mutter auch aus dem Libanon?«, frage ich sie. »Nein, meine Mutter ist Deutsche. Sie ist ein sehr lieber Mensch, aber sie ist verwirrt und ohne Rückgrat. Mein Papa ist eigentlich auch ein guter Mensch, aber er ist auch verwirrt. Er ist mit 25 Jahren 1982 vor dem Bürgerkrieg im Libanon geflohen. Und das war nicht seine erste Flucht. Denn er wurde schon als Baby mit seiner Familie aus Palästina vertrieben. Was er im Libanon genau erlebt hat, wissen wir nicht. Er hat nie darüber gesprochen. Meine Mutter hat nur einmal erzählt, dass seine ganze Familie umgekommen sei. Jetzt arbeitet er auf einem Schiff und fährt zwischen Hamburg und China hin und her. Er kommt alle sechs Monate auf Besuch. Jedes Mal hat er ein Geschenk mitgebracht, aber er redet nie viel.«

»Und wissen sie, dass du hier bist? Und warum bist du überhaupt hier?«, frage ich nach.

»Ja, sie wissen es. Ich hatte bis vor kurzer Zeit Kontakt mit ihnen. Meine Mutter weint jedes Mal, wenn wir telefonieren, und will immer, dass ich zurückkomme. Jetzt erst merkt sie, dass es mich gibt«, weicht Amina meiner Frage aus und erzählt wieder von ihren Eltern.

»Hast du nicht bei deiner Mutter gewohnt?«, frage ich weiter.

»Schon, aber sie hatte nie Zeit für mich, vierzig Stunden Arbeit im Supermarkt, und alle zwei Monate ist ein neuer Mann in der Wohnung gestanden und hat sich breitgemacht, an den sie sich wie ein Chamäleon angepasst hat. Ich war damit meistens ganz zufrieden, denn im Gegensatz zu meinen Freundinnen habe ich viel Freiheit gehabt, ohne dass mir jemand auf die Nerven gegangen ist und mich ständig aufgefordert hat, nach Hause zu kommen.« Amina erzählt zusammenhanglos, manchmal ironisch, manchmal gleichgültig.

»Und wie kommt es, dass du hier bist? Warum bist du hier?«, unterbreche ich sie.

»Das habe ich dir schon gesagt. Ich will dir nicht mehr sagen, sonst weinst du wieder«, gibt sie mir zur Antwort.

»Ja, du hast behauptet, dass du für den wahren Islam kämpfen wolltest, aber wie ist es dazu gekommen, wenn du nicht religiös erzogen worden bist?«, möchte ich wissen.

»Es stimmt, ich bin nicht religiös erzogen worden. Mein Papa betet nicht einmal. Meine Mutter ist, als sie noch mit meinem Vater beisammen war, zum Islam konvertiert, aber nach der Trennung war es vorbei mit der Religion. Aber sie war immer orientierungslos. Vielleicht hat der Suizid ihres Vaters sie so werden lassen«, sagt Amina und schweigt. Ich weiß nicht, warum sie meine Frage nicht beantworten will, aber ich frage auch nicht mehr nach.

Plötzlich wird die Tür geöffnet. »Nadia, komm heraus«, fordert Um Emad mich auf. Für ein paar Sekunden denke ich, sie hätte sich in der Zelle geirrt, denn ich habe den Namen in meinem gefälschten Ausweis fast vergessen.

»Wohin?«, frage ich, als mir klar wird, dass sie mich anspricht, weil ich Nadia bin.

»Waschen«, sagt Um Emad, ohne eine Miene zu verziehen. Als ich aus der Zelle trete, ruft Amina: »Ich muss mich auch

waschen, ich bin im Zweifel, unrein zu sein!« Um Emad zögert kurz, dann winkt sie Amina zu sich und fesselt uns mit Handschellen aneinander. »Wenn ihr auf dumme Ideen kommt, schieße ich euch einfach nieder«, droht sie und nimmt ihre Kalaschnikow von der Schulter.

Damaskus, April 2011

»Heute rücken aber besonders viele ein«, spricht Tarek den Mann an, der vor ihm in der Schlange steht, um sich die Zeit schneller zu vertreiben. Sie warten schon eine halbe Stunde und sind noch nicht einmal bis zur Hälfte der Schlange weitergekommen. »Gar nicht. Ich habe meinen Bruder vor zwei Jahren hierher zur Meldestelle begleitet, und da waren es doppelt so viele. Ich glaube im Gegenteil, viele sind beunruhigt über die Aufstände in Daraa, daher stellen sie einen Antrag, ihren Wehrdienst zu verschieben«, sagt der Mann und bläst den Rauch seiner Zigarette kräftig aus. Er ist etwas kleiner als Tarek und hat seine Glatze so glatt rasiert, dass sie in der Sonne spiegelt. Im Gegensatz zu Tarek, der seine Sachen in einen Rucksack gepackt hat, trägt er seinen ganzen Besitz in einer Kufiya, die er zu einer Tasche gebunden hat, was bei Tarek den Eindruck erweckt, dass er vom Land kommt.

»Bist du besser informiert? Ich verfolge die Nachrichten nicht. Wie ist der letzte Stand?«, stellt sich Tarek dumm, obwohl er die Nachrichten rund um die Uhr verfolgt.

»Es ist schon vorbei, unsere weise Führung hat alles unter Kontrolle. Diese Israel-Söldner und die amerikanischen Eindringlinge haben keine Chance, so etwas wie in Ägypten und Libyen zu machen«, sagt der Mann ganz selbstsicher und laut, und die Menschen vor und hinter ihnen spitzen die Ohren und werden unruhig. Tarek kennt das: Wenn über Politik gesprochen wird, haben viele Angst. Wenn jemand kritisch über die Regierung spricht oder über den Präsidenten lästert und man protestiert als Zuhörer nicht dagegen, so passiert es oft, dass man dann zur Rechenschaft gezogen wird, weil Schweigen als Zustimmung gewertet wird. Tareks Gesprächspartner wartet gespannt auf seine Reaktion und mit ihm auch die Umstehenden.

Tarek ist klar, welche Antwort von ihm erwartet wird. Er weiß aber auch, dass die Demonstranten aus Daraa keine bewaffneten Söldner aus dem Ausland sind, sondern unbewaffnete friedliche Syrer, die für Freiheit und Reformen und gegen Korruption und Ungerechtigkeit auf die Straße gegangen sind. »Ja, Gott möge unseren Präsidenten stärken und unser Land vor der Gier des Westens bewahren«, erwidert Tarek daher halbherzig und hasst sich für diese Heuchelei. Doch die Aufstände haben sich nicht auf Daraa beschränkt, die ganze Situation ist sehr sensibel und die Stimmung sehr angespannt, denn vor zwei Tagen fanden auch im Umland von Damaskus und in anderen Städten die ersten Demonstrationen statt, in denen sogar die Absetzung des Präsidenten verlangt wurde. Diese Demonstrationen wurden mit Hilfe des Geheimdienstes und der *Schabiha* mit Waffengewalt aufgelöst, und es gab auch Tote zu beklagen. Die Milizen der *Schabiha*, die »Geistermilizen«, sind irreguläre bewaffnete Truppen, die von Cousins des Präsidenten geführt werden. Sie morden, foltern, brandschatzen. Die Mehrheit der Männer stammt aus den Küstenregionen im Nordwesten Syriens, dem traditionellen Gebiet der Alawiten. Früher belästigten und beraubten sie die armen alawitischen Bauern, jetzt werden sie gegen die Demonstranten eingesetzt. Seit diesen Demonstrationen vor zwei Tagen gibt es zahlreiche Verhaftungen und alles deutet darauf hin, dass es mitnichten vorbei ist, sondern dass das erst der Anfang ist, denn die Angehörigen der Getöteten werden deren Tod nicht einfach hinnehmen. Blut fordert weiteres Blut.

Endlich ist es so weit, Tarek betritt das Gebäude und atmet auf, denn hier ist es kühler und angenehmer als in der gnadenlosen Mittagssonne. Tarek kommt an den Schalter. Er gibt dem Soldaten sein Einberufungsschreiben und dieser holt ein großes Heft, auf dessen Vorderseite ein »D« prangt. »Dimashqi, Tarek«, murmelt der Soldat, während er Tareks Daten einträgt, und dann wird er plötzlich laut: »So kannst du nicht zum Fotografen gehen für das Foto auf deinem Dienstausweis, deine Haare sind viel zu lang! Geh dort rechts zum Friseur!«

»Aber ich habe mich doch rasiert«, protestiert Tarek. Der Soldat fordert ihn auf, seinen Kopf durch das kleine Sprechfenster zu stecken, und ergreift mit den Fingerspitzen die Haarstoppel. »Ich kann deine Haare festhalten, das ist nicht null, das sind mindestens drei Millimeter, das geht so nicht beim Militär«, grinst er. Tarek geht wie angewiesen nach rechts in das kleine Zimmer, in dem Köpfe rasiert werden. Einige warten schon in einer kleinen Schlange vor der Türe. Der Boden in dem Raum ist mit Haaren bedeckt. Der Soldat, der rasiert, ist riesig und schert sie wie Schafe, ohne hinzuschauen. Tarek ist entsetzt, wie die Köpfe nachher aussehen. Dafür kassiert er 50 Lira pro Kopf. »Gott möge dir Gesundheit geben. Ich zahle im Voraus, da hast du 100 Lira, aber bitte mach es nach deinem Geschmack«, bittet ihn Tarek, als er drankommt.

Als der Soldat Tareks Damaszener Dialekt hört, lacht er laut: »Höhö, ein Damaszener Weichei! Okay, mach ich für dich! Ihr Damaszener kommt sowieso nicht zum Militär, um dem Land zu dienen, sondern um davonzukommen. Du wirst deinen zuständigen Offizier bestechen und ihm wie alle Damaszener einen monatlichen Lohn zahlen, um zu Hause bleiben zu können«, behauptet er in seinem ausgeprägten Dialekt der Küstenregion. Tarek weiß, dass Soldaten aus Damaskus und Aleppo eher in Büros dienen oder sogar zu Hause bleiben, weil sie sich oft die Bestechung leisten können. Sie zahlen ihren Vorgesetzten eine deftige Summe und diese verheimlichen ihre Abwesenheit. Sie werden als Chauffeure oder Bürodiener in den Listen geführt. Alle wissen das, und jeder drückt ein Auge zu, denn fast alle Offiziere lassen sich so bestechen. Ihr reguläres Gehalt ist sehr niedrig, daher sind sie auf solche Bestechungsgelder angewiesen. Tarek hat schon mit seinem Arbeitgeber auf der Baustelle vereinbart, dass er zurückkommen kann, wenn es ihm gelingt, freigestellt zu werden. Der Arbeitslohn würde dann zwar fast zur Gänze an den Offizier gehen, aber wohnen und essen könnte er weiter bei seinen Eltern.

Von diesem Konzept hat Tarek schon oft gehört, viele Bekannte, die bereits ihren Wehrdienst antreten mussten, sind diesen Weg gegangen.

»Schau, nimm den Spiegel, passt es so?« Der Friseur holt aus seiner Tasche einen kleinen runden Handspiegel und gibt ihn Tarek, was er sonst nicht macht, damit sich die Männer nicht beschweren und die ganze Prozedur wiederholt werden muss. »Du schaust ohnehin gut aus, warum bist du so eitel? Du wirst die nächsten Monate mit lauter Männern beisammen sein, die längere Zeit keine Frau sehen. Ich würde an deiner Stelle nicht so auf gutes Aussehen Wert legen«, lacht der riesige Soldat meckernd, während sich Tarek im Spiegel von allen Seiten ganz genau betrachtet. Tarek schenkt dem Gerede nicht viel Aufmerksamkeit, während er sich einige Haarstoppel aus dem Gesicht wischt. Tarek gibt dem Friseur den

Spiegel zurück und bedankt sich. Als er den kleinen Raum verlassen will, fragt ihn der Friseur: »Sag einmal, wer ist dein Beschützer? Du kennst sicher einen Hochrangigen!« Tarek lächelt ihm selbstbewusst zu: »Das kann ich dir hier nicht sagen.« Mit diesen Worten dreht er sich um und geht wieder zum Aufnahmeschalter. Der Schreiber schaut kurz auf, nickt und winkt ihn zum Fotografen. Nach dem Fotografieren holt sich Tarek aus dem nächsten Büro seinen Militärausweis.

»Du bist in der Kategorie A, geh zur Halle drei«, weist ihn der Unteroffizier an und deutet auf das A vorne am Ausweis.

»Entschuldigen Sie bitte, würden Sie mir sagen, was dieses A bedeutet?«, fragt Tarek höflich.

»*Sidie*, mit ›Sidie‹ sollst du von jetzt an Unteroffiziere und Offiziere ansprechen. Und das A bezieht sich auf den Zustand deines Körpers. Du bist in der Kategorie der besten Soldaten. Geh und befreie Palästina!«, lacht der Mann herzlich über seinen Witz.

»Danke, *Sidie*!«, dreht sich Tarek um und geht zu der angewiesenen Halle. Auf dem Weg dorthin wundert er sich über den Geschmack dieses Wortes in seinem Mund: *Sidie*, mein Herrscher.

In Halle drei fällt Tarek auf, dass alle wartenden Männer ungefähr die gleiche Größe und Statur haben. Es dauert nicht lange, bis sie in Militärlastwagen verladen werden und zum Hauptverteilerzentrum fahren. In ganz Syrien gibt es nur zwei solche Zentren, eines bei Homs und eines bei Aleppo. Nach drei Stunden Fahrt kommen sie endlich an. Es ist acht Uhr abends und Tarek hat von der endlosen Schüttelei gewaltigen Hunger. Bei der Ankunft müssen sie sich in einer Dreierreihe anstellen, und der Lastwagenfahrer übergibt die Gruppe mit einer Namensliste an einen Unteroffizier. »Auf den Bauch legen!«, brüllt dieser, als er die Namensliste in der

Hand hält. »Wir machen eine Anwesenheitskontrolle, dann gebe ich euch die Anweisungen für die Nacht«, brüllt er weiter, als alle neunzig Rekruten flach auf dem Boden liegen. »Du Aufopferer, ab jetzt bist du Soldat der syrischen arabischen Armee. Du hast die Ehre, für die nächsten achtzehn Monate der Flagge der syrischen Republik zu dienen. Dafür musst du dem militärischen Leben maximalen Respekt erweisen und Disziplin einhalten«, bellt er, nachdem er die Anwesenheit kontrolliert hat, mit lauter Stimme, während er zwischen den liegenden Körpern herumgeht. Er bleibt vor Tareks Gesicht stehen. Tarek kann nichts anderes sehen als nur die schwarzen Lederstiefel, die wie neu glänzen, obwohl der von gelben Scheinwerfern beleuchtete Hof sehr staubig ist.

»Die erste Regel beim Militär lautet: Erst machen, dann kritisieren. Du Aufopferer, du bist nur für diese Nacht bei uns. Weitere Regeln bekommst du in deiner zugewiesenen Basis. Deine Uniform und die weitere Ausrüstung bekommst du ebenfalls dort. Jetzt gehen wir zur Speisehalle und ihr befolgt meine Anweisungen«, beendet der Unteroffizier seine Begrüßungsrede mit dem Befehl, aufzustehen.

In der Halle gibt es einen dreißig Meter langen, u-förmigen Betontisch, auf dem mehrere Schüsseln mit Joghurt, Fladenbrot und Oliven stehen. Keine Sessel. Tarek liebt Oliven, und als der Unteroffizier das Signal zum Essen gibt, greift er sofort zu. Aber er ist entsetzt über den bitteren Geschmack, sie sind noch grün und unreif. Er hat schlagartig keinen Appetit mehr. Er wartet, bis sie in ihre Schlafsäle eingeteilt werden, um dort das Essen, das ihm Salma heute früh eingepackt hat, zu genießen. Im Schlafsaal sucht sich Tarek eines der oberen Betten aus, er kann nicht schlafen, wenn über ihm ein anderes Bett ist, da fühlt er sich zu eingeengt. Er sitzt oben auf seinem Bett, holt den Beutel aus dem Rucksack und beißt, ohne hinzusehen in eines der Brotröllchen, das er herausgefischt hat. Es ist mit getrocknetem Thymian, Frischkäse und Olivenöl gefüllt. Für Tarek schmeckt es wie aus einem Drei-Sterne-Restaurant, denn er kann die Liebe seiner Mutter herausschmecken.

Eine große Traurigkeit und Sehnsucht nach ihr überfällt ihn. Er beobachtet die Männer, wie sie ihre Betten aussuchen und sich hinlegen. Die Frage »Woher kommst du?« läuft wie eine Kette durch den ganzen Raum.

»Hast du an dieser grausigen Decke unter dir schon gerochen?«, fragt sein linker Nachbar, während er seine Decke ausbreitet und beutelt. Tarek schüttelt den Kopf. »Die sind doch voller Wanzen! Wir haben eine beschissene Nacht vor uns«, meint der Nachbar und schüttelt die Decke weiter aus. Tarek beugt sich zu seiner Decke und riecht daran: »Na ja, was erwartest du? Das ist das Verteilungszentrum, hier bleibt man nur eine Nacht und das Zeug wird nie gewaschen. Morgen, wenn du in deiner Kaserne bist, kannst du dein Zeug waschen und sauber machen«, erwidert Tarek und isst weiter.

Die dunkelbraunen Decken sind kratzig und rau, aber sehr warm. Er schaut nach rechts, das nächste Stockbett ist rund einen halben Meter entfernt. Sein rechter Nachbar liegt ebenso wie er halb gebeugt und zieht leidenschaftlich an seiner Zigarette. Gedankenverloren schaut er ins Leere. »Alles gut, Meister?«, fragt Tarek. Der Mann zuckt zusammen und legt sofort die Hand auf die Tasche, die auf seinem Bauch liegt. »Ja, alles gut«, gibt er sichtlich irritiert zur Antwort und zieht seine schwarze Kappe tief vor die Augen.

»Ich habe viele Brotröllchen bei mir, wenn du Hunger hast, kannst du gerne welche haben«, bietet ihm Tarek an. Der andere schüttelt den Kopf: »Nein, passt schon.«

»Ich nehme gerne eins«, ruft der linke Nachbar. Er schaut viel zufriedener und freundlicher aus. Tarek holt eins aus seinem Beutel. »Ich weiß nicht, was drinnen ist«, sagt er und reicht es hinüber.

»Egal, was drinnen ist, es schmeckt sicher besser als die bitteren Oliven von vorhin. Ich will den schrecklichen Geschmack in meinem Mund loswerden!«

»Weißt du schon, wo du hinkommen wirst?«, fragt der linke Nachbar mit vollem Mund.

»Nein, wie soll ich das wissen? Weißt du etwa schon, wo du hinkommst?«, gibt Tarek die Frage zurück.

»Nein, aber du schaust aus, als kämst du aus gutem Haus, du wirst deine Beziehungen haben!«, vermutet der hungrige Mann lächelnd. Es stellt sich im Gespräch heraus, dass er Josef, heißt und aus dem christlichen Dorf Maloula kommt. Josef und Tarek unterhalten sich ein wenig über die Einheiten, denen sie zugewiesen werden könnten.

»Wir sind zwar alle in diesem Schlafsaal in Kategorie A, aber ich glaube, bei mir war das ein Irrtum. Ich bin zum Glück nicht so sportlich wie du, sie werden mich sicher nicht zur Spezialeinheit oder zur Garde der Republik einteilen. Ich lande hoffentlich in irgendeiner Küche! Aber du schaust so athletisch aus, du könntest sogar in der Einheit 401 bei Oberst Fahad Al-Ali aufgenommen werden«, meint Josef.

Als er den Namen »Fahad Al-Ali« hört, dreht der rechte Nachbar schnell den Kopf und schaut mit schmalen Augen kurz hinüber, bevor er sich wieder seinen Gedanken widmet. Josef ist über diesen Blick verwundert und fragt Tarek mit einer Geste, was mit dem Mann los sei. Tarek erwidert mit einer wegwerfenden Handbewegung und hängt nun selbst seinen Gedanken nach. Er hofft, dass er nicht zu Fahad Al-Ali eingeteilt wird, das ist der berüchtigtste Offizier in der ganzen syrischen Armee. Er hat so viele Befugnisse wie kein anderer und ist der einzige, dem es gestattet ist, im Verteilungszentrum die Soldaten für seine Einheit selbst auszusuchen. Er ist mit dem Präsidenten verwandt und wurde mit den heikelsten Einsätzen der letzten zwanzig Jahre betraut. Man sagt, er habe ein Herz aus Stahl und viele Menschenleben auf dem Gewissen, und seine Soldaten würden so hart trainiert wie in keiner anderen Einheit. Jeder in Syrien kennt das Gerücht, dass Fahad Al-Alis Soldaten am Ende ihrer Ausbildung, ohne zu zögern und ungerührt einer lebenden Schlange oder einem Hasen den Kopf abbeißen. Am Ende der Ausbildung bekommen die Soldaten ein Ehrenzeichen, das ihnen bei der Verleihung direkt in die Haut gesteckt wird. Tarek versucht, diesen Gedanken wegzuschieben. Er sieht keinen Sinn darin, ein Jahr und neun Monate diesem korrupten Apparat zu schenken. Er möchte am liebsten wieder gehen und mit Sanaa nach Kanada fliehen. Aber er weiß, wenn er desertiert, könnte er nie wieder zurückkommen, weil er als Landesverräter sofort verhaftet würde. Und er kann sich nicht vorstellen, ganz und gar auf Damaskus zu verzichten. Sanaa und er haben die Hoffnung, dass ihre Eltern mit ihrer Verbindung einverstanden sein würden, wenn die beiden in einigen Jahren mit ihren Kindern auf Besuch aus Kanada kämen. Als das Licht ausgeschaltet wird, merkt Tarek, dass es schon spät ist und er vom vielen Nachdenken müde. Er holt aus seinem Rucksack ein T-Shirt und macht daraus einen Überzug für seinen Kopfpolster. Als er sich zurechtlegt, kontrolliert er mit der Hand das Geld, das er in der kleinen Reißverschlusstasche seiner Unterhose versteckt hat. Josef schnarcht bereits. Der rechte Nachbar liegt noch immer in derselben Position und raucht seine vermutlich zehnte Zigarette. »Meister«, spricht ihn Tarek an und wartet, bis der andere zu ihm schaut, »ich kann wirklich nicht schlafen, wenn du weiter rauchst.« Dieser nickt und drückt mit den Fingern die Zigarette aus. Tarek bedankt sich und dreht sich um. Sein letzter Gedanke ist der Wunsch, dieses Jahr und die neun Monate würden so schnell wie möglich vergehen.

Arraqa, September 2015

Ich habe mich noch nie mit einer so stark duftenden Aleppo-Seife gewaschen. Vielleicht riecht sie auch ganz normal, und ich habe nur lange Zeit nichts Angenehmes mehr gerochen. Zu Hause hätte ich nie Aleppo-Seife verwendet, mein Badezimmer war voll mit teuren Kosmetikartikeln. Jetzt kommt mir der Lorbeerduft in meinen Haaren wie das reine Paradies vor. Wieso nehmen wir die kleinen Selbstverständlichkeiten in unserem Leben erst wahr, wenn wir sie verloren haben?

»Und wie fühlst du dich jetzt, geht es dir besser?«, frage ich Amina, als Um Emad uns wieder in die Zelle führt und die Tür hinter uns schließt.

»Ja, besser, danke. Ich weiß nicht, warum ich plötzlich erbrochen habe. Vielleicht, weil ich meine schmutzigen Sachen nach dem Waschen wieder anziehen musste«, antwortet sie und setzt sich ganz zusammengekrümmt auf den Boden und hält ihre Hände vor den Bauch.

»Ich dachte schon«, sinniere ich, »dass dieser ätzende Geruch von meiner Seele ausgeht, aber der Duft von Lorbeer und Olivenöl hat meine Seele wieder gereinigt und lebendig gemacht. Aber vielleicht wäre es besser gewesen, wir hätten uns diese Freude nicht gegönnt, denn als ich meine Kleidung wieder anzog, verblasste sie wieder und jetzt nehme ich diesen muffigen Geruch in der Zelle viel stärker wahr. Manchmal wäre es besser für uns, nicht zu merken, wie schlecht es uns geht, da wir ja doch keine Alternative haben«, und mir fällt auf, dass mich die Isolationshaft zu einer Philosophin gemacht hat.

»Sag ›Alhamdulillahi‹, denn wenn Gott jemanden liebt, setzt er ihn Leiden und Qualen aus. Gott sieht alles, das ist alles Teil seiner Weisheit. Komm, jetzt setz dich zu mir, mir ist kalt«, bittet mich Amina. Ich blende ihr Gerede über Gott einfach aus und setze mich neben sie. Was für ein sadistischer Gott, der auf Schmerz und Leiden steht! Eigentlich liebt die ganze Menschheit Schmerz. Damit rechtfertigt sie ihre Glückseligkeit.

»Du bist eine sehr schöne Frau. Ich habe das erst beim Waschen bemerken können«, macht mir Amina ein Kompliment.

»Du bist auch sehr schön! Das sage ich nicht, weil ich dein Kompliment erwidern muss, sondern weil ich es ernst meine. Aber du siehst nicht wie eine Deutsche aus, sondern eher wie eine Araberin.«

»Ja, das habe ich von meinem Vater geerbt. Aber das hat Vor- und Nachteile. Für die einen bin ich die Exotin, für die anderen bin ich nur ein Gorillabein«, erklärt sie.

»Was ist ein ›Gorillabein‹?«, will ich wissen.

»Ich weiß nicht, wie es bei dir ist, aber im Gegensatz zu meinen deutschen Mitschülerinnen habe ich starken Haarwuchs. Beim Turnunterricht haben die anderen Mädchen meine Beine gesehen und daraus ist ein Dauerwitz geworden. Obwohl ich meine Beine später immer rasiert habe, ist der Witz geblieben«, spricht Amina mit ironischem Unterton, als wäre es für sie lustig gewesen. »Ich habe die Schule gehasst, auch wenn ich früher eigentlich ins Gymnasium wollte. Meine Klassenlehrerin hat mir sowieso keine Empfehlung gegeben und gemeint, aus mir würde nichts«, fügt sie hinzu.

»Aber du hast ein ausdrucksvolles Gesicht und wunderschöne Haare. Ich bin überzeugt, dass sich viele Männer nach dir umdrehen«, sage ich.

»Ach, gar nicht. Ich hatte nur eine Beziehung vor meiner Ehe, mit fünfzehn, und die war katastrophal. Er hat mich nach

ein paar Monaten verlassen, weil ich zu schlecht im Bett war. Er meinte, ich läge passiv wie ein Seestern da«, sagt Amina, und ich merke, wie sie krampfhaft versucht, den letzten Satz ironisch klingen zu lassen, aber in diesem Augenblick öffnet sich eine Bresche in ihrer Schutzmauer und ich kann sehen, was für eine Ruine ihre Seele ist.

Je mehr ich über Amina erfahre, desto mehr Fragen tun sich für mich auf. So früh Sex zu haben scheint mir absurd.

»Und wie bist du dann zum IS gekommen?«, frage ich sie und nutze ihren Redefluss, um endlich eine Antwort zu bekommen.

»Alhamdulillah! Gott hat mich auf den richtigen Weg geführt, und ich musste mich nicht mehr mit Ungläubigen herumschlagen.« Jetzt klingt sie zögerlich, macht eine kleine Pause und setzt fort: »Ich lernte meinen verstorbenen Ehemann kennen. Er wusste genau, wie ich mich fühlte und wie ungerecht die Welt zu mir war. Er zeigte mir, dass ich den Islam in meinem Blut geerbt hatte, und nahm mich in die muslimische Gemeinschaft ›Die Familie des Lichtes der Gerechtigkeit‹ auf. Ich lernte den richtigen Islam kennen und erfuhr, wie Muslime weltweit ungerecht behandelt werden. Ich fühlte mich wirklich wie in einer Familie. Sie nannten mich Schwester und fragten mich immer nach meiner Meinung, wenn sie etwas planten. Und wenn ich etwas sagte, hörten sie mir aufmerksam bis zum Ende zu.« Amina erzählt, und es wirkt, als würde sie ihre Geschichte auch zum ersten Mal hören. Ich weiß nicht, warum ich noch mehr von ihren Erzählungen hören möchte, obwohl ich innerlich vor Wut fast platze. Nach Deutschland auszuwandern, davon träumen viele junge Menschen in Syrien. Und dieses dumme Mädchen geht mit siebzehn Jahren verheiratet an den gefährlichsten Ort der Welt, um zu kämpfen. Was ist in dieser Gesellschaft schiefgelaufen?

Jedes Mal, wenn sie vom Kämpfen im Namen des Islam gegen die »Abtrünnigen« spricht, tauchen die Bilder der Märtyrermauer in Latakia vor meinem inneren Auge auf. Als ich vor drei Monaten nach Latakia fuhr, um mich von meiner Oma zu verabschieden, überwältigte mich der Anblick dieser Mauer. Auf einer Länge von ungefähr einem Kilometer hängen dort tausende Bilder von jungen Soldaten, eines neben dem anderen, die im Krieg gegen den Terror gefallen sind. In unserem Dorf gibt es keine jungen Männer mehr. Wenn tote Soldaten zurückkommen, müssen sie von alten Männern und Frauen begraben werden. Und sie nennt diese Männer Abtrünnige. Es sind eigentlich arme Männer, die nicht einmal wissen, wofür sie gestorben sind. Die Machthaber in Damaskus sagen ihnen, die alawitische Konfession sei als Ganzes bedroht und sie sollten für sie kämpfen. Und das ist nicht ganz falsch. Aber das Establishment würde seine Söhne niemals in den Krieg schicken. Auf der anderen Seite kommen diese Fanatiker aus dem Ausland und wollen für den Islam kämpfen, und dabei bringen sie nur Muslime um. Ich verstehe diese Doppelmoral nicht, wenn sie wirklich am Islam interessiert wären, warum kämpfen nicht sie für Muslime in Palästina, dort wird seit Jahren ein ganzes Land, das Volk, seine Kultur und Geschichte mit internationaler Absegnung vergewaltigt.

So erzählt Amina eine Geschichte nach der anderen, von ihrer Entscheidung, nach Syrien zu gehen, vom Grenzübertritt in der Türkei nach Syrien und vom Tod ihres Ehemannes bei einem amerikanischen Drohnenangriff.

»Und als dein Mann tot war, haben sie dich vergewaltigt, oder?«, frage ich sie, in der vagen Hoffnung, sie würde verstehen, mit welcher Art Menschen sie es zu tun hat.

»Nachdem er tot war, musste ich die rituellen vierzig Tage zu Hause isoliert bleiben. Dann wollten sie mich in ein Wit-

wenhaus bringen, damit ich für die nächste Ehe vorbereitet würde. Aber ich wollte nicht hierbleiben. Ich wollte schon, als mein Mann noch lebte, wieder zurück nach Deutschland. Ich habe vieles gesehen, was ich nicht sehen sollte: Menschen, die geköpft wurden, andere, die vom Dach eines Hauses gestoßen wurden, und kurz vor seinem Tod hat mein Mann eine jesidische Sklavin mit ihrem Kind gekauft und zu uns in die Wohnung gesetzt. Ich musste die ganze Zeit zu Hause bleiben. Als er tot war, habe ich heimlich Kontakt mit den deutschen Behörden aufgenommen, dass sie mich wieder nach Hause bringen. An einem Tag, als ich gerade in der Küche mit einem Beamten aus Deutschland wegen der Möglichkeiten zur Flucht telefoniert habe, kam der Freund meines Mannes herein, Abu Obada, ein widerlicher Mann, der mit uns aus Deutschland eingereist ist. Er hat mich schon immer, vom ersten Treffen an, ganz gierig angesehen. Ich wusste nicht, dass er die Schlüssel zu unserer Wohnung hatte. Er belauschte mich und als ich fertig telefoniert hatte, stand er plötzlich in der Küche und erpresste mich: Er wollte Sex. Wenn ich Widerstand leistete, würde er verraten, dass ich dem Islamischen Staat entfliehen wollte. Ich wusste nicht, was ich machen sollte. Da drückte er mich gegen den Tisch, riss meine Kleider in die Höhe und öffnete mit der anderen Hand gleichzeitig seine Hose. Als er in mich einzudringen versuchte, streckte ich mich blitzschnell nach dem großen Messer, das an der Wand hing, und rammte es ihm mit aller Kraft in die Seite.«

Amina erzählt ihre Geschichte, als würde sie von einer anderen Person sprechen. Ich weiß nicht, wie man von einer Vergewaltigung so ruhig und gelassen berichten kann. Eigentlich empfinde ich jetzt Mitleid mit ihr. Vielleicht, weil sie einer Gehirnwäsche unterzogen wurde. Vielleicht auch, weil ich große Angst vor einer Vergewaltigung habe. Ich weiß aber nicht, ob ich mit ihr noch Mitleid hätte, wenn ein Bild meines Babas auf der Mauer der Märtyrer hängen würde.

»Kann es sein, dass du schwanger bist?«, frage ich sofort, als ich an ihr Erbrechen in der Dusche denke. Amina schüttelt mit einem tiefen Atemzug den Kopf. Nach kurzem Schweigen sagt sie: »Nein, bin ich nicht.«

Plötzlich wird die Türe geöffnet. Es ist Um Baakr. Sie ist meinetwegen hier, das bemerke ich an ihren wütenden Blicken.

In der Umgebung von Homs, April 2011

»Aufwachen!« Der diensthabende Unteroffizier reißt die Metalltüre auf und schlägt mit seinem Stock mehrmals dagegen. »Stellt euch in eine Schlange, ich führe euch in fünf Minuten zum Speisesaal!« Tarek ist sofort wach, er hat einen leichten Schlaf, und in dieser Nacht hat er besonders unruhig geschlafen. Er spürt, wie erschöpft sein Körper ist, und denkt, er brauche eigentlich Erholung von diesem Schlaf. Er setzt sich auf und sieht sich um. Das Erste, was ihm auffällt, ist, dass sein rechter Nachbar nicht da ist. »Guten Morgen, Abu Treek«, wünscht Josef und spricht Tarek fröhlich bei seinem Spitznamen an, während er seine Sachen einpackt.

»Guten Morgen! Weißt du, wo unser mürrischer Freund ist?«, fragt Tarek.

»Nein, keine Ahnung!«, schüttelt Josef den Kopf, dann reißt er die Augen auf und deutet auf Tareks Stirn: »Sag einmal, was ist los mit dir?«

Tarek erwidert irritiert: »Was denn?« Josef holt aus seinem Rucksack einen kleinen Spiegel heraus und hält ihn Tarek vor die Augen. »Du bist heftig angegriffen worden!« Tarek schaut in den Spiegel und reißt die Augen weit auf: Auf seiner Stirn reiht sich ein roter Stich neben den anderen – die Wanzen haben voll zugeschlagen! Tarek schüttelt den Kopf und gibt den Spiegel wieder zurück. »Dich haben die Wanzen offensichtlich in Ruhe gelassen. Wie hast du sie abgeschreckt?«, fragt ihn Tarek, als sie sich zwischen den Betten in die Reihe stellen. »Nein, Abu Treek, mein Blut ist schwer, ich bin nicht so süß wie du, mich meiden sie«, lacht er laut. Die Männer werden in denselben Speisesaal wie gestern geführt, es gibt zum Frühstück für jeden ein gekochtes Ei, Joghurt und Fladenbrot. Josef und Tarek nehmen ihr Essen und gehen ins Freie. Sie setzen sich auf den Boden und lehnen sich mit dem Rücken an die Wand, die von den ersten Sonnenstrahlen gewärmt wird. Tarek trinkt genüsslich seinen Tee. Es gab keine Becher mehr, aber er hat von einem Kameraden eine abgeschnittene Plastikflasche bekommen. Tarek fällt auf, dass Josef beginnt, in einem Heft etwas aufzuschreiben.

»Was schreibst du da?«, fragt er neugierig.

»Ich habe meiner Verlobten Lara versprochen, ihr am ersten Tag und zu Beginn jedes Monats zu schreiben«, antwortet Josef, der gerade etwas wieder durchstreicht. »Darf ich?«, fragt Tarek. Josef schaut ihn kurz an, dann blickt er einen Augenblick in den Himmel und gibt ihm das Heft.

»Liebe Lara«, liest Tarek, »ich hoffe, es geht dir gut, die Decken rochen wie die Socken meines Bruders, die Oliven waren bitter wie die Geduld, Tarek scheint reich zu sein, pass auf dich auf.« Er senkt das Heft und schaut entschlossen zu Josef: »Das ist Mist, mein Freund. Willst du, dass dich deine Verlobte nach einem Jahr und neun Monaten heiratet oder dass sie abhaut?«

»Heiratet«, antwortet Josef ohne Zögern.

»Dann schreib, was ich dir diktiere,« gibt Tarek ihm sein Heft zurück. Josef nickt wie ein braver Schüler und macht sich mit dem Stift bereit.

»Liebe Lara! Der Tag ohne dich fühlt sich an wie hundert Jahre Einsamkeit, aber wenn ich an dich denke, fällt mir der majestätische Ausblick von Libanons Bergen ein.« Tarek macht Pause, während Josef alles aufschreibt und gleich fortsetzt: »Libanons Berge, wo ich dich mit dem Motorrad hingebracht habe«, und Tarek wird wütend: »Was schreibst du da?«

»Ja, ich bin einmal mit ihr mit dem Motorrad zu den Bergen gefahren«, erklärt Josef. »Nicht zu explizit schreiben. Gib ihr den Raum, selbst an diese Erinnerung zu denken. Du schreibst einfach, was ich dir sage«, legt Tarek die Spielregeln fest, und Josef streicht den letzten Satz aus. Tarek diktiert: »Mich in dich zu verlieben, war für mich die einfachste Sache der Welt. Wie könnte ich mich nicht in dich verlieben? Als ich dein magisches Lächeln zum ersten Mal sah, blieben mein Herz, die Zeit und alle Planeten stehen.« Josef schreibt Tareks Worte und ein Lächeln breitet sich in seinem Gesicht aus. »Scheiße, ist das romantisch! Kann ich irgendwann schreiben ›Ich liebe dich‹?«, fragt er.

»Mal sehen. Grundsätzlich sollte man Liebe nicht sagen, sondern zeigen«, antwortet Tarek schlau und setzt fort: »Deine Liebe hat mir neue Territorien in meiner Seele offenbart. Ich bin nicht mehr der erbärmliche, egoistische Mann, der nur nehmen und geliebt werden will. Ich habe gelernt, bedingungslos und ohne Erwartungen zu geben und zu lieben. Ich habe dich schon geliebt, bevor ich geboren wurde. Ich liebe dich heute und ich werde dich bis ans Ende der Unendlichkeit lieben. Dein Verehrer Josef«, beendet Tarek den Brief, während er in die Ferne blickt.

»Kann ich eine Notiz am Ende schreiben, und zwar: liebe Grüße an deine Familie?«, fragt Josef, nachdem er fertig ist. Tarek lächelt ihn zweideutig an und sagt: »Das ist wie ein roter Strich in Ibn Muqla's Kunstwerk.«

»Also lieber nicht?«, fragt Josef unsicher. »Schon, das ist perfekt, Josef«, antwortet Tarek und klopft ihm auf die Schulter.

In diesem Moment schreit der diensthabende Unteroffizier: »Alle in einer Dreierreihe antreten!«, und alle Männer beeilen sich, diesem Befehl nachzukommen, um auf den großen Versammlungsplatz geführt zu werden. Tarek steht auf und stellt sich rasch in die vordere Reihe, während Josef noch sein Heft einpackt. Dann versucht er, sich durch die Reihen zu drängen, um neben Tarek zu stehen. Dabei tritt er einem großen Rekruten auf den Fuß, und dieser stößt ihn so heftig weg, dass Josef zu Boden fällt. »Jetzt schau, wo du hintrittst, du fetter Bär!«, fährt ihn der Mann wütend an. Tarek verteidigt Josef: »Jetzt entspann dich, er hat dir nichts gemacht!«, und gibt dem Großen ebenfalls einen Stoß, sodass er strauchelt und sich an seinen Kameraden festhalten muss, um nicht ebenfalls zu stürzen. Tarek reicht Josef die Hand und hilft ihm auf. Der Unteroffizier wird auf den Disput aufmerksam. »Alle hinhocken!«, brüllt er zornig. Als alle hocken, schreit er noch einmal: »Beim Militär heißt es: Belohnung für einen, Strafe für alle! Also: Alle die Hände im Nacken verschränken und im Entengang zum Versammlungsplatz. Abmarsch!«

Tarek stellt fest, dass ihr Schlafsaal ganz hinten in dem riesigen Gebäudekomplex sein muss, denn von allen Seiten strömen immer mehr Männer in Dreierreihen zu dem ungefähr einen Kilometer entfernten Versammlungsplatz und stellen sich auf. Tarek erstaunt die Größe des quadratischen Asphaltplatzes, eine Seite muss ungefähr so lang sein wie fünf Fußballfelder. Als sie ankommen, schauen alle anderen auf Tareks Gruppe, die sich lächerlich im Entengang vorwärtsbewegt.

»Mann, ich kann meine Füße nicht mehr spüren«, jammert Josef, als sie alle sitzen. Tarek massiert seine Beine, sie sind total übersäuert. Dann schaut er überrascht auf, denn sein rechter Nachbar aus dem Schlafsaal ist wie aus dem Nichts plötzlich wieder da und sitzt vor ihm. Tarek hat ein mulmiges Gefühl, irgendetwas scheint mit dem Mann nicht zu stimmen. Ihm fällt auf, dass er den Rucksack, den er gestern umarmt hat, nicht mehr dabeihat. Im Gegensatz zum Vorabend wirkt er nervös und sieht sich die ganze Zeit um. Tarek würde ihn gerne fragen, ob seine Sachen gestohlen wurden, aber Körpersprache und Mimik des anderen sind so abweisend, dass er es lieber bleiben lässt.

Der Versammlungsplatz füllt sich innerhalb einiger Stunden wie zum Jüngsten Gericht. Busse und Lastautos kommen aus den verschiedenen Orten im ganzen Land und parken abseits. Gegen Mittag beginnen sie, Männer über Lautsprecher aufzurufen. Wer seinen Namen hört, geht zur Bühne, stellt sich dort auf, und wenn die Einheit komplett ist, wird sie zum entsprechenden Fahrzeug geführt. Eine Einheit nach der anderen wird zusammengestellt. Nach vier Stunden ist noch nicht einmal die Hälfte der Männer ihrer Einheit zugeteilt. »Sei froh, Abu Treek, wenn Oberst Fahad Al-Ali könnte, wäre er als erster da, um sich die Besten auszusuchen!« Kaum hat Josef diese Worte ausgesprochen, bricht ein Höllenlärm los: Ein Helikopter schwebt über ihren Köpfen und landet dann neben dem Versammlungsplatz. Drei große Soldaten steigen aus, sie beschützen anscheinend einen vierten in ihrer Mitte. »Es ist Oberst Fahad Al-Ali!« Wie ein Lauffeuer geht dieser Satz durch die Menge. Der Offizier, der auf der Bühne gerade die Namen der Soldaten aufruft, unterbricht seine Tätigkeit und alle anwesenden Offiziere drehen sich zum Oberst, stehen stramm und salutieren. Dieser betritt aber die Bühne nicht, sondern geht direkt zu der Ecke, in der die Soldaten der Kategorie A sitzen. Fahad Al-Ali sieht neben seinen drei gigantischen Bodyguards ziemlich klein aus. Seine Miene ist unbeweglich, als habe er keine Muskeln im Gesicht, seine Haare und sein Schnurrbart sind offensichtlich vor Kurzem erst schwarz gefärbt worden. Für seine fünfundfünfzig Jahre wirkt er jung. Er spricht mit einem der vor Ort zuständigen

Offiziere und dieser nimmt sein Megaphon: »Aufopferer der Nation! Jeder Soldat der Kategorie A nimmt jetzt seinen Ausweis in die Hand. Setzt euch so weit wie möglich auseinander. Hoheit Oberst Fahad Al-Ali und ich werden jetzt durch die Menge gehen. Bleibt sitzen und schaut seiner Hoheit direkt in die Augen. Auf wen er deutet, der gibt mir dann seinen Ausweis.« Der Oberst verschränkt die Hände hinter dem Rücken und geht mit seinen Beschützern durch die Reihen. Er schaut jedem Soldaten höchstens zwei Sekunden lang in die Augen und deutet auf einige von ihnen. Tarek versucht, einen dümmlichen Blick aufzusetzen, er wünscht sich keine besonders harte Ausbildungszeit. Kurz bevor sich der Oberst Tarek nähert, sieht dieser kurz zu Josef hinüber. Der ist sichtlich nervös. Als Tarek wieder den Blick von Oberst Fahad Al-Ali sucht, der mittlerweile sehr nahe ist, sieht er ein kurzes Aufblitzen im linken Ärmel seines seltsamen Nachbarn aus dem Schlafsaal. Dieser holt etwas unauffällig aus seinem Ärmel und verbirgt es mit dem rechten Arm an seinem Oberschenkel. Tareks Puls beschleunigt sich. »Habe ich da gerade ein Messer gesehen?«, versucht Tarek die Situation zu begreifen. Zu spät! In diesem Augenblick springt der Mann auf und versucht, dem Oberst ein Messer in den Körper zu rammen. Tarek reagiert reflexhaft und wirft sich im Sprung auf den Attentäter, sodass beide auf dem Boden landen. Der Mann gibt nicht auf, er tritt nach Tareks Gesicht und versucht, mit dem Messer in der Hand aufzustehen. »Du Hurensohn!«, verflucht er den Oberst. Da ertönt aus kürzester Entfernung ein Knall, und der Mann mit dem Messer bricht mit einem Kopfschuss tot zusammen. Seine Beine zucken ein paar Mal und aus dem Loch in seiner Stirn sickert hellrotes, klebriges Blut.

Die Bodyguards umringen den Oberst. »Alle auf den Boden legen! Wer sich bewegt, wird erschossen!«, brüllt der andere Offizier und versucht, die Unruhe unter Kontrolle zu bringen. Nach einigen Sekunden geht Fahad Al-Ali, umringt von seinen Bewachern, auf Tarek zu, dem Josef gerade ein Taschentuch für seine blutende Nase reicht. »Seid ihr befreundet?«, möchte der Oberst von Josef wissen. »Ja, *Sidie*«, stottert Josef.

»Steh auf und geh mit ihm ins Lazarett«, befiehlt ihm der Oberst, wendet sich zu seinem Begleitoffizier und setzt fort: »Nimm ihre Ausweise, die beiden will ich morgen früh in meinem Büro sehen!« Nach diesen Worten dreht er sich abrupt um und eilt umgeben von seinen Bodyguards zu dem wartenden Helikopter, der sofort abhebt.

Arraqa, September 2015

»Verehrte Frau Sanaa Mahmoud, guten Tag!« Um Baakr spricht mich ironisch mit meinem echten Namen an und ihre Augen funkeln vor Wut. Mir stockt das Blut in den Adern. Ich begreife, dass jetzt alles vorbei ist. Amina ist verwirrt und sieht mich fragend an. Um Baakr kommt einen Schritt näher, packt mich an den Haaren, zerrt mich auf den Gang und stößt mich zu Boden, zu Füßen ihrer beiden Begleiterinnen. Ein Gefühl der Gleichgültigkeit steigt in mir auf, mir ist egal, was jetzt passieren wird. »Gebärmutterkrebs, hast du mir gesagt, oder? Ich werde dich auf meine Art behandeln«, droht Um Baakr, während sie mir Handschellen anlegt. Die beiden Begleiterinnen legen auch Amina Handschellen an. Wir werden hinaufgeführt. »Wohin bringt ihr uns, was wird mit uns passieren?«, fragt Amina. »In die rote Hölle«, erwidert Um Baakr kühl. Im Büro geben sie uns schwarze Abayas, um uns zu verschleiern.

»Ich muss sagen, mich hast du überzeugt. Aber das mit dem Handy war ein Anfängerfehler. Glaubst du allen Ernstes, wenn du alles löschst, können wir nichts rekonstruieren? Da hast du unsere Spezialisten unterschätzt«, sagt Um Baakr, während sie mir die Abaya anlegt. Dann packt sie mich grob am Kinn: »Wenn es nach mir ginge, würde ich dein hübsches Gesicht mit Säure noch schöner machen, aber ich habe dich schon einem Prinzen in Mossul versprochen.«

»Und was ist mit mir, ich wollte mich doch nur verteidigen, warum bin ich noch im Gefängnis?«, fragt Amina ungeduldig.

»Du hast unseren wichtigsten Verbindungsmann nach

Deutschland umgebracht. Ob zur Verteidigung oder nicht, ist gleichgültig. Aber gut, du bist für die Ehe mit einem Iraker in Mossul vorgesehen«, antwortet ihr Um Baakr und befiehlt ihren Begleiterinnen, uns an die draußen wartenden Kämpfer zu übergeben. »Wartet kurz. Bringt mir die Alawitin noch einmal her«, ruft Um Baakr, als wir gerade den Raum verlassen wollen. »Ist das dieser Tarek? Der dich von einer deutschen Nummer anruft?« Um Baakr zeigt mir auf ihrem Laptop ein Foto von mir und Tarek in einem Garten, ich habe meinen Kopf in seinen Schoß gelegt. Sie entfernt kurz meinen Gesichtsschleier, ich schaue in Tareks Gesicht und kann meinen Blick nicht mehr abwenden. »Auf dem Foto trägt er die Uniform des Regimes, ist er jetzt nicht mehr Soldat?«, will Um Baakr wissen. Ich kann nicht antworten, meine Kehle ist wie zugeschnürt. »Gut, in Mossul werden sie alles aus dir herausbekommen. Abführen!«, befiehlt sie.

Draußen warten ein Minibus und einige Allrad-Fahrzeuge. In einem davon bin ich vermutlich damals entführt worden. Davor stehen vier bewaffnete Kämpfer. Ich erkenne einen meiner damaligen Entführer wieder, es ist der junge Tschetschene. Die beiden Kämpferinnen, die jetzt ebenfalls voll verschleiert sind, führen uns direkt zum Minibus. Dort sitzen bereits zwei andere Frauen, die mit Handschellen aneinandergefesselt und verschleiert sind. Eine von ihnen hält einen Säugling im Arm. Amina und ich müssen in der letzten Reihe sitzen. Eine der Kämpferinnen schließt die Schiebetür, legt einen Rucksack auf den Nebensitz, und die beiden gehen zurück zum Gefängnis, ohne mit den wartenden Männern auch nur ein Wort zu wechseln. »Hast du mich die ganze Zeit angelogen? Du heißt nicht einmal Nadia. Ich bin so dumm, ich habe dir so schnell vertraut, wie einer Schwester«, empört sich Amina, als die beiden Bewacherinnen gegangen sind. Ich weiß nicht, was ich ihr sagen soll.

Mir ist ihre Enttäuschung jetzt sowieso egal, mir ist alles egal, wir sind beide erledigt.

Zwei Kämpfer steigen in den Bus, die anderen beiden in den Jeep, und wir fahren los. Das Leben auf der Straße scheint im ersten Augenblick ganz normal. Verschleierte Frauen tragen ihre Einkäufe in Plastiksäcken nach Hause, Kinder spielen zwischen den Trümmerhaufen Fußball, alle Männer tragen Bärte, und auch diejenigen, die kaum Bartwuchs haben, lassen zumindest einige Barthaare stehen. Wir verlassen Arraqa reibungslos. An allen Checkpoints zeigt der Fahrer des Allrads ein Papier und wir werden durchgewunken. Als wir die Stadt verlassen, gibt der Jeep Gas und lässt uns weit zurück, bleibt aber immer in Sichtweite und die Fahrer halten ständig Sprechkontakt mit ihren Walkie-Talkies. Sie unterhalten sich über die letzte Operation. Der Fahrer hört IS-Lieder, in denen Ungläubigen der baldige Tod prophezeit wird. Es ist sehr heiß. Die Sonne strahlt unbarmherzig, doch wir können keine Fenster öffnen, sie sind alle gesichert. Unter der Abaya fühlt es sich doppelt so heiß an, ich komme mir vor wie in einem Backofen. Vorsichtig beiße ich zwei Löcher in den Schleier vor meinem Mund, damit ich etwas mehr Luft bekomme. Sogar die eintönige und einfärbige Landschaft fasziniert mich, nach der langen Isolation wirkt alles fast irreal.

Amina findet schnell eine neue Gesprächspartnerin, offensichtlich spricht die Frau mit dem Baby auch Deutsch. Mir ist es recht, ich brauche Zeit für mich alleine. Ich versuche zu begreifen, was mir passiert ist, ich kann immer noch nicht glauben, dass ich vom IS entführt wurde und gerade nach Mossul gefahren werde. Warum bin ich da? Was habe ich mit meinem Leben gemacht? Vielleicht hatte mein Baba recht, gegen meine Beziehung mit Tarek zu sein. Er tut mir so leid, er und meine Mutter sind sicher gerade fertig mit dieser Welt. Aber meine Liebe zu

Tarek ist größer als der Wille meines Vaters, größer als der Krieg und der IS. Ich habe drei Jahre auf unser Wiedersehen gewartet, ich werde jetzt nicht aufgeben. Vielleicht finde ich in Mossul einen Weg zu fliehen. Ich weiß, dass auf mich schreckliche Dinge zukommen werden, aber ich darf ihnen nicht erlauben, mich zu brechen, ich werde stark bleiben, egal, was passiert. In ein paar Jahren werden es nur mehr Erinnerungen sein, sie dürfen mein weiteres Leben nicht bestimmen. Ich werde ein sicheres Leben mit Tarek führen und eine Familie gründen. Langsam füllen sich meine Augen mit Tränen. Ich werde nicht mehr lügen. Ich bereue es, gelogen zu haben. Ich werde zu mir stehen und ihnen sagen, wer ich bin und was ich von ihnen halte. Ich bleibe bei mir. Egal, was passiert. Auch wenn das mein Ende bedeutet, dann werde ich wenigstens in Stolz und Würde sterben.

Plötzlich bekommt der Beifahrer einen Anruf. Der Fahrer dreht die Musik leiser. Der Beifahrer hört kurz zu, dann schreit er aufgeregt in sein Walkie-Talkie: »Eine feindliche Drohne wurde gesichtet!« »Fahr an die Seite, wir müssen den Bus kurz verlassen und uns verschanzen!«, fordert er den Fahrer auf. In diesem Moment höre ich ein lautes pfeifendes Geräusch über uns, und dann explodiert der Jeep vor uns in einem rotglühenden Feuerball. Unser Fahrer lenkt den Bus ins Gelände und fährt so schnell wie möglich durch die Steinwüste. Und auf einmal wird es so hell, dass ich nichts mehr sehen kann, und so laut, dass meine Trommelfelle fast platzen, und unser Bus fliegt durch die Luft. Eine Welle heißer Luft kommt mir entgegen. Als Letztes nehme ich wahr, dass alle Fensterscheiben zerbrochen sind und das Fahrzeug auf der rechten Seite liegt. Dann wird es dunkel.

Mühsam öffne ich die Augen, höre nur das Schreien des Babys. Ich kann nicht feststellen, ob ich verletzt bin. Ich bin schwindlig und verwirrt. Dann werde ich wieder bewusstlos.

Als ich wieder die Augen öffne, höre ich Schüsse. Draußen wird es schon dunkel. In der Dämmerung erkenne ich mehrere Militärwagen, die unseren Bus umzingeln. Einer unserer Fahrer leistet Widerstand und wird sofort erschossen. Der andere scheint schon tot zu sein. Auch die Mutter des Babys scheint den Unfall nicht überlebt zu haben, sie liegt reglos da und reagiert nicht auf das Schreien ihres Kindes. Dann kommen Soldaten und ziehen uns aus dem Bus. Sie tragen helle Uniformen und Helme. Eine der Frauen fängt gellend zu schreien und zu weinen an. Sie ist voller Blut und anscheinend schwer verwundet. Als die Männer Amina an den Armen herausziehen, jammert sie laut, sie dürfte an der Schulter verletzt sein. Als ich an der Reihe bin, spüre ich, dass mein ganzer Körper von den Prellungen schmerzt, aber ich habe keine ernsten Verletzungen. Ich atme auf und denke, dass uns das syrische Militär gerettet hat. Aber als ich die Autos genauer ansehe, erkenne ich auf einem das amerikanische Hoheitszeichen. Und der Soldat, der mich trägt, hat auf seinem Hemd die Flagge von Kurdistan. Als sie mich in eines ihrer Autos legen, wird es wieder dunkel um mich.

Damaskus, April 2011

»Wartet hier, wenn Hoheit Oberst Zeit hat, könnt ihr zu ihm«, deutet der Sekretär auf zwei Stühle und fordert Tarek und Josef auf, sich zu setzen. Die Zentrale der Einheit 401 ist so imposant, als wäre es das Gebäude des Verteidigungsministers. Tarek und Josef wurden schon gestern Abend nach Damaskus gebracht, aber Tarek konnte fast die ganze Nacht nicht schlafen. Die Ereignisse des letzten Tages laufen wie ein Film ständig vor seinem inneren Auge ab. Er kann immer noch nicht begreifen, warum er so reagiert hat. Er hat das Gefühl, ferngesteuert gewesen zu sein. »Warum habe ich dieses Schwein vor dem Tod gerettet? Bin ich jetzt schuld am Tod des Attentäters? Was wäre, wenn er kein Täter ist, sondern ein Held?« Eine Frage nach der anderen taucht in seinem Kopf auf und er findet auf keine eine Antwort.

Da öffnet sich die Türe und drei Offiziere verlassen das Büro des Obersts. Einen erkennt Tarek, es ist derselbe, der im Verteilungszentrum die Ausweise eingesammelt hat. Was drinnen geschehen ist, lässt sich an ihrer Körpersprache ablesen. »Kommt mit mir«, fordert sie der Sekretär auf und führt sie durch die riesige Türe zu Fahad Al-Ali. »Meine Verehrung, *Sidie*«, salutiert er, Josef und Tarek ahmen ihn nach. Das Büro ist prachtvoll ausgestattet, die Möbel sind aus handgemachten Holzmosaiken gefertigt. Hinter dem Schreibtisch hängt ein lebensgroßes Porträt des Präsidenten in Uniform, er trägt eine Sonnenbrille und deutet mit dem Zeigefinger direkt auf den Besucher.

»Wer bist du?«, fragt Fahad Al-Ali Josef.

»Josef Makalish, *Sidie*«, schreit Josef, als wäre der Oberst drei Kilometer weit entfernt.

»Aha, du bist der Sanitäter«, nickt Al-Ali und spricht weiter zu seinem Sekretär: »Nimm ihn mit, er soll sich seinen Kameraden anschließen. Ich sehe, dass ihm die Grundausbildung nicht schaden wird.« Ein feines Lächeln spielt um seine Lippen. »Jawohl, *Sidie*«, erwidert der Sekretär und verlässt mit Josef das Büro. Josef sucht vergeblich Tareks Blick, aber dieser sieht starr auf das Bild des Präsidenten.

Als die Türe ins Schloss fällt, steht Fahad Al-Ali mit einem dunkelgrauen Ordner in der Hand auf, geht zu einer kleinen Sitzecke und setzt sich. »Schummeln an der Uni war keine gute Idee, oder?«, überrascht der Oberst Tarek mit seiner Frage. »Andererseits hättest du gestern sonst mein Leben nicht retten können«, setzt er fort. Tarek überlegt, ob er ihm von der Verschwörung gegen ihn an der Universität erzählen soll, aber der Oberst spricht sofort weiter: »Komm, setz dich, mein Sohn! Das finde ich sogar sympathisch. Ich habe nichts so gehasst wie die Universität.« Tarek ist von dem familiären Ton irritiert. Der Oberst nimmt die arabische Kaffeekanne, gießt Kaffee in die beiden kleinen Schalen und lädt Tarek ein, eine zu nehmen. Tarek setzt sich zögernd nieder und nimmt eine Tasse. Er ist heiß und schmeckt bitter, aber kräftig. »Betest du?«, fragt der Oberst. Tarek weiß, dass seit dem Krieg gegen die Muslimbrüder religiöse Menschen in Syrien mit großer Skepsis betrachtet werden.

»Nein, nur gelegentlich, *Sidie*«, antwortet er.

»Hast du Feinde oder will sich jemand an dir rächen?«, will der Oberst jetzt wissen.

»Nein, *Sidie*«, versichert Tarek.

»Bist du bei irgendeiner politischen Partei?«, stellt der Oberst die nächste Frage.

»Nein, *Sidie*«, lautet auch hier Tareks Antwort.

Nach einigen weiteren Fragen steht der Oberst auf und holt aus einer Kiste auf seinem Schreibtisch eine Zigarre. Mit einem goldenen Feuerzeug macht er eine große Flamme und zündet die Zigarre unter mehrmaligem Paffen an. Obwohl Tarek Tabak nie leiden konnte, findet er den Geruch angenehm. »Der Chauffeur meiner Frau geht demnächst in Pension, ich suche einen Nachfolger für ihn, dem ich vertrauen kann. Den sehe ich in dir. Möchtest du das werden?«, fragt der Oberst. Tarek steht auch auf, es ist ihm unangenehm, im Sitzen mit dem Oberst zu reden. »Das ist mir eine Ehre, ja, *Sidie*«, antwortet er, ohne nachzudenken. Fahad Al-Ali nickt bedächtig, geht zu seinem Schreibtisch und drückt auf den Knopf seiner Sprechanlage. »Komm zu mir«, ruft er seinen Sekretär, der augenblicklich eintritt, als hätte er direkt hinter der Tür gewartet. »Nimm ihn mit zur Kleiderkammer, er bekommt dort seine Ausrüstung, und dann wird er bei meinem Personal im Zentralgebäude untergebracht, er wird Abu Jamal ablösen«, befiehlt der Oberst. Der Sekretär salutiert, Tarek auch. Kurz bevor sie den Raum verlassen, spricht der Oberst noch einmal: »Bring ihm die wichtigsten Grundregeln militärischen Verhaltens bei. Vielleicht schickst du ihn ab und zu zur Grundausbildung.«

»Du kannst nicht ohne Kappe salutieren, und wenn du eine hättest, nicht so, wie du es gerade gemacht hast«, weist ihn der Sekretär zurecht. Dann ruft er einen Wachposten zu sich und übergibt ihm Tarek.

Am Abend sitzt Tarek bereits in seiner neuen Uniform mit den Chauffeuren des Obersts in ihrem Zimmer, sie trinken Mate und knabbern Sonnenblumenkerne. Die Atmosphäre ist entspannt. Die Chauffeure sind komfortabel untergebracht, das Zimmer ist klimatisiert, ein Fernseher steht in einer Ecke, und sie dürfen ihre Handys verwenden. Es dauert nicht lange, bis er einen der beiden bittet, ob er mit dessen Handy seine Familie anrufen dürfe. Niemand in seiner Familie ahnt auch nur im Entferntesten, was in den letzten beiden Tagen geschehen ist. Doch kaum hat er das Handy in der Hand, tippt er ohne Zögern Sanaas Nummer ein. Als sie seine Stimme hört, tanzt ihr Herz und ihre Stimme zittert vor Freude. Die letzten beiden Tage haben an ihren Nerven gezerrt. »Ich wurde an der Grenze zur Türkei untergebracht«, sagt Tarek und versucht, sie mit einem deprimierten Unterton zu täuschen. »Nein, sag das nicht«, ist Sanaa entsetzt. Da lacht Tarek und erzählt ihr die Wahrheit. »Ich weiß nicht, was schlimmer ist, an der Grenze zur Türkei zu sitzen oder in der Einheit 401«, sagt Sanaa ironisch. Aber in Wahrheit ist sie froh, dass er in Damaskus stationiert ist. Auch Tareks Mutter Salma freut sich unendlich über diese Nachricht. Sie weint und dankt Gott für diese Fügung.

Schon bald erinnern die kritischen Blicke der anderen Tarek an das schwindende Guthaben. Er gibt das Handy zurück und hört plötzlich vom Ausbildungsplatz her lautes Rufen. »Unsere Nation ist frei und arabisch, mit einer ewigen Botschaft!«, wird eine Parole einer der Al-Baath-Parteien skandiert. »Was ist da draußen los?«, fragt Tarek neugierig.

»Schau einmal aus dem Fenster, die Rekruten deines Jahrgangs werden willkommen geheißen«, erklärt ihm einer der beiden Chauffeure. Als Tarek aus dem Fenster schaut, sieht er die neuen Rekruten nur mit Unterhosen und Militärstiefeln bekleidet rund um den Platz laufen. Jedes Mal, wenn sie an den Offizieren vorbeilaufen und Parolen schreien, werden sie mit kaltem Wasser aus einem Schlauch angeschüttet. Dann entdeckt er Josef, der immer einen Schritt hinter seinen Kameraden läuft und schon ziemlich erschöpft aussieht. Nach einigen Minuten beendet der diensthabende Offizier den Lauf, ruft die Männer zu sich und befiehlt ihnen, sich im Schneidersitz vor ihn zu setzen. »Ihr Aufopferer, heute habt ihr Glück, es ist kalt genug, um Zeitungsunterricht zu machen«, schreit er, dann setzt er sich auf einen Stuhl, nimmt eine Ausgabe der Al-Baath-Zeitung und liest einen Artikel über die Großartigkeit des Präsidenten vor. Dazwischen spritzt er immer wieder mit dem Schlauch in die Luft, die eiskalten Tropfen regnen auf die erhitzte Haut der Männer. Dann legt er die Zeitung zur Seite und brüllt: »Ich zähle jetzt bis zehn, ihr lauft alle zum Schlafsaal. Wenn ich bei zehn noch jemanden auf dem Platz sehe, kommen alle zurück, und ich lese noch einen Artikel vor. Eins, zwei …« Die ersten Zahlen spricht er sehr langsam, dann wird er immer schneller. Drei Mal spielt er dieses sadistische Spiel, dann zählt er nur mehr bis drei, und alle können den Platz verlassen. »Sei froh, Tarek, deine Mutter hat offensichtlich aufrichtig für dich gebetet, du bist ein Glückspilz«, sagt Hassan, einer der Chauffeure.

Diese Bestrafung spielt sich jeden Abend vor Tareks Fenster ab, denn die Offiziere sind der Meinung, je mehr man Soldaten demütigt, desto männlicher, stärker und abgehärteter werden sie. Und Tarek schläft jeden Abend ein mit einem widersprüchlichen Gefühlscocktail aus Dankbarkeit, Mitleid und Abscheu im Bauch.

Damaskus, August 2011

»Wir bleiben während der Zuckerfestwoche in Eineljabal, unserem Dorf bei Latakia, du kannst nach Hause gehen, komm am zweiten September wieder und – pass auf dich auf!« Mit diesen Worten schickt Frau Al-Ali Tarek in eine dienstfreie Woche. Es ist das erste Mal seit Beginn seiner Militärzeit, dass er zu Hause übernachten darf. Er hat seine Familie schon öfter tagsüber besucht, wenn er das Auto zum Service gebracht hat oder Frau Al-Ali zu einem ihrer Besuche, von denen er sie erst am Nachmittag wieder abholen sollte. Seine größte Freude dabei war, wenn seine Mutter ihm ein besonderes Gericht gekocht hatte. Die Nächte musste er bisher in der Kaserne verbringen, die politische Lage im Land hat sich dramatisch zugespitzt, und zu Hause zu schlafen ist allen Soldaten streng untersagt.

Heute ist der 26. Ramadan und Tareks Freude, zu Hause übernachten zu können, ist unermesslich. Ganz besonders freut er sich auf das Fastenbrechen am Abend, bei dem die ganze Familie nach Sonnenuntergang zusammenkommt und gemeinsam isst. So ruft er gleich seine Mutter an, um ihr diese schöne Nachricht mitzuteilen. Salma verspricht ihm, seine Lieblingsspeise zuzubereiten. Sie lädt auch seine Schwester Sausan mit ihrer Familie ein.

Tarek will nicht in Uniform nach Hause kommen, und da er die Kaserne nicht in Zivilkleidung verlassen darf, muss er sich unterwegs umziehen. So packt er seine Zivilkleidung ein und geht, bevor er in den Bus einsteigt, in einen fremden Wohnblock, wo er sich auf der Kellerstiege schnell umzieht.

Am Abend genießt Tarek im Kreis seiner Familie das Fastenbrechen. Die *Kebelabanye* schmecken hervorragend. Die in gekochtes Joghurt eingetauchten, mit Fleisch gefüllten Bulgurbällchen sind nirgends so gut wie bei Salma, die sie nach ihrem Spezialrezept zubereitet. Tarek vermutet, dass sie das Joghurt mit Estragon und ganzen Kardamomkapseln würzt. Nach dem Fastenbrechen trinkt die ganze Familie schwarzen Tee und genießt die typischen Ramadan-Süßspeisen. »Begleitest du mich auf den Balkon, ich will eine Zigarette rauchen«, bittet Salman seinen Bruder. Beide Männer stützen sich auf die Brüstung und schauen auf das nächtliche Damaskus.

»Ich war jetzt mehrmals demonstrieren, und ich bin inzwischen einer der Koordinatoren der Widerstandsbewegung in Damaskus«, erklärt der jüngere Bruder dem älteren und hofft, ihn damit zu beeindrucken. Aber Tarek weiß nicht so recht, wie er darauf reagieren soll, außerdem schämt er sich, weil er bis jetzt zu dem Geschehen noch nichts beigetragen hat. »Morgen ist Lailat al-Qadr und alle Aktivisten versammeln sich in der Al-Karim-Moschee. Wir wollen in der ›Woche der Geduld und der Beharrlichkeit‹ ein Zeichen setzen. Versuch, einige deiner Freunde mitzunehmen«, verlangt Salman ganz selbstbewusst in der Annahme, dass sein Bruder dabei ist.

In dieser Nacht schläft Tarek nicht viel. Auch bei seinem langen Telefonat mit Sanaa wirkt er seltsam abwesend. Aber er kann mit ihr darüber nicht reden. Sanaa hält den Arabischen Frühling für eine Verschwörung des Westens. Die Versuchung, endlich bei einer Demonstration dabei zu sein, ist groß, aber Tareks Angst ist größer. Sollte etwas schiefgehen, könnten die Konsequenzen verheerend sein. Am nächsten Tag trifft er zu Mittag Adnan und Nauras und versucht vorsichtig, ihre Haltung zu erfragen, doch sie wollen mit der sogenannten Revolution nichts zu tun haben. Mohanad hingegen teilt ihm bei einem Telefonat mit, dass er mit Hibba und einigen Freunden von der Universität heute Abend dabei sein wird. Bis Salman ihm am Abend das Zeichen zum Aufbruch gibt, hat Tarek seine Entscheidung mehrmals geändert und oft an die Worte der Hellseherin Om-Fatima gedacht. »Nehme ich jetzt den einfachen Weg und scheue mich vor der Herausforderung?«, fragt er sich, doch dann springt er auf und geht mit seinem Bruder.

Lailat al-Qadr ist eine »heilige Nacht«, in der Gott vom siebten Himmel in den ersten herabsteigt und den Gebeten der Gläubigen persönlich zuhört. Die Muslime und Musliminnen verbringen die Nacht, die meistens in die letzte Woche des Ramadan fällt, bis zur Morgendämmerung in der Moschee, beten, lesen den Koran und hören die Predigt des Imams.

Als Tarek die Moschee betritt, spürt er eine angenehme Ruhe in seinem Herzen. Er war schon einige Jahre nicht mehr in einer Moschee. Als Kind ist er mit seinem Vater und seinem Bruder jeden Freitag zum Gebet gegangen. Aber als Erwachsener hatte er sich davon abgewendet. Jetzt genießt er die spirituelle Stimmung. Er macht die rituellen Waschungen, nimmt seinen Koran und setzt sich neben seinen Freund Mohanad in eine Ecke. Er spürt aber, dass heute etwas anders ist. Die Gesichter sind nicht so entspannt wie sonst. »Schau einmal nach oben«, flüstert Mohanad ihm ins Ohr. Und als Tarek den Kopf hebt, sieht er im Frauenbereich einen der Vorhänge sich ein wenig öffnen, und dort steht Hibba und gibt ihnen ein »Daumen hoch«-Zeichen. Sie winkt Tarek und freut sich sichtlich über seine Anwesenheit. »Die Frauen bleiben aber sicher nicht bis zur Demo, oder?«, fragt Tarek.

»Geplant ist, die Frauen vor der Demo nach Hause zu schicken, aber Hibba ist so stur, sie will unbedingt dabei sein.« Tarek schüttelt besorgt den Kopf und schaut nach oben, aber der Vorhang ist wieder zugezogen, und Hibba ist nicht mehr zu sehen.

Gegen drei Uhr ist die Stimmung in der Moschee besinnlich und gefühlvoll. Der Imam weint beim letzten Gebet und bittet um Vergebung und Erlösung, ebenso die betende Menge. Plötzlich Schreie: »Das Volk will das Regime stürzen!«, hört Tarek draußen vor der Moschee eine Menge Menschen, die diesen Satz ständig wiederholen. Sofort bricht große Unruhe aus, die Gebete stoppen abrupt und die Menschen laufen in alle Richtungen. Eine Hand packt Tarek am Arm, es ist Salman: »Komm mit, es geht los!« Tarek schaut zu Mohanad und will ihn ebenfalls mitnehmen, aber dieser weigert sich. »Ich muss erst Hibba beim Frauenausgang abholen, wir treffen uns draußen!«, sagt er und verschwindet schnell in der Menge. In diesem Wirrwarr kann Tarek nicht mehr zu seinen Schuhen gelangen, er wird von der Menge einfach barfuß nach draußen gedrängt. Die Schreie werden immer lauter und die Stimmung wird immer aufgeheizter. Salman und seine Freunde haben plötzlich Megafone in den Händen und geben den Menschen Anweisungen, wie sie sich aufstellen sollen, in Reihen mit je einem Meter Abstand, dann nimmt Salman einen seiner Freunde auf die Schulter, und dieser hält eine Rede an die Menge: »Ich will in einem Land leben, in dem kein Personenkult herrscht, sondern jeder Mensch für die Präsidentschaft kandidieren kann!« Zum Abschluss ruft er: »Freiheit, Freiheit, Freiheit.«

Die vielen Demonstranten legen einander die Arme um die Schultern, springen gemeinsam in die Höhe und rufen nach »Freiheit!«. Tarek bringt das Wort anfangs leise, fast unhörbar, über die Lippen, während Salman und der Rest aus voller Kehle schreien. Dann lässt Tarek sich immer mehr hineinfallen, ruft so laut er kann »Freiheit« und springt mit den anderen gemeinsam. Die Menschenreihen verwandeln sich in stürmische Wellen. Eine ungeheure Leidenschaft breitet sich in Tareks ganzem Körper aus. Die Schreie und Parolen der Revolution werden immer lauter und ekstatischer. Tarek hat sich noch nie so lebendig und frei gefühlt. Er spürt die Tränen, die seine Augen füllen, nicht. Die gemeinsamen Rufe und Sprünge von über zweitausend Menschen lassen den Boden förmlich beben. Um diese Uhrzeit tragen die Geräusche weit, sie wecken den Diktator in seinem Haus in Al-Malki und bereiten ihm eine schlaflose Nacht, von denen er in den nächsten Jahre viele haben wird. Das Erdbeben der Revolution weckt die Stadt auf, die viele Jahren der Unterdrückung widerstandslos mit hängendem Kopf ertrug.

Es dauert nicht lange, bis die ersten Polizeiautos auftauchen. Aber die Polizisten mischen sich nicht ein, sondern bringen sich nur rund um die Moschee in Stellung. Die Demonstranten schreien immer lauter und heftiger: »Das Volk will das Regime stürzen!« Einer der Demonstranten verbrennt ein großes Bild des Präsidenten. Plötzlich ertönt ein Schuss und der Mann fällt tödlich getroffen zu Boden. Zwei große Lastwagen fahren auf und eine Reihe bewaffneter Männer in Zivil springen herunter. Tarek ist verblüfft, wie groß und muskulös die meisten sind, alle tragen einen Bart. Das Schreien bricht ab und die Menschen laufen in verschiedene Richtungen daran. »*Schabiha, Schabiha, Schabiha*!«, rufen sie voller Angst. Tarek findet seinen Bruder nicht mehr. Er wird von einer Gruppe zurück in die Moschee gedrängt. Die Demonstranten verschließen den Eingang, sie schieben ein großes Schuhregal davor und zwei andere vor die Fenster. Tarek steht mitten in der Moschee und beobachtet fassungslos das Geschehen. »Jetzt bin ich erledigt, das wird nicht gut enden«, denkt er angstvoll. Die *Schabiha* draußen hämmern und drücken gegen die Türe, und das Schuhregal, gegen das sich von innen einige Männer stemmen, vibriert und schwankt bei jedem Schlag. Die Stimmung ist bis zum Zerreißen gespannt, alle brüllen durcheinander. Einer der Männer dreht sich zu Tarek und schreit ihn an: »Hilf uns doch!« Tarek würde sich dieser ganzen Situation gern entziehen, aber das ist unmöglich. Es gibt keinen anderen Ausgang. So dreht er sich um und hilft mit, sich gegen das Schuhregal zu stemmen. Aber er ahnt, dass es nur mehr kurz Widerstand leisten wird, bevor es zerbricht. Ein paar Sekunden später hören sie bereits, wie die *Schabiha* in den Frauenbereich eindringen. »Öffnet das Tor, ihr Hurensöhne, oder wir werden eure Mütter einzeln ficken! Ihr wollt Freiheit? Wir werden euch Freiheit geben!«, brüllt einer von ihnen im breiten Dialekt der Küstenregion vom Balkon herunter.

Plötzlich ertönt wieder ein unglaublich lauter Knall. Der Mann neben Tarek, der ihn zum Helfen aufgefordert hat, fällt mit einem Kopfschuss tot zu Boden. Tarek ist fassungslos. Er erlebt die gleiche Situation wie auf dem Hof, als neben ihm der Attentäter erschossen wurde, der Fahad Al-Ali ermorden wollte. Die anderen Männer, die die Tür sichern wollten, laufen in eine Ecke, und die Tür ist kurz vor dem Zerbrechen. Tarek weiß nicht, was er machen soll. Er ist wie in einer Schockstarre. Schließlich öffnet er, ohne viel nachzudenken, den schmalen Schrank an der Seite des Regals und steigt hinein. Kurz darauf fällt das Regal um und Tarek ist eingesperrt. Er hört die Tür zerbrechen und die *Schabiha* in den Raum stürzen. Sie trampeln über das Regal und schieben es zur Seite, Holz splittert und Tarek versucht trotz allem ruhig zu bleiben. Er hört, wie Demonstranten zusammengeschlagen werden. Einigen gelingt es, zu fliehen, und der Rest wird festgenommen. Tarek versucht, ruhig liegen zu bleiben. Er kann die Angst in seinem Mund schmecken, und jedes einzelne Haar an seinem Körper ist aufgestellt. Nach langer Zeit, ihm scheint es die längste Zeit seines Lebens, doch in Wahrheit ist vielleicht eine halbe Stunde vergangen, hört er gar nichts mehr. Er versucht, aus seinem Gefängnis zu klettern. Behutsam löst er die Rückwand, die glücklicherweise standgehalten hat, obwohl das Regal von den Tritten sehr in Mitleidenschaft gezogen worden ist, und steigt aus dem Schrank. Er blickt sich um und sieht niemanden mehr. Die Moschee allerdings ist verwüstet, alles liegt durcheinander.

Tarek schleicht vorsichtig hinaus und vergewissert sich, dass keine *Schabiha* mehr draußen sind. Zu seinem Glück ist alles menschenleer. Es ist schon hell, die Sonne ist kurz vor dem Aufgehen. Er geht ein paar Schritte. Da sieht er zu seinem Erschrecken ein Polizeiauto an der Ecke stehen und im selben Moment schreit ein Polizist: »Halt, stehen bleiben!«, aber Tarek dreht sich um und rennt, so schnell er kann, in die andere Richtung. Er hört Laufschritte hinter sich und rennt um sein Leben. Einige Straßen weiter entdeckt er ein offenes Geschäft in der Rukn-al-Din-Einkaufsstraße. Er kann nicht mehr weiter und schlüpft hinein. Es ist eine Bäckerei, und ein älterer Mann holt gerade frisch gebackene Croissants aus dem Ofen. »Hadschi, ich flehe dich an, versteck mich bei dir«, bittet ihn Tarek ganz außer Atem. Der Bäcker ist verwirrt, bittet ihn aber hinter die Theke. Tarek setzt sich auf einen Sessel, und der Bäcker bringt ihm ein Glas Wasser. »Du warst bei den Demonstranten, oder?«, fragt er Tarek, als er ihm das Wasser reicht. Bevor Tarek antwortet, nimmt er einen Schluck. In diesem Moment betreten zwei *Schabiha* den Laden. Tarek kann das Wasser nicht mehr hinunterschlucken. »Guten Morgen, du Anständiger. Dein Gebäck riecht verlockend, du wirst uns doch sicher einige Croissants gratis geben, oder? Wir beschützen die Heimat vor den Verrätern«, sagt einer der beiden ironisch. Der Bäcker nickt und beginnt sofort, eine Papiertüte mit Gebäck zu füllen. Währenddessen blickt der andere der beiden Männer Tarek für ein paar Sekunden skeptisch an. »Und wer bist du? Warum bist du so verschwitzt? Wieso bist du gelaufen?«, fragt er ihn argwöhnisch.

»Er ist mein Mitarbeiter, er hat gerade diese schweren Mehlsäcke aus dem Keller heraufgetragen«, erklärt der Bäcker.

»Ich habe ihn gefragt und nicht dich, er hat selbst eine Zunge, um zu antworten«, fährt ihn der *Schabih* an. In diesem Moment kommen weitere *Schabiha* vor der Bäckerei an und fordern ihre Freunde auf, weiterzugehen, ihr Anführer wolle sie versammeln. Aber der eine ist noch nicht fertig mit Tarek: »Zeig mir deinen Ausweis!«, fordert er ihn auf. Tarek holt seinen Militärausweis aus der Tasche und reicht ihn hinüber. »Ich bin bei Oberst Fahad Al-Ali, aber ich helfe hier manchmal aus, um ein bisschen Geld zu verdienen«, erwidert er, ohne Nervosität zu zeigen. Der *Schabih* schaut sich den Ausweis prüfend an und langsam geht ein breites Lächeln in seinem Gesicht auf. »Du bist ein anständiger Bürger, wir brauchen jeden wie dich, um die Verräter im Staub zu zertreten«, damit gibt er Tarek seinen Ausweis zurück und schlägt ihm bei jedem dieser Worte mit seinem muskulösen Arm so schwer auf den Rücken, dass Tareks Rippen krachen.

Als die *Schabiha* weg sind, umarmt Tarek den Bäcker ganz fest und geht nach Hause. Von der Rukn-al-Din-Einkaufstraße bis zu seinem Viertel braucht er rund zwanzig Minuten. Auf dem Weg sieht er die Stadt langsam erwachen und versucht zu begreifen, wie er diesem ganzen Wahnsinn heute entkommen ist. Er schüttelt immer wieder den Kopf. Zu Hause warten Salman und seine Mutter voller Sorge auf ihn. Sein Vater schläft bei seiner zweiten Frau. »Gott sei Dank, ich dachte, sie haben dich verhaftet«, umarmt ihn Salman fest. Auch Salma umarmt ihn voller Tränen, aber sie ist wütend. »Hast du mir nicht versprochen, dich davon fernzuhalten!«, wirft sie ihm vor. »Weißt du, was mit Hibba und Mohanad passiert ist?«, fragt Tarek seinen Bruder. »Sie haben es auch geschafft, zu entkommen«, beruhigt ihn Salman. Tarek will sich erschöpft schlafen legen, aber er kontrolliert vorher noch einmal sein Handy und sieht, dass er dreizehn Anrufe von Sanaa verpasst hat. Er ruft sie zurück und erzählt ihr alles. Sanaa reagiert noch heftiger, als er sich vorgestellt hat. Sie schreit und weint. »Wir bereiten unsere Auswanderung vor, und du begibst dich in Lebensgefahr!«, ist sie von Tareks Verantwortungslosigkeit enttäuscht. Sie legt einfach auf, und Tarek braucht eine ganze Woche, um sie mit dem Versprechen zu trösten, sich niemals wieder mit den Aufständischen abzugeben.

Damaskus, April 2012

»Du hast dich in dem Jahr, seit du beim Militär bist, sehr verändert, Tarek«, tadelt Salman seinen Bruder.

»Warte kurz, sag jetzt nichts«, stoppt ihn Tarek mit einer Handbewegung. Er nimmt sein Handy aus der Tasche und entfernt den Akku. »Ich bin ein Soldat, ein Diener Fahad Al-Alis, und werde mit Sicherheit überwacht«, erklärt er seinem Bruder. Dann sieht er sich um. »Und was, um Gottes willen, hast du aus deiner Schneiderei gemacht?«, fragt er fassungslos. Die Mitarbeiter sind nicht mehr da, überall liegen Waffen herum, und Munitionskisten, Lebensmittelvorräte und Kartons voller Medikamente sind an den Wänden aufgestapelt. Salman bittet Tarek, sich zu setzen. Er nimmt eine Tabakdose aus der Schublade und beginnt, eine Zigarette zu drehen. »Die Revolution ist kein Traum mehr. Sie hat begonnen und es ist nur mehr eine Frage der Zeit, bis das diktatorische Regime stürzt«, sagt Salman, zündet seine Zigarette an und fährt fort: »Wie gesagt, wir zählen auf dich und deine Unterstützung. Jetzt ist es so weit, du kannst aktiv etwas gegen die Ungerechtigkeit tun.« Tarek spürt den Ernst der Lage in der Stimme seines Bruders.

»Ja, und was soll ich tun?«, fragt er und weiß im selben Augenblick, dass die Antwort seine Vorstellung noch übertreffen wird.

»Wir wollen Fahad Al-Alis Kopf«, ist Salmans Antwort. Er stößt heftig Rauch aus. Tarek zieht die Augenbrauen hoch und schweigt, eine beängstigende Stille macht sich in der ehemaligen Schneiderei breit. »Ernsthaft, Bruder, du zögerst jetzt?«, macht Salman der Stille ein Ende.

»Dir ist bewusst, was du da gerade von mir verlangt hast? Glaubst du, dass das ein Spaziergang ist?«, versucht Tarek, seine Unsicherheit hinter einer heftigen Replik zu verbergen. »Und wie kannst du mir zumuten, dich mit meinem Dienstauto hierherzubringen, wo du weißt, dass hier ein Waffenlager erster Ordnung ist?« Tarek ist empört.

»Mit dem Dienstauto von Fahad Al-Ali werden wir an den Militärposten nicht kontrolliert. Ich habe hier im Viertel viele Demonstrationen mitorganisiert, und ich nehme an, dass mein Name schon längst auf allen Listen der Sicherheitsorgane zu finden ist. Ich wollte unbedingt sicher und ohne Gefahr herkommen. Wie du gesehen hast, ahnen sie offensichtlich, was hier in einigen Tagen passieren wird. Sie haben das ganze Gebiet umzingelt, jetzt ist nur die Ruhe vor dem Sturm. Das Harasta-Viertel wird sich den anderen Umlandgemeinden anschließen und sich vom Regime befreien. Wir haben alles geplant, die Stunde null steht unmittelbar bevor!«, erklärt Salman stolz, während er auf einem kleinen Elektrokocher Kaffee zubereitet.

»Du hast kein Gehirn mehr in deinem Schädel, du bist vollkommen verrückt geworden. Warum sagst du mir das nicht vorher! Wenn das auffliegt, hat das für mich schwerwiegende Konsequenzen!«, schäumt Tarek vor Wut. Er steht auf und beginnt die Munitionskisten und die restliche Ausrüstung zu untersuchen. Überwiegend aus amerikanischer und europäischer Herstellung, stellt er schnell fest. »Wie gesagt, du hast dich sehr verändert, so kenne ich dich nicht. Du bist der erste Mensch, der mich die Ungerechtigkeiten und die Korruption dieses Regimes hat sehen lassen und der mich durch seine Texte und seinen Mut zum Protest inspirierte. Jetzt, wo es so weit ist und das ganze Land gegen das Regime aufsteht, ziehst du dich zurück und lässt uns im Stich. Ich dachte, du wärst jetzt stolz auf mich.« Salman ist bemüht, seinem Bruder die Enttäuschung in seiner Stimme deutlich zu machen, und in diesem Moment kocht der Mokka über.

»Ich bin natürlich stolz auf dich, aber man muss auch mit Bedacht handeln. Ich bin immer noch derselbe Mensch. Seit dem Ausbruch der Revolution beobachte ich jede kleine Entwicklung, und mein Herz ist jedes Mal aufgegangen, wenn ich die Demonstrationen auf den Straßen gesehen habe. Und ich habe mich geschämt, dass ich nicht dabei sein konnte. Aber ich habe nicht erwartet, dass die Revolution diese blutige Wendung nimmt. In einem Jahr sind so viele Menschen ums Leben gekommen, das kann nicht der richtige Weg sein!«, versucht Tarek seine Gedanken zu artikulieren. Dabei merkt er, dass er die ganze Situation noch gar nicht richtig erfassen kann.

»Es gibt keinen richtigen Weg in einer Revolution. Wenn friedliche Demonstranten brutal ermordet, unschuldige Zivilisten in den Kellern des Geheimdienstes zu Tode gefoltert und Kinder in ihren Wohnungen vom Militär ihres eigenen Landes bombardiert werden, kann die Antwort auf Blut nur wieder Blut heißen. Hast du es vergessen? Du hast mir damals von der französischen Revolution erzählt«, kontert Salman, und in seiner Stimme spürt Tarek die Leidenschaft.

»Mein Bruder, Syrien von heute ist nicht Frankreich von damals. Es herrschen ganz andere Bedingungen. Syrien hat verschiedene Religionen, Konfessionen und Ethnien, und jede von ihnen hat andere Vorstellungen vom Leben, und die Soldaten, die ihr umbringt, sind bloß Marionetten, die vom Regime instrumentalisiert worden sind. Sie sind genauso Opfer dieses Machtspiels. Und wie du sagst, Blut zieht nur

Blut nach sich. Und ich möchte mir gar nicht vorstellen, wo dieser Teufelskreis enden wird!« Tarek ist deutlich.

Salman schweigt und lässt Tareks Worte auf sich einwirken. Auch Tarek spricht nicht mehr. Er merkt, wie ängstlich er geworden ist. Ihm ist bewusst, dass Dialog und friedliche Demonstrationen nichts mehr bringen werden. Die Lage hat sich in dem einen Jahr drastisch verschlimmert, und beide Seiten haben Tote zu beklagen. Hinter Tareks zurückhaltender Einstellung steckt aber ein Geheimnis, das er seinem Bruder nicht offenbaren kann: seine Liebe zu Sanaa und das Versprechen, mit ihr weit weg von diesem Land zu gehen. Nach der gewaltsam beendeten Demonstration in der Moschee vor einem halben Jahr musste er Sanaa versprechen, sich niemals wieder in eine solche Gefahr zu begeben. »Hast du an unsere Mutter gedacht, was wird mit ihr passieren, wenn du stirbst?«, fragt Tarek seinen Bruder. Zu Tareks Erstaunen antwortet Salman schnell und mit größter Entschlossenheit: »Syrien ist auch meine Mutter! Und alle Opfer dieses barbarischen Regimes haben ebenfalls Mütter.« Salmans Antwort spürt Tarek wie ein K.O. Er nickt unbewusst und in seinem Kopf flüstert eine leise Stimme: »Du bist ein Feigling!«

»Woher habt ihr diese ganze Ausrüstung bekommen? Das muss Unsummen gekostet haben! Und wie ist das alles ins Land gekommen?«, fragt Tarek, als er sich wieder hinsetzt.

»Wir haben Brüder im Ausland, die an unser Vorhaben glauben«, antwortet Salman knapp.

»Und wer sind diese Brüder? Vertraut ihr diesen Menschen?« Tarek ist skeptisch.

»Fang nicht damit an, Bruder. Wir würden sogar mit dem Teufel zusammenarbeiten, um dieses Regime zu vernichten«, sagt Salman und fordert seinen Bruder auf, seinen

Kaffee zu trinken. Vor Tarek steht seit etlichen Minuten eine volle Tasse.

»Nein, ich möchte nicht«, antwortet er und steht auf, »ich will weg, es ist wirklich gefährlich, mit dem Dienstauto hier zu sein!« Seine letzten Worte werden vom Knall einer heftig zugeschlagenen Türe unterbrochen. Tarek schaut fragend zu Salman. In diesem Moment drängen fünf Männer in den Raum. Sie scheinen zwar in Zivil zu sein, aber manche ihrer Kleidungsstücke stammen durchaus vom Militär, zwei haben Militärhosen an, einer eine alte Uniformjacke und einer trägt einen Patronengurt schräg über der Brust. »Salam aleikum«, grüßt einer von ihnen, er hat den längsten Bart, dann fragt er aggressiv: »Wem gehört das Schweineauto da draußen?«

»Das ist von meinem Bruder, von dem ich euch schon erzählt habe, der uns unterstützen wird«, erklärt Salman schnell.

»Du hättest uns warnen sollen. Ich hätte es fast in Brand gesteckt«, spricht der Bärtige und kommt auf Tarek zu. Er gibt ihm die Hand: »Wir zählen auf dich, Bruder. Bis du uns geholfen hast, diesen Ungläubigen zu zeigen, dass wir ihnen richtig wehtun können, gehörst du aber zu ihnen!« Der drohende Unterton in seiner Stimme ist nicht zu überhören. Tarek nickt und wendet sich an Salman: »Ich muss jetzt gehen, sonst wird das auffallen. Wann sehen wir uns zu Hause?«

»Ich glaube nicht, dass ich so bald nach Hause komme. Wir haben hier Großes vor.« Mit dieser Ungewissheit verabschiedet sich Tarek von seinem Bruder und geht mit schnellen Schritten zu seinem Dienstauto. Dort baut er sein Handy wieder zusammen und versucht Sanaa anzurufen, aber vergeblich, er hat keinen Empfang. Vermutlich hat die Regierung das Netz in diesem Gebiet abgeschaltet. So fährt Tarek los, es ist früher Nachmittag, aber dunkle Wolken verdüstern den Himmel.

Eine beängstigende Stille liegt über dem Viertel, die Straßen sind leer, die Menschen verschwunden. Es wird das letzte Mal sein, dass Tarek das Viertel in diesem Zustand sieht, in einer Woche wird hier kein Stein mehr auf dem anderen sein.

Am Sicherheitsposten angekommen, merkt Tarek, wie angespannt die Soldaten sind. Rundherum sind hohe Mauern aus Sandsäcken aufgebaut und zwei Panzer stehen mit Geschützrohren in Richtung Harasta. Einer der Wachmänner hält ihn auf, und Tarek sieht in seinem Gesicht eine große Irritation. »Was hast du da drinnen gemacht, Genosse?«, fragt ihn der Soldat, als er Tareks Dienstausweis ansieht. »Ich musste für den Oberst einige Sachen sicherstellen«, antwortet Tarek selbstbewusst.

»Das darfst du auf gar keinen Fall machen. Die Region ist als Hochrisikogebiet eingestuft«, weist ihn der Soldat zurecht und gibt Tarek seinen Dienstausweis zurück.

Als Tarek nach einigen hundert Metern wieder Menschen und Autos auf der Straße sieht, überprüft er sein Handy, es hat wieder Empfang. Sofort ruft er Sanaa an: »Bist du noch auf der Uni?« Sie antwortet mit vielen Fragen: »Wo bist du gewesen? Warum hast du dein Handy ausgeschaltet? Ich habe die ganze Zeit versucht, dich zu erreichen!«

»Lange Geschichte. Ich komme zu dir, ich muss Frau Al-Ali erst um 17 Uhr abholen. In fünfzehn Minuten bin ich da!«

Tarek hat erst nach und nach begriffen, wie viel Glück er hatte, der Chauffeur von Frau Al-Ali zu werden. Ihre beiden älteren Söhne haben selbst ein Auto zur Verfügung und brauchen keinen Fahrer. Er bringt Frau Al-Ali fast täglich am Vormittag zu ihrer Mutter oder zu einer Freundin und holt sie am Nachmittag wieder ab. In der Anfangszeit musste Tarek im Auto auf sie warten, doch bald schon erlaubte sie ihm, diese Stunden zum Studieren zu nutzen, und das Auto steht zu seiner Verfügung. Frau Al-Ali findet, dass Tarek ein angenehmer, charmanter Mensch ist, und ist überzeugt, dass er diese Zeit für sein Studium verwendet. In Wahrheit trifft er sich jedoch jeden Tag mit Sanaa. Ist sie beschäftigt, verabredet er sich mit Salim Goldhand, der ihm ein väterlicher Freund geworden ist, und genießt die Gespräche mit ihm über die Zukunft der Revolution in Syrien. Tarek besucht Salim nur zu Hause oder im Juweliergeschäft, niemals in seiner Fälscherwerkstatt, die ist ein heiliges Territorium, zu dem niemand Zugang hat. Tarek beschafft sich auch ein kleines rotes Heft, das er inzwischen ständig in einer selbstgemachten Stofftasche bei sich trägt. Er möchte wieder öfter schreiben, aber es gelingt ihm bis jetzt nicht. Irgendetwas blockiert seinen Geist.

Nach einigen Anschlägen ist Damaskus förmlich überschwemmt von Checkpoints verschiedener Art. Die ganze Stadt scheint im Stau zu stehen. Aber Tarek kann mit seinem Militärauto auf einer eigenen Spur fahren und wird überall durchgewunken.

Tarek hat es nicht eilig, zu Sanaa zu kommen. In seinem Kopf schwirren unendlich viele Gedanken herum. Er kann ihr weder erzählen, dass Salman jetzt mit den Rebellen kämpft, noch, dass Salman von ihm verlangt, Fahad Al-Ali zu töten. Sie hatten in letzter Zeit schon viele Diskussionen und Auseinandersetzungen wegen der Aufstände. Sanaa gibt zu, dass Korruption und Ungerechtigkeit den Staat zerfressen, aber sie ist überzeugt, dass die Rebellen nur visionslose Ignoranten sind, die ausländischen Feinden als Marionetten dienen und das Land in die Zeit des Kalifats zurückwerfen wollen. Für sie ist klar, sollten die Rebellen siegen, würden die Alawiten massenhaft abgeschlachtet werden. Aber Tarek gibt nicht auf, mit ihr darüber zu reden, und er schafft es immer wieder, sie wenigstens zum Nachdenken zu bringen. Sanaa steht schon am vereinbarten Treffpunkt gegenüber der Universität. Inzwischen haben sich die Wolken zum Teil verzogen und die Sonnenstrahlen gewinnen wieder die Oberhand. Sanaa trägt eine große Sonnenbrille und steht im Schatten eines kleinen Baumes am Straßenrand. Ihre Skripten hält sie in der Hand, sie hat ihre Haare lässig aufgesteckt, in ihrer schwarzen, taillenkurzen Jacke und den dunkelblauen engen Jeans sieht sie fantastisch aus.

Sanaa steigt ein und ohne ein Wort zu sagen, versinken sie in einem leidenschaftlichen, langen Kuss. Der Range Rover mit verdunkelten Scheiben ist für Verliebte in Damaskus ein Segen. In diesem Auto müssen sie sich nicht an geltende Anstandsregeln halten. Und sie müssen nicht einmal an den neidischen Saker denken. Er ist ohnehin nicht mehr an der Uni. Nachdem er seine vergeblichen Versuche, Sanaas Herz zu erobern, eingestellt hat, gründete er seine eigene *Schabiha*-Miliz und kämpft seitdem gegen Rebellen in einem Gebiet in Homs, in dem Demonstrationen schnell zu Schlachten geworden sind. Mittlerweile ist er für die Rebellen einer der meistgesuchten Männer. Im Internet kursieren viele Videos von ihm, auf denen er direkt in die Menge der Demonstranten schießt.

»Hast du schon gehört, was mit Hibba und Mohanad passiert ist?«, fragt Sanaa.

»Nein, ich glaube, sie sind böse auf mich, ich habe schon lange nicht mehr mit ihnen gesprochen«, bedauert Tarek.

»Sie wurden heute vor aller Augen vom Geheimdienst festgenommen. Anscheinend standen sie hinter den Demonstrationen und der Flugzettelaktion an der Uni. Ich habe versucht, dich zu Mittag zu erreichen, aber dein Telefon war ausgeschaltet«, erklärt Sanaa.

Geschockt fährt Tarek ohne eine Antwort los. Diese Nachricht trifft ihn tief ins Herz. Seine Mimik und seine Körpersprache zeigen das deutlich. Er hat seine Gefühle nicht unter Kontrolle und tritt voller Wut aufs Gaspedal. Der Achtzylindermotor heult auf. »Habibi, bitte, fahr langsam, das bringt nichts«, mahnt ihn Sanaa, während sie sich am Türgriff und an der Mittelkonsole festhält.

»Ich weiß nicht, ob ich die restlichen neun Monate meiner Wehrpflicht noch durchhalte, ohne an der Revolution teilzunehmen. Ich kann nicht nur zuschauen«, zischt Tarek ungeduldig zwischen zusammengebissenen Zähnen.

»Ja, und das bringt mich zu meiner zweiten Nachricht«, ergreift Sanaa schnell das Wort, aber ihre Stimme deutet an, dass diese Nachricht noch unangenehmer ist als die vorige. »Am Wochenende waren Babas Freunde da, und einer der Offiziere, der in der Verwaltung arbeitet, hat von neuen Maßnahmen gesprochen: Es wird in Zukunft keine Entlassungen mehr geben, für deinen Jahrgang und die nachfolgenden wird die Wehrpflicht, solange die Aufstände andauern, auf unbestimmte Zeit verlängert.« Sanaa versucht, ruhig zu bleiben, während sie ihm das sagt.

»Das überrascht mich nicht, ehrlich gesagt. Damit rechnet mittlerweile jeder Soldat, aber niemand will es glauben. Dann brauchen wir, du und ich, unsere Zeit hier nicht mehr zu verschwenden. Wir gehen. Wir können das Visum für Kanada auch vom Libanon aus beantragen. Mein Freund Salim, der Dokumentenkönig, kann mir einen falschen Reisepass herstellen«, spricht Tarek mit ziemlicher Entschlossenheit.

»Mein Wunsch, dieses Drecksloch mit dir gemeinsam zu verlassen, ist so groß wie noch nie. Aber wir müssen alle Eventualitäten gut bedenken. Du weißt, was Oberst Al-Ali mit deiner Familie machen könnte, wenn du einfach gehst. Und du wirst niemals wieder nach Syrien zurückkehren können. Außerdem, wer sagt, dass wir so einfach ein Visum bekommen werden«, versucht Sanaa, die Vernunft sprechen zu lassen.

»Es sind mittlerweile schon viele Soldaten und auch Offiziere desertiert und zu den Rebellen übergelaufen, und das Regime kann nicht Repressalien gegen jede dieser Familien ergreifen. Für mich ist die Sache klar: Wir gehen jetzt, oder wir werden nie mehr die Gelegenheit dazu haben.« Tarek fährt an den Straßenrand und hält an. Er nimmt zärtlich Sanaas Hände in die seinen. »Ich brauche keine Zeit zum Nachdenken. Und du?«, fragt er sie mit einem tiefen Blick.

»Ernsthaft? Zweifelst du jetzt an mir?«, gibt sie sich beleidigt. Tarek schweigt. »Ich werde mit dir mit verbundenen Augen ins Feuer springen. Wir leben nur einmal. In einhundert Jahren sind wir nur mehr Staub«, verspricht Sanaa mit immer leiser werdender Stimme, und bei ihren letzten Worten füllen sich ihre Augen mit Tränen.

Damaskus, April 2012

Trotz aller Sorgen verspürt Tarek plötzlich Hunger, und da sie gerade in der Nähe eines ihrer Lieblingsrestaurants, dem Buz Al-Gedi, stehen, fragt er Sanaa: »Lust auf ein *Tesqehe*?«

»Ja, gerne, aber wenn, dann *Fool b laban*, und ich bezahle, ich weiß, wie wenig Militärsold du bekommst«, stimmt sie zu. Das Restaurant ist am Nachmittag nur schwach besucht. Sie suchen einen Platz direkt neben dem Wasserbrunnen im Hof des alten Damaszener Hauses. Der ganze Hof ist mit einem Dach aus Weinranken überzogen, deren junge Blätter sich gerade entfalten. Sie bestellen, und nach dem Essen serviert ihnen der Kellner zwei Gläser schwarzen Tee mit Minze und sie teilen sich eine Shisha.

Tarek erhält eine Nachricht von Frau Al-Ali: Er soll sie wie gewohnt um fünf Uhr abholen. Er hat noch genug Zeit, Sanaa nach Hause zu bringen. »Ich weiß, ich bin heute eine Überbringerin schlechter Nachrichten, aber ich muss dir noch etwas erzählen«, sagt Sanaa leise, bevor sie aussteigt.

»Bitte sehr, beglücke mich«, bittet Tarek ironisch.

»Gestern habe ich lange mit deiner Schwester telefoniert, ihr Mann hat sie wieder geschlagen. Sie wagt es nicht, mit dir darüber zu reden, weil deine Mutter sie vor deiner Reaktion gewarnt hat«, erzählt Sanaa. Tarek schweigt kurz, dann gibt er ihr einen Kuss: »Danke, dass du es mir erzählt hast!« Sie verabschieden sich, und Sanaa steigt aus. »Was willst du machen?«, fragt sie besorgt, bevor sie die Tür schließt.

»Mach die Tür zu», ruft er ihr nur zu und fährt mit Vollgas weg.

Frau Al-Ali ist sehr freundlich zu Tarek und fragt wie immer, wie er mit seinem Studium vorankommt. Aber Tarek ist heute mit seinen Gedanken ganz woanders. Als er sie nach Hause bringt, bittet er sie, das Auto behalten zu dürfen, er müsse damit zum Mechaniker, da das Lenkrad beim Fahren vibriere. Sie stimmt unter der Bedingung zu, dass Tarek sie am nächsten Morgen um acht Uhr abhole, da sie zu einem Möbelhaus müsse, um einiges für das Ferienhaus in Latakia zu besorgen. Normalerweise müsste er das Auto vor Al-Alis Haus stehen lassen und mit dem Bus zu seiner Dienststelle fahren, aber heute braucht er das Auto. Am Weg zum Verwaltungsgebäude seiner Einheit ruft er den Diensthabenden Abu Manaf an, mit dem er inzwischen gut befreundet ist und oft abends Mate trinkt. »Mein Bruder, ich brauche heute Abend drei Männer für eine kleine Mission, drei kräftige Männer! Ich bin am Weg, ich hole sie dann ab«, bittet er, und die Antwort ist kurz: »Bekommst du.«

Tarek ist aufgewühlt wegen seiner Schwester. Er erinnert sich an die Zeit, in der sie als Heranwachsende von ihrem Vater und ihrem Bruder geschlagen wurde, und es schmerzt ihn noch immer, damals nichts dagegen unternommen zu haben. Am schlimmsten war es an dem Abend, an dem ein Freund Salman erzählte, dass er Sausan mit einem jungen Mann Hand in Hand spazierend gehen gesehen hatte. Basam rastete aus und warf ihr aus Wut einen großen Teller ins Gesicht. Der Teller verfehlte nur haarscharf ihr Auge und sie erlitt eine tiefe Platzwunde knapp daneben. Tarek fuhr mit ihr ins Krankenhaus und musste den Arzt anlügen. Er erzählte ihm, dass Sausan sich an der offen stehenden Tür eines Küchenschrankes verletzt hätte. Der Arzt blieb misstrauisch und wollte die Polizei informieren, aber Sausan bestätigte Tareks Geschichte.

Tarek liegt im Zimmer auf seinem Bett und versucht mehrmals vergeblich, seine Schwester zu erreichen.

»Was ist los? Hör auf, mit deinem Bein zu zappeln«, weist ihn der zweite Chauffeur zurecht, der sich auf dem Bett unter ihm ausruht. Tarek bittet ihn daraufhin um eine Zigarette, die sein Kamerad ihm schon angezündet hinaufreicht: »Oje, du hast wieder Stress mit der Liebe!«

Tarek kann nicht einmal inhalieren, aber wenn er sehr nervös ist, pafft er manchmal eine Zigarette.

Endlich erreicht er Sausan am Festnetz. Er schreit sie an, warum sie ihm nichts erzähle, und sie erklärt ihm ganz eingeschüchtert: »Es war alles meine Schuld. Ich habe auf Facebook ein Video gepostet, in dem ich zu einem Lied aus dem Radio singe.« Tarek findet nichts Schuldhaftes daran und will genau wissen, was Sausans Mann ihr angetan hat. »Er hat mich geohrfeigt und mir das Handy weggenommen.« Tarek bittet sie, ihn das nächste Mal sofort zu informieren, aber von seinem Vorhaben verrät er nichts.

Um acht Uhr abends steht Tarek mit drei anderen Soldaten vor der Metzgerei von Daoud, Sausans Mann, und wartet, bis dieser seinen Laden schließt.

»Ihn nur festzuhalten macht keinen Spaß, Abu Treek«, beschwert sich der Soldat, der neben ihm sitzt.

»Falls er Widerstand leistet, dürft ihr ihn zurechtbiegen«, meint Tarek, während er Daoud durch die Glasscheibe genau beobachtet. Der Metzger hat seine Angestellte nach Hause geschickt und sitzt an der Abrechnung, das macht er gern alleine. Als er fertig ist, schließt er ab, lässt den Rollladen herunter und versperrt ihn. Als er sich aufrichtet und umdreht, stehen plötzlich Tarek und die drei Soldaten unmittelbar vor ihm.

Tareks Begleiter stoßen den massigen Daoud gegen den Rollladen und halten ihn fest. Das laute Klirren lässt ihn ahnen, worum es heute geht. Er ruft aufgeregt um Hilfe, aber die wenigen Passanten wagen es beim Anblick der vier Uniformierten nicht, sich einzumischen. »Was habe ich dir vor ein paar Jahren gesagt, du Sohn des Harams«, beginnt Tarek, »du hast eine großartige Frau bekommen, die du nicht verdient hast, und du schlägst sie dennoch«, und noch bevor er seinen Satz beendet hat, verpasst er Daoud eine wuchtige Ohrfeige. Daoud windet sich unter den Griffen und beißt einen der Soldaten in die Hand, um freizukommen. Die Männer drücken ihn zu Boden und verpassen ihm einige Fußtritte. Als Daoud zusammengekrümmt auf dem Boden liegt, beugt sich Tarek über ihn. »Wenn du sie noch einmal schlägst, breche ich dir die Hände«, droht er seinem Schwager. »Und gib ihr das Handy zurück!«, ruft er Daoud beim Weggehen noch zu. Als sich die vier ein paar Meter entfernt haben, beginnt Daoud zu schreien: »Du bist ein Verräter und ein Großmaul! Sprichst über Demokratie und Menschenrechte und bist ein Sohn der Diktatur! Einer der *Schabiha*! Schau dich an, du bist *Schabih*, du bist *Schabih*!«, wiederholt Daoud mehrmals, als Tarek mit dem Auto an ihm vorbeifährt.

Daouds Worte lassen Tarek nicht kalt. Um vier Uhr früh liegt Tarek noch immer wach und hört Daouds Schreie »Du bist *Schabih*!« Viele Fragen plagen ihn, und er findet keine Antworten. Als er endlich die Augen schließt, bekommt er eine SMS. Es ist Salman: »Du sollst möglichst schnell den großen Hammel liefern, die Männer haben Hunger!«

Die Müdigkeit ist auf einmal wie weggeblasen. Tarek steht leise auf und geht mehrmals um den Trainingshof. Er will kein Blut an den Händen haben und auch nicht andere zu irgendwelchen Gewalttaten aufrufen.

»Hat meine Schwester dir gestern am Telefon etwas Besonderes erzählt?«, fragt Tarek Sanaa, während er die Schwarma-Sandwiches auspackt. Sie sitzen im Ibn-Al-Haytham-Park auf ihrem Stammplatz im Gras. Es ist drei Uhr Nachmittag, die Sonne steht genau hinter dem gigantischen Baum, und sie verstecken sich in seinem Schatten vor der Hitze. Tarek lehnt sich an den dicken Stamm, Sanaa liegt auf dem Rücken und hat ihren Kopf auf seinen Schoß gelegt.

»Nein, nichts, warum?«, will Sanaa wissen, doch ohne auf Tareks Antwort zu warten, setzt sie fort: »Ach ja, doch. Sie hat erzählt, dass ihr Mann ihr das Handy ohne ein Wort zurückgegeben hat.« Sanaa wartet auf Tareks Reaktion, aber er macht schweigend weitere Selfies von ihnen beiden. Auf einmal blitzt ein Gedanke in ihrem Gehirn auf. Sie setzt sich auf. »Ich schwöre, du steckst dahinter. Warum hast du mir nichts erzählt? Du hast etwas gemacht, oder?«

»Ja, schon. Ich wollte es dir ohnehin heute erzählen, aber ich bin nicht stolz darauf.« Tarek legt das Handy zur Seite und blickt Sanaa in die Augen. »Vorgestern, als du mir von Sausan erzählt hast, habe ich eine derartig glühende Wut bekommen, dass ich nicht mehr klar denken konnte. Dann bin ich –«, in diesem Moment klingelt Tareks Handy. Als er den Namen des Anrufers liest, erschrickt er. Es ist Oberst Fahad Al-Ali. Tarek zeigt Sanaa verwirrt den Namen auf dem Display und hebt ab. »Meinen Respekt, *Sidie*«, schreit Tarek ins Telefon.

»Die zwei Idioten in der Werkstatt müssen länger an meinem gepanzerten Mercedes herumpfuschen. Hol mich in zwanzig Minuten aus dem Verteidigungsministerium ab, ich gebe bei den Einfahrten Bescheid, dass sie dich hineinlassen. Du musst der Madame nichts sagen, sie weiß, dass ich dich brauche«, ordnet der Oberst an, während er deutlich hörbar etwas isst.

»Jawohl, Herr Oberst, ich bin auf dem Weg!«, erwidert Tarek laut und deutlich. Er steht sofort auf. »Ich muss ihn vom Ministerium abholen, ich kann dich nicht nach Hause bringen. Ich lasse dich beim Alabbasien-Busbahnhof aussteigen«, erklärt er gehetzt. Auf dem Weg erzählt er kurz, was er mit Daoud an jenem Abend gemacht hat. Im ersten Moment ist Sanaa entsetzt, aber als sie aussteigt, dreht sie sich noch einmal um und meint: »Ist schon gut, er hat es verdient!«

Als er wieder allein ist, hat Tarek endlich Zeit für die Gedanken, die ihn seit dem Anruf Al-Alis beschäftigen. »Das wäre die ideale Gelegenheit, ihn den Rebellen auszuliefern«, aber diese Vorstellung macht Tarek ungeheure Angst. Er hat es schon in den letzten beiden Tagen nicht geschafft, auf Salmans Nachricht zu reagieren.

Als Tarek zur Einfahrt des Ministeriums kommt, wird das Fahrzeug mit einem Sprengstoffdetektor akribisch untersucht. Nach den vielen Attentaten auf Hauptquartiere der Geheimdienste schützen jetzt Betonpoller das Grundstück direkt im Herzen von Damaskus vor Selbstmordattentätern. Nach dieser ersten Sicherheitskontrolle kommt Tarek zur nächsten, die nicht vom Militär, sondern vom Geheimdienst durchgeführt wird, denn die beiden vertrauen einander nicht. Nach den Kontrollen wird Tarek zum Hauptgebäude gewiesen, in dem gerade ein Treffen hochrangiger Militärs stattgefunden hat. Davor stehen mehrere gepanzerte Autos mit abgedunkelten Scheiben. Tarek parkt den schwarzen Range Rover auf dem letzten freien Platz, steigt aus und geht zu zwei anderen Fahrern, die bei den Autos stehen und sich unterhalten.

»Salam aleikum, Tarek von der Einheit 401.« Er reicht ihnen die Hand. Die zwei erwidern den Gruß. Der Jüngere der beiden, ein Militärpolizist, ist wie Tarek in Uniform und trägt ein rotes Barett. Der Ältere ist vom Geheimdienst für politische Sicherheit und trägt Zivil.

»Bist du Berufssoldat oder Rekrut?«, fragt er Tarek. Auch er spricht im breiten Dialekt der Küstenregion.

»Rekrut«, gibt Tarek zur Antwort.

»Seit wann beschäftigt Oberst Al-Ali Rekruten als Chauffeure?«, wundert sich der Fahrer.

»Das ist eine lange Geschichte«, antwortet Tarek ausweichend. »Und worum geht es heute? Erzählt einmal!«, wechselt er das Thema.

»Soviel ich verstanden habe, geht es um die Eskalation der Kämpfe bei Homs«, informiert ihn der Militärpolizist.

»Unser verehrter Präsident hat dieses Gespräch einberufen und er selbst leitet es auch«, ergänzt der Geheimdienstler.

In diesem Augenblick hören die drei ein Klatschen aus dem Inneren des Gebäudes, das immer lauter wird. Parolen werden gerufen: »Unser Blut, unsere Seelen geben wir für dich!« Plötzlich laufen dutzende Männer in schwarzen Anzügen aus den Toren und verteilen sich auf dem Platz. Ein schwarzer BMW ohne abgedunkelte Scheiben fährt vor und der Fahrer steigt aus. Umgeben von Militärs tritt der Präsident in schwarzem Zivilanzug aus dem Gebäude, steigt auf der Fahrerseite ein, winkt lächelnd und fährt ab. Tarek hält die ganze Zeit den Atem an. Er glaubt kaum, dass er ihn persönlich sieht, und er ist verwundert, dass er den Präsidenten sympathisch findet. Er merkt gar nicht, dass plötzlich Oberst Al-Ali mit einem hünenhaften Leibwächter vor ihm steht. »Meinen Respekt, *Sidie*«, salutiert Tarek.

»Was für ein Respekt von einem Eselfohlen«, schimpft Al-Ali. Tarek ist irritiert, er weiß nicht, was er falsch gemacht hat. »Du stellst das Auto ganz hinten ab und lässt mich so weit gehen, und das Auto des schwulen Generals von der

Spezialeinheit steht ganz vorne«, schimpft der Oberst weiter und steigt vorne auf dem Beifahrersitz ein. Sein Leibwächter steigt hinten ein. Tarek entschuldigt sich und setzt sich hinter das Lenkrad: »Tut mir leid, *Sidie*, das nächste Mal achte ich darauf.«

»Fahr jetzt zur Madame, sie wartet bei ihrer Mutter«, weist er Tarek an, stellt die Klimaanlage auf die höchste Stufe, dreht das Radio auf und lehnt sich entspannt zurück.

Tarek fährt zum ersten Mal mit Oberst Al-Ali und er achtet besonders auf seinen Fahrstil. Da klingelt das Handy des Obersts. Er schaut auf das Display, liest den Namen und wird nervös. Er schaltet das Radio aus, nimmt eine angespannte Sitzhaltung ein und hebt ab. »Meinen Respekt, *Sidie*«, schreit Fahad Al-Ali direkt in das Gerät. »Ja, *Sidie*, das Meeting ist beendet. Ihr Bruder hat es geleitet, und wir haben einen langfristigen Plan erstellt«, berichtet er. Dann hört er seinem Gesprächspartner lange zu. »*Sidie*, machen Sie sich keine Sorgen, die Situation ist unter Kontrolle. In ein paar Monaten sind diese Unruhen Vergangenheit. Diese paar Terroristen und israelischen Söldner benützen ihre Familien als Schutz, aber wir werden sie alle plattmachen. Kinder von Terroristen werden nur wieder Terroristen. Wir werden ihre Häuser zu fruchtbarem Boden machen, auf dem wir künftig Kartoffeln anbauen«, brüllt Al-Ali voller Zuversicht ins Telefon. »Ja, *Sidie*, Sie können die Sache als erledigt ansehen. Als Ihr Vater, Gott hab ihn selig, die Regierung des Landes übernommen hat, hatte es acht Millionen Einwohner. Wir werden, wenn es notwendig ist, die Bevölkerung von zweiundzwanzig Millionen wieder auf acht reduzieren«, setzt er fort.

Tarek versucht, nicht mehr hinzuhören, er kann diese menschenverachtenden Worte des Obersts nicht mehr ertragen. Er spürt eine unermessliche Wut in sich aufsteigen.

In seinem Kopf laufen mehrere Szenarien ab, am liebsten würde er gegen den erstbesten Baum fahren oder die rechte Hälfte des Autos vom nächsten Lastwagen zermalmen lassen. Nach diesem Telefonat ist er fest entschlossen, Fahad Al-Ali den Rebellen auszuliefern, egal, welche Konsequenzen es für ihn haben wird. »Ich kann nicht mehr zuschauen. Ein Leben gegen viele andere«, denkt Tarek entschlossen.

»Steig aus, fahr selbständig zurück zur Zentrale. Ich habe etwas mit meiner Frau vor. Die Madame sagt dir Bescheid, wann sie dich morgen braucht«, fordert Oberst Al-Ali Tarek auf, als sie das Haus seiner Schwiegermutter erreichen. Tarek spricht seinen Respekt aus und steigt aus dem Wagen. Als er sich einige Schritte entfernt hat, holt er sein Handy aus der Tasche und schreibt mit klopfendem Herzen eine SMS an Salman: »Das Schaf ist bereit und wartet auf das Messer. Lass es uns machen.«

Damaskus, Mai 2012

»Ich werde heute zu Hause übernachten, deine zweihundert Lira bekommst du morgen«, beauftragt Tarek den Diensthabenden Abu Manaf telefonisch, ihn heute in der Liste als »anwesend« zu führen. Er geht schon seit zwanzig Minuten durch die Straßen. Viele Busse, die ihn zum Stadtzentrum bringen könnten, sind schon vorbeigefahren. Aber er registriert sie nicht, er möchte jetzt nicht Bus fahren. Er ist völlig in Gedanken versunken. Er geht den Barada entlang, der durch den Stadtteil Qudsaya bis zum Stadtzentrum fließt.

Sanaa ist aus irgendeinem Grund nicht erreichbar, Adnan aber schon. »Was machst du heute Abend? Ich bin heute in der Stadt«, fragt ihn Tarek.

»Schön! Nauras, Aiham, zwei andere und ich gehen bald in die Altstadt Karten spielen und Shisha rauchen. Soll ich dich abholen?« Adnan freut sich hörbar.

»Nein, ich komme selbst, ich bin nicht zu Hause. Wo sitzt ihr?«, will Tarek wissen.

»Haus des Jasmins. Endlich bekomme ich meinen Kartenpartner. Heute werden wir die anderen demütigen.« Adnan freut sich auf einen lustigen Abend.

»Auf jeden Fall. Wir machen Hackfleisch aus ihnen. Ich bin allerdings in Uniform«, teilt Tarek ihm mit.

»Umso besser, dann haben sie mehr Schiss vor uns.« Mit diesen Worten legt Adnan auf.

Tarek pfeift auf zwei Fingern nach einem Minibus, der gerade vorbeifährt. Der Bus bremst so abrupt, dass die

Passagiere nach vorne geschleudert werden. Tarek läuft hin und steigt vorne ein. Der Fahrer, ein älterer Mann, lässt sofort die laufende Kassette mit religiösen Gesängen herausspringen und legt eine mit Liedern aus der Küstenregion ein. »Legst du bitte die vorige Kassette wieder ein, ich höre das gerne«, bittet Tarek, drückt dem Fahrer eine Zehn-Lira-Münze in die Hand, setzt sich hin und schaut aus dem Fenster. »Wird gemacht«, antwortet der Alte und wechselt die Kassette wieder. Der Bus fährt durch das Erholungsgebiet Al-Rabieh, und Tarek beobachtet die Menschen, die seelenruhig in den unzähligen Restaurants am Fluss essen und trinken, obwohl vor einer Woche hier mehrere kleine Raketen eingeschlagen haben und einige Tote zu beklagen waren. Anscheinend haben sie ihr Ziel, den Präsidentenpalast auf dem Berg, verfehlt. Aber heute wirken die Menschen wieder ganz entspannt.

Am Beginn des Suq al-Hamidiya bittet Tarek den Busfahrer anzuhalten. Als er aussteigt, fällt ihm auf, dass sehr viele Menschen im überdachten Suq unterwegs sind. Er entscheidet sich, stattdessen durch das Geschäftsviertel Al-Hariqah bis zur Altstadt zu gehen. Tarek bahnt sich seinen Weg durch die engen Straßen, an den Käufern vorbei, neben Straßenhändlern, die Granatapfelsaft verkaufen, zwischen Laufburschen mit ihren Transportkarren und Lieferwagen, und er wundert sich, wie alles fließt, ohne zu stocken.

Als Tarek den riesigen Vorhof der Umayyaden-Moschee erreicht und bei einem der Wasserbrunnen abbiegt, bekommt er eine SMS von Salman: »Wann kannst du nach Hause kommen?«

»Ich übernachte heute zu Hause«, antwortet Tarek. Plötzlich hört er über seinem Kopf ein schrilles Pfeifen und unmittelbar danach eine laute Explosion. Ohne nachzudenken, wirft er sich flach auf den Boden. Er kann nicht einordnen, was hier gerade passiert. Der Lärm der geschäftigen Straße und die Rufe der Menschen verstummen augenblicklich. Zwei Sekunden lang herrscht Totenstille. Dann brechen in allen Richtungen unzählige Schreie los. Tarek steht langsam wieder auf und versucht zu spüren, ob er verletzt ist. In die große Mauer der Moschee, ungefähr fünfundzwanzig Meter von Tarek entfernt, hat eine Rakete eingeschlagen, aber am Gebäude nicht viel Schaden angerichtet. Der glühend heiße Metallschrott liegt verstreut im Hof. Einige Menschen liegen blutend am Boden und schreien gellend um Hilfe. Vor Tarek, direkt an der Mauer, kauert ein kleines Mädchen in einem roten Kleid und weint. Er läuft zu ihr hin. »Bist du verletzt?«, fragt er, und ohne auf ihre Antwort zu warten, versucht er selbst, das festzustellen. Das Kind wimmert gequält und presst ein Säckchen mit Geleetieren fest an ihren Körper.

»Weg von hier, bewegt euch schnell, es kann sein, dass noch eine zweite Rakete kommt!«, schreit ein Mann hinter Tarek.

»Kannst du aufstehen?«, fragt Tarek das blonde Mädchen. Sie schüttelt den Kopf und deutet auf ihren Rücken. Tarek dreht sie behutsam und sieht einen kleinen Schlitz in ihrem Kleid. Er öffnet den Reißverschluss und bemerkt eine kleine Wunde, die kaum blutet, am unteren Ende ihrer Wirbelsäule. Ganz vorsichtig hebt er sie hoch und schreit: »Auto, ein Auto, ich brauche ein Auto, schnell!« Einer der Geschäftsinhaber winkt Tarek, ihm zu folgen. Sie eilen in die nächste Gasse, wo sein Auto geparkt ist. Tarek legt das Mädchen auf die Rückbank, setzt sich selbst in den Fußraum, und sie rasen, so schnell es bei diesem Getümmel möglich ist, zum St.-Louis-Krankenhaus. »Wie heißt du?«, fragt Tarek sie.

»Das ist Sara, die Tochter von Mazin, meinem Nachbarn«, ruft der gehetzte Fahrer über die Schulter nach hinten.

»Ich kann meine Füße nicht bewegen«, schluchzt das Mädchen.

»Alles wird wieder gut, wir sind gleich im Krankenhaus«, versucht Tarek das weinende Kind zu beruhigen.

Das Krankenhaus ist in höchster Alarmbereitschaft, einige Verletzte sind schon angekommen. Tarek trägt Sara zum Eingang und schreit laut um Hilfe. Zwei Pfleger eilen ihm entgegen, übernehmen sie und bitten ihn, draußen zu bleiben. Das Säckchen mit den Süßigkeiten wird Tarek in die Hand gedrückt und er setzt sich mit dem Fahrer auf die Böschung am Straßenrand. Tarek ruft Adnan an, der Fahrer Saras Vater. Als Saras Eltern beim Krankenhaus eintreffen, ist die völlig aufgelöste Mutter die einzige, die zu ihrem Kind in den Operationssaal darf. Dem Mädchen hat sich ein Splitter direkt neben der Wirbelsäule in den Rücken gebohrt, ihre Beine sind gelähmt, doch die Ärzte werden nicht operieren, aus Angst, weitere Schäden zu verursachen. Tarek gibt dem Vater die Süßigkeiten, speichert seine Telefonnummer, er wird Sara noch zweimal im Spital besuchen.

Als Nauras und Adnan Tarek beim Krankenhaus abholen, ist es schon sechs Uhr abends. Sie fahren zum Ferienhaus von Nauras' Eltern, das etwas außerhalb der Stadt im Reichenviertel liegt. Als sich alle im beleuchteten Schwimmbad der Villa mit einem Getränk entspannen, sagt Nauras endlich, was ihm lange auf der Zunge gelegen ist: »Das sind also deine friedlichen Rebellen, die nur Freiheit wollen!« Tarek gibt keine Antwort, in ihm kreist ein einziger Gedanke: »Ich will mit Sanaa weg aus diesem Land!«

Auf dem Heimweg telefoniert er mit Sanaa, doch als er bei seinem Wohnhaus ankommt und die Haustüre öffnet, sieht er einen schwarz gekleideten Mann auf den Stufen sitzen. Er beendet sofort das Telefonat, er kennt diesen Mann: Er hat ihn schon einmal bei Salman in der Schneiderei gesehen. »Dein Bruder schickt mich, er kann nicht kommen, sie sind belagert und stehen unter schwerem Beschuss. Ich bin Hamsa, ich wurde beauftragt, mit dir die Operation ›Versprechen der Gerechtigkeit‹ zu organisieren.«

Tarek schluckt, öffnet die Tür zum Versteck im Keller und bittet Hamsa, mit ihm hinunterzugehen. »Bruder, trinkst du Alkohol? Das ist haram!«, erklärt Hamsa, als er die Flaschen im Versteck sieht. Tarek ignoriert diese Worte. »Bevor wir über Fahad Al-Alis Tod sprechen, möchte ich, dass du mir eine Sache ehrlich beantwortest«, sagt Tarek im Stehen, während Hamsa sich auf die Couch setzt. Hamsa nickt zögernd. »Habt ihr diese Raketen heute auf die Stadt abgeschossen?«, fragt er und schaut dabei Hamsa direkt in die Augen.

»Wir nicht, aber die Brüder aus Duma, sie haben eine Lieferung aus dem Irak bekommen. Sie werden seit Monaten vom Regime belagert und hungern. Für sie sind die Damaszener Verräter, weil sie nichts gegen die despotische Herrschaft unternehmen und die Menschen in Duma im Stich lassen.«

Tarek ist ungeheuer wütend. »Was ist das für ein Chaos!«, ruft er und tritt mit dem Fuß den kleinen Tisch weg, dann schlägt er mehrmals mit der Faust auf die Metalltür. »So werden wir nie irgendwohinkommen!« Ihm ist in diesem Moment egal, ob der ganze Wohnblock sein Schreien hört. Hamsa gibt Tarek einige Minuten, um sich wieder zu fassen.

»Krieg ist nie gerecht. Die Unschuldigen wird Gott im nächsten Leben für ihre Leiden entschädigen. Du musst dich jetzt auf deine heldenhafte Aufgabe konzentrieren. Wenn du das schaffst, wirst du unermesslich von Gott belohnt werden. Fahad Al-Ali ist eine ziemlich große Beute. Du musst ganz bei der Sache sein.« Die religiöse Wendung des Gesprächs begeistert Tarek nicht, aber er hört weiterhin zu, was Hamsa sagt.

»Wir wollten ihm eine Falle stellen, um ihm unsere Macht zu zeigen, aber jetzt haben wir zu wenige Männer dafür, es werden alle auf dem Land gebraucht. Und durch die zahllosen Sicherheitskontrollen in der Stadt ist vieles nicht mehr möglich. Wir werden dir eine Bombe mit Fernzünder vorbereiten, die musst du in sein Auto schaffen. In zwei Tagen bekommst du sie.«

Damaskus, Mai 2012

Wie versprochen, ruft Hamsa Tarek zwei Tage später an und teilt ihm mit, dass das Paket am Abend eintrifft. Tarek hat soeben einige glückliche Stunden im »Liebesnest« mit Sanaa verbracht und sie nach Hause gefahren. Der Anruf kommt, als er auf dem Weg zur Mutter von Frau Al-Ali ist, um die Frau des Obersts abzuholen. Sofort ist die extreme Anspannung der letzten Tage wieder da. »Aber nicht so spät am Abend, ich muss heute beim Appell da sein, zu dem Diensthabenden habe ich keinen so guten Draht«, wendet er ein.

»Gut, um sechs Uhr treffen wir uns, wie das letzte Mal«, bekräftigt Hamsa.

»Du kannst heute mit dem Auto in die Zentrale zurückfahren, nachdem du mich nach Hause gebracht hast, denn morgen musst du mich um Punkt fünf Uhr früh abholen. Wir fahren nach Eineljabal an die Küste. Rechne damit, dass wir vielleicht dort übernachten werden. Die neuen Möbel für unsere Villa werden morgen geliefert, ich möchte dabei sein, wenn sie kommen«, weist Frau Al-Ali Tarek an, als sie das Telefonat mit ihrem Mann beendet hat. Das ist das Letzte, mit dem Tarek gerechnet hat, aber er nickt verständnisvoll.

Um sechs Uhr abends biegt Tarek in seine Gasse ein. Ein paar Kinder spielen Fußball. »Onkel Tarek, kannst du woanders parken, du stehst genau auf unserem Fußballfeld«, bittet eines der Kinder. Wortlos startet er erneut und fährt ans Ende der Gasse. Als er aussteigt, sieht er seine Mutter am Balkon des benachbarten Wohnblocks mit einer Nachbarin sitzen und Mokka trinken. Sie winkt ihm zu, steht auf und verschwindet im Haus. Salma schaut nicht gut aus, sie hat dunkle Ringe unter den Augen und wirkt seelenlos und tieftraurig. »Schläfst du heute zu Hause, Habibi?«, fragt sie Tarek zur Begrüßung, als sie sich auf der Straße umarmen, und setzt fort: »Warum bist du mit dem Dienstauto hier?«

»Nein, Habibti, ich muss nur etwas aus dem Keller holen.«

»Weißt du etwas von deinem Bruder? Ich habe seit fünf Tagen nichts mehr von ihm gehört, und in den Nachrichten berichten sie von schweren Kämpfen in seinem Gebiet.« Tarek schüttelt den Kopf. »Kannst du um Gottes willen irgendetwas machen, um ihn von dieser Verrücktheit abzubringen?« Salma ist verzweifelt. Tarek nimmt seine Mutter wieder in die Arme und küsst sie auf die Stirn. »Habibti, es ist schon zu spät. Du musst dich damit abfinden, dass er sich für diesen Weg entschieden hat. Wir können nichts mehr machen. Bete zu Gott, dass er am Ende unbeschädigt wieder aus allem herauskommt.« Salma schweigt kurz.

»Soll ich dir schnell etwas zu essen mitgeben? Ich habe *Schakrija*-Reste von gestern. Ich habe heute nicht gekocht, weil dein Vater bei der Namenlosen schläft«, sagt Salma. Tarek schüttelt lächelnd den Kopf: »Nein, ich muss mich beeilen, ich muss bald wieder in der Zentrale sein.« Sie verabschieden sich und Salma steigt sorgenvoll die Treppen zur Wohnung ihrer Nachbarin hinauf.

Hamsa wartet bereits auf den Kellerstufen. Als sie sich im Versteck hinsetzen, legt Hamsa seine Brusttasche auf den Tisch. »Diese Tasche darfst du auf gar keinen Fall öffnen«, warnt er eindringlich. Dann zieht er aus seiner Jacke ein altes Handy und legt es neben die Tasche. »Wo du die Tasche im Auto versteckst, weiß ich nicht, am besten unter seinem Sitz. Und wenn Al-Ali einsteigt und losfährt, rufst du mit diesem

Handy den einzigen darauf gespeicherten Kontakt ›Gerechtigkeit‹ an. Dann ist Fahad Al-Ali Geschichte. Wie weit du in diesem Moment von ihm entfernt bist, ist egal. Es muss nur innerhalb der nächsten vier Tage geschehen, sonst ist der Akku für die Fernzündung leer.« Hamsas Erklärung ist klar und deutlich.

Tarek verlässt den Wohnblock mit der Plastiksprengstoff-Bombe am Leib. Seine Gedanken rasen. Das Blut rauscht in seinem Kopf, er kann seinen Herzschlag hören. Die Kinder auf der Straße fragen ihn, ob er mit ihnen Fußball spielen will, was er sonst öfter macht, aber er nimmt sie gar nicht wahr. Es ist, als läge ein schwerer Felsen auf seiner Brust. Das laute Knallen der Panzerabwehrkanonen des syrischen Militärs am Berg Qasiun, das die Rebellenstellungen am Rand von Damaskus beschießt, holt ihn wieder zurück in die Wirklichkeit. Die Kinder spielen ungerührt weiter.

Tarek sitzt wieder im Auto, legt den Kopf auf das Lenkrad und atmet tief ein und aus. Er hat absolut keinen Plan. Schließlich ruft er Hassan an, einen der Chauffeure von Oberst Al-Ali. Hassan ist Berufssoldat und seit acht Jahren für den Oberst tätig.

»Hallo Hassan, wo seid ihr?«

»Abu Treek, wir warten seit zwei Stunden auf den Oberst beim Militärflughafen in Maza. Er hat ein längeres Meeting. Warum?«

»Alles gut, ich wollte nur wissen, ob wir heute Abend Karten spielen.« Tarek spricht, macht eine längere Pause und setzt dann fort: »Was steht morgen auf der Tagesordnung? Wisst ihr, wo er hinfahren muss?«, fragt Tarek vorsichtig.

»Der Oberst gibt uns am Vortag niemals seinen Plan bekannt. Wir erfahren erst an Ort und Stelle, wohin es als Nächstes geht. Warum fragst du?« Hassan ist verwundert.

»Weil ich morgen mit Frau Al-Ali nach Eineljabal fahren muss und geglaubt habe, er kommt nach«, versucht Tarek harmlos zu klingen.

»Keine Ahnung, aber du sollst keine Auskünfte über die Bewegungen des Obersts und seiner Frau am Telefon bekanntgeben. Pass auf, du dusseliger Neuling! Keine Ahnung, wann wir kommen, aber bereite schon mal das Mate-Zeug vor!« Hassan legt auf und lässt Tarek in völliger Verwirrung zurück. In seinem Kopf laufen die verschiedensten Varianten ab, wann und wo er die Bombe platzieren könnte. Wenn er sie im Auto deponiert, werden vermutlich auch der Chauffeur und die Securities ums Leben kommen. Und wenn er sie im Büro versteckt, weiß er nicht, wann Al-Ali da ist. Für Tarek ist inzwischen klar, dass er warten muss, bis er von der Fahrt mit Frau Al-Ali zurückkommt. Es muss so geschehen, dass er sicher sein kann, dass die Operation erfolgreich war, ohne dass andere Menschen zu Schaden kommen.

Tarek steigt wieder aus, geht zurück ins Versteck, legt die Tasche mit der Bombe unter das Sofa. Dann fährt er zurück in die Zentrale, meldet dem Diensthabenden seine Anwesenheit und informiert ihn über seine morgige Fahrt mit Frau Al-Ali. Als er sich hinlegt, öffnet sich die Tür und Hassan und zwei Securities betreten den Raum.

»Hast du dich schon schlafen gelegt? Komm, wir teilen die Karten aus, spielen wir noch eine Runde! Und wo ist der Mate? Du hast ja nichts hergerichtet.«

»Ich muss um fünf Uhr früh bei Frau Al-Ali sein, ich möchte morgen fit für die Fahrt sein!«, entschuldigt sich Tarek und dreht sich zur Wand.

»Ja, schlaf wie die Hühner um acht Uhr«, lacht Hassan, »und genieß deine Fahrt nach Eineljabal, es ist wunderschön dort, ich komme selbst aus dieser Gegend!«

Aber Tarek kann nicht schlafen, er schreibt lange mit Sanaa, die sich eigentlich auf die morgige Prüfung vorbereiten wollte. Aber er kann ihr von der geplanten Operation sowieso nichts erzählen. Als Sanaa schließlich schlafen geht, haben auch seine Kameraden das Licht ausgeschaltet, doch Tarek dreht sich noch stundenlang schlaflos im Bett und geht im Kopf alle möglichen Szenarien durch.

Damaskus, Mai 2012

Kurz nach vier Uhr steht Tarek auf. Zum ersten Mal hat er in Uniform geschlafen. Er wäscht sich schnell das Gesicht, macht die kurzen Haare ein bisschen nass, dann packt er die wichtigsten Dinge in einen Plastiksack und geht los. Es ist noch dunkel und kalt. Das Rauschen eines in der Ferne vorbeifahrenden Autos ist das einzige Geräusch. Bevor Tarek in seinen Dienstwagen steigt, versucht er noch vergebens, die abgesperrte Tür des schwarzen Mercedes, den Fahad Al-Ali fährt, aufzumachen. Dann fährt er los, winkt den Wächtern am Eingang zu und verlässt die Zentrale.

Damaskus schläft noch, die Straßen sind leer. Kurz bevor er Al-Alis Haus erreicht, klingelt sein Handy. Es ist Josef. Tarek wundert sich. Seit Josef nach der Grundausbildung der Stellung des Regiments 401 bei Palmyra zugeteilt wurde, hat Tarek nichts mehr von ihm gehört. »Abu Treek, du fragst gar nicht nach mir! Denkst du nicht an deine Freunde? Du hast immerhin dein Essen mit mir geteilt!«

»Josef, Habib meines Herzens, mein Freund, wie geht es dir?«, beruhigt ihn Tarek.

»Schlecht, mein Freund, daher rufe ich dich an. Ich habe noch immer keinen Urlaub bekommen. Meine Verlobte hat schon die Nerven geschmissen. Ich möchte außerdem gerne einmal wieder nach Hause, mich in die Badewanne legen und endlich gut essen. Kannst du bitte einmal mit dem Oberst reden, vielleicht hört er auf dich, du hast immerhin sein Leben gerettet!« Josef klingt ziemlich verzweifelt.

»Ich verstehe dich, mein Freund, ich werde mein Bestes tun«, verspricht Tarek.

»Und weißt du, wann die Kämpfe in unserer Umgebung zu Ende sind? Der Gefechtslärm kommt immer näher! Trotzdem werden täglich Kameraden von unserer Kompanie wegtransportiert«, zeigt sich Josef beunruhigt. Tarek verspricht, ihn zu informieren, wenn er mehr weiß, dann muss er das Gespräch beenden, denn Frau Al-Ali tritt aus ihrem Haus.

Sie sieht aus, als wäre sie nach einigen Stunden erholsamen Schlafes schon lange wach. Tarek nimmt ihren kleinen Koffer und legt ihn ins Auto. Nach dem Einsteigen gibt Frau Al-Ali Tarek ein kleines Säckchen mit einem Apfel und einer Banane und bittet ihn wie üblich, die Sängerin Fairuz im Radio zu suchen. Das ist das Einzige, was Tarek mit der Frau des Obersts verbindet: gemeinsam im Auto Fairuz zu hören. Tarek hat es immer vermieden, mit Frau Al-Ali über die Aufstände und über Politik zu reden, und sie sucht das Gespräch auch nie. Meist spielt sie am Handy irgendein Spiel mit seltsamen Geräuschen oder telefoniert mit ihren Söhnen. Das Thema »die Villa in der Küstenregion« ist von zentraler Bedeutung.

Kurz bevor Tarek Homs erreicht, blockieren zwei Panzer die Fahrbahn. »Ihr könnt nicht weiterfahren. Es ist zu gefährlich, die Front ist ganz nahe, es wurde schon auf Fahrzeuge geschossen. Ihr müsst zurückfahren und die Nebenstraßen nehmen«, erklärt ein Soldat eindringlich.

Der Umweg kostet viel Zeit, aber dafür erlebt Tarek eine ganz andere Welt als in Damaskus. Sie fahren durch kleine Dörfer, in denen die Zeit stehengeblieben zu sein scheint. Als sie Latakia erreichen, weist Frau Al-Ali ihm den Weg hinauf zu ihrem Dorf. Tarek riecht das Meer und den starken

Duft unzähliger Pinien, die Wärme der Sonne ist mittlerweile deutlich zu spüren. Er fährt immer weiter bergauf durch die Wälder, auf schlechten und schmalen Straßen. Eineljabal ist offensichtlich das letzte Dorf auf diesem Berg. Von hier hat Tarek einen faszinierenden Ausblick auf das Meer, die Hügel und die umliegenden kleinen Dörfer.

Eineljabal scheint auf den ersten Blick sehr arm zu sein. Die Häuser sind alt und baufällig, die Menschen tragen bäuerliche Kleidung und wirken bescheiden. Das Auto erregt großes Aufsehen im Dorf, alle bleiben stehen und winken. Frau Al-Ali öffnet ihre abgedunkelte Fensterscheibe und grüßt zurück, ebenso Tarek. Sie weist Tarek an, weiterzufahren. Mittlerweile haben sie das Ende des Dorfs erreicht.

Etwas abgelegen hinter einer Baumgruppe tauchen ein paar imposante Villen mit Swimmingpools in großen, grünen Gärten auf. Tarek soll die erste anfahren, vor der ein riesiger Möbelwagen steht, und wie durch Geisterhand öffnet sich das eiserne Tor. Zwei Wachposten treten heraus und stehen Habtacht. Später stellt Tarek fest, dass alle Villen bewacht werden, da es sich um Sommerresidenzen namhafter Regierungsmitglieder handelt.

»Wenn alles gut verläuft, fahren wir heute Abend wieder, wobei ich ungern im Dunkeln unterwegs bin. Sonst morgen früh. Schau, ob du im Wachzimmer Platz zum Schlafen findest, wenn nicht, sag Bescheid«, teilt Frau Al-Ali Tarek mit. Er nickt, und während sie mit den Männern spricht, die die alten Möbel aus dem Haus tragen und neue hineinbringen und montieren sollen, ruft einer der Wachposten Tarek bewundernd zu: »Hey, du bist der Damaszener, der unserem Oberst das Leben gerettet hat, komm, setz dich zu uns auf einen Mate. Wir wollen deine Geschichte hören!« Sein Dialekt verrät seine Herkunft aus Aleppo.

Tarek nimmt die Einladung an, will sich jedoch vorher noch im Dorf umsehen. Er geht scheinbar geradewegs auf das dunkelblaue Meer zu, und kurz bevor er das Dorf erreicht, setzt er sich auf einen Felsen am Straßenrand. Ihm wird bewusst, wie stark die Landschaft auf ihn wirkt und wie lange er schon nicht mehr zu sich gekommen ist und innegehalten hat. Er holt sein rotes Gedichtebüchlein aus der Tasche seiner Uniformhose, blättert ein wenig darin und versucht, seinen Gedanken nachzugehen. »Wenn du in der Früh die Augen aufmachst und dich auf deinen Mokka freust, dann sage den zwitschernden Vögeln Danke«, schreibt Tarek eine Zeile und schaut dann lange aufs Meer. Er kann nicht fortsetzen, er ist völlig blockiert.

Doch plötzlich hört er vom Dorf her die typischen Klagerufe der Frauen beim Verabschieden eines Toten und sieht eine Menschenmenge auf sich zukommen. Die meisten Leute sind schwarz gekleidet. Vorne tragen sechs Männer einen Sarg, und Tarek wird bewusst, dass sich genau hinter ihm der Friedhof befindet. Als sie näher kommen, erkennt Tarek auf dem Sarg das Foto eines Soldaten. Tarek schließt sich den Trauernden an und geht hinter ihnen in den Friedhof. Als der Tote im Grab liegt, beten alle gemeinsam mit erhobenen Händen die Sure »Al-Fatiha«. Beim Verlassen des Friedhofs spricht ein alter Mann Tarek an: »Wessen Sohn bist du?«

»Ich komme nicht aus der Gegend, ich bin der Chauffeur von Oberst Al-Ali«, antwortet Tarek.

»Oh, du bist der Damaszener, der ihm das Leben gerettet hat! Ich bin Fahads Onkel zweiten Grades. Komm mit, ich lade dich zum Teetrinken ein. Ich gehe nicht mit zum Totenmahl.« Tarek nimmt die Einladung gerne an. »Du kannst mich Khdir, Onkel Khdir, nennen«, stellt der Alte sich vor.

»Mein Name ist Tarek, Onkel Khdir. Wie ist er gestorben?«, will Tarek wissen.

»Er hat beim Geheimdienst in Homs gedient, dort wurde er von den Islamisten oder Terroristen oder Freiheitskämpfern, ich weiß nicht, wie ich sie nennen soll, gefangen genommen und entführt. Nach ein paar Tagen wurde er, in Teile geschnitten, in einem Sack seiner Frau und seinen kleinen Kindern vor die Tür gelegt«, erzählt Onkel Khdir voller Abscheu, und Tarek bleibt die Sprache weg. Onkel Khdir berichtet Tarek von weiteren verstorbenen Soldaten aus dem Dorf, und Tarek hört ihm, ohne noch ein Wort zu sagen, gebannt zu.

Als sie das Haus erreichen, lernt Tarek auch Khdirs Frau kennen. Sie setzen sich auf die Terrasse mit Blick auf das Meer und trinken Tee. Khdirs Tochter arbeitet als Lehrerin in Latakia, sein einziger Sohn ist Unteroffizier bei der Luftwaffe. Er arbeitet gemeinsam mit seiner Frau im Olivenhain. Tarek ist von der Armut, in der das Dorf und diese Familie leben, überrascht.

»Du wirkst verwundert, mein Sohn, was ist los?«, fragt Onkel Khdir ihn direkt.

»Du hast recht. Wahrscheinlich hat mich die Geschichte des Verstorbenen mitgenommen. Ich bin auch von eurer Gastfreundschaft beeindruckt«, versucht Tarek sich herauszureden.

»Ich weiß, dass es in Damaskus und in anderen Städten viele Vorurteile gegen uns Alawiten gibt. Wie du siehst, sind die fünf Prozent, die in der Stadt leben und in Macht und Geld förmlich ersticken, die Ausnahme. Den Tee, den du trinkst, haben wir schon einmal aufgegossen und dann in der Sonne abtrocknen lassen. Wir sind ganz normale Menschen, die Natur und Frieden lieben«, spricht Onkel Khdir Tareks geheime Gedanken an. Der ist beeindruckt von der Offenheit des alten Mannes. Bevor er jedoch antworten kann, betritt seine Frau den Raum und bittet die beiden Männer zum Essen. Im anderen Raum ist ein großer Teller Kurkumareis mit Kichererbsen vorbereitet, auf dem gegrillte Hühnerteile verteilt sind. »Das ist zu viel, das ist nicht notwendig«, versucht Tarek sich zu bedanken.

»Wenn uns ein Gast aus Damaskus besucht, müssen wir ihm die Ehre erweisen!«, erwidert sein Gastgeber.

Tarek verbringt nach dem Essen mit Onkel Khdir im Olivenhain einen unvergesslichen Nachmittag. Er hilft mit, die Olivenbäume zu pflegen. Als Dank bekommt er eine kleine Flasche Olivenöl, dessen Dunkelgrün schon fast schwarz erscheint. Tarek hat noch nie ein solches Öl gekostet, es schmeckt zuerst olivig-süß, dann stark-herb und zuletzt brennt es ein wenig im Hals.

Am Abend setzt sich Tarek ins Auto und telefoniert noch lange mit Sanaa. »Saker ist ums Leben gekommen. Er hat bei Homs einen Scharfschützentreffer in den Kopf bekommen. Wahnsinn, oder?«, erzählt sie ihm. Aber Tarek gibt nur einen kurzen Laut der Zustimmung von sich. »Hallo, Tarek, hörst du überhaupt zu?«, fragt sie etwas genervt.

»Es tut mir leid, was hast du gesagt?«, entschuldigt er sich.

»Ich möchte wissen, wann du wiederkommst. Was ist mit dir? Du wirkst seit einer Woche so unkonzentriert, erzähl mir jetzt endlich, was los ist!« Sanaa ist ungehalten. Tarek schweigt. Er will es nicht mehr verheimlichen. Er kann dem Druck nicht mehr standhalten. Er seufzt tief und beginnt zu reden: »Ich versuche, morgen Nachmittag zu dir zu kommen. Dann erzähle ich dir alles. Ich kann absolut kein einziges Wort darüber am Handy verlieren.«

Damaskus, Mai 2012

Während der Rückfahrt nach Damaskus telefoniert Frau Al-Ali lange mit ihrem Mann, das Telefonat wird immer hitziger. »Was willst du in Palmyra? Du bist der Anführer deiner Einheit, du bist für die strategische Planung der Angriffe zuständig, du musst nicht selbst in die Schlacht ziehen!« Frau Al-Ali wird immer nervöser. Dann hört sie eine Weile aufmerksam zu. »Also gut, heute ist Dienstag. Ich hoffe, dass sich die angekündigten zwei Tage nicht länger hinziehen und wir das Wochenende gemeinsam verbringen können«, vereinbart sie mit ihrem Mann. »Tarek? Was ist mit ihm? Ja, ich lasse es ihn wissen.« Sie beendet das Gespräch und teilt Tarek mit, er solle sich sofort bei Ankunft im Büro des Obersts melden.

Tarek versteht nicht, wozu ihn der Oberst braucht, aber er begreift die Lage sofort. Er muss die Bombe heute noch in seiner Nähe platzieren und sie spätestens morgen zünden, sonst ist der Akku des Zünders leer, bevor der Oberst von seiner Mission zurückkommt. Er bringt Frau Al-Ali nach Hause, fährt sofort zum Versteck, holt die Bombe und das Handy und erreicht mit seiner Fracht die Zentrale. Er steigt mit der Tasche an seiner Brust aus. Nun hat er keine Ahnung mehr, wie es weitergehen soll. Die Leibwächter und Chauffeure des Obersts bereiten sich gerade auf die Fahrt vor.

»Weißt du, wozu mich der Oberst braucht?«, fragt er Hassan.

»Keine Ahnung, geh und frag ihn, wir fahren in Kürze weg«, bekommt er zur Antwort. Tarek dreht sich um und schickt sich an, in Richtung Hauptgebäude zu gehen. Sein Herz klopft so heftig, dass er glaubt, die Tasche vor seiner Brust müsse bei jedem Schlag erzittern. »Und Tarek, wenn du schon hinaufgehst, nimm bitte die gewaschene Uniform mit«, ruft ihm Hassan nach. Tarek holt die von einer Plastikhülle geschützte Uniform, und in diesem Augenblick blitzt ein Gedanke in seinem Kopf auf.

»Der Oberst hat nach mir geschickt und ich muss ihm auch seine Uniform geben«, sagt Tarek, als er das Büro des Sekretärs betritt. »Warte kurz!« Der Sekretär geht ins Büro des Obersts. Diesen Augenblick nützend, hängt Tarek sich die Tasche über die Schulter jenes Arms, mit dem er die Uniform hält. Als der Sekretär ihm erlaubt, einzutreten, grüßt Tarek ehrerbietig und sagt: »Ich habe Ihre gereinigte Uniform mitgebracht.«

»Häng sie dort auf«, deutet Fahad Al-Ali auf den Kleiderständer links neben sich, während er weiter auf seinem Laptop arbeitet. Tarek hängt die Uniform und darunter die Tasche mit der Bombe auf. »Komm her«, deutet ihm der Oberst. Als Tarek neben ihm steht, dreht er ihm den Laptop zu: »Kennst du einen dieser drei?« Der Oberst zeigt ihm ein Foto dreier abgekämpfter, gefesselter Männer. Tarek erstarrt förmlich und ist für einen kurzen Augenblick wie gelähmt. Der Mittlere der drei Männer ist sein Bruder Salman. »Sprich, oder hat die Katze deine Zunge gefressen?«, herrscht ihn der Oberst an.

»Ja, *Sidie*, das ist mein Bruder, in der Mitte.« Tarek bricht der Schweiß aus.

»Dein Bruder ist ein Terrorist. Hast du das gewusst?«, fragt Fahad Al-Ali drohend.

»Nein, *Sidie*, das habe ich nicht gewusst.« Tarek schweigt und überlegt fieberhaft, wie er sich aus dieser Situation herausreden kann. »Wir haben nicht viel Kontakt. Ich weiß nur, dass er mit einer Hilfsorganisation im belagerten Umland Lebensmittel für Zivilisten schmuggelt. Ich habe ihm davon abgeraten, aber er hört ja nicht auf mich«, lässt sich Tarek einfallen.

»Es gibt keine Scheißzivilisten in den Terroristengebieten, es gibt nur Terroristen und ihre Familien. Dein Bruder steckt in großen Schwierigkeiten, und das wird ihn das Leben kosten. Ich habe kein Vertrauen mehr in dich. Ich lasse dich vom Geheimdienst verhören. Und wenn du mit den Terroristen auch nur ansatzweise zu tun hast, lasse ich dich aufhängen.« Fahad Al-Ali klingt entschlossen.

»*Sidie*, ich habe Sie vor dem Tod durch das Messer bewahrt, Sie können mir vollkommen vertrauen. Ich bitte Sie, mein Bruder ist unschuldig. Meine Mutter würde seinen Tod nicht verkraften. Bitte machen Sie, dass er entlassen wird!«, bittet Tarek nachdrücklich. Fahad Al-Ali blickt schweigend ins Leere, als schaue er durch Tarek hindurch. Dann steht er auf, geht zu seiner Sitzecke, öffnet die Zigarrenkiste, holt eine Zigarre heraus und zündet sie an. »Komm, setz dich«, fordert er Tarek auf. Tarek folgt und spürt, dass sich die Stimmung verändert hat. Es scheint für ihn und seinen Bruder Hoffnung zu geben, aber er weiß nicht, ob er dieser Hoffnung trauen kann. »Versteh ich das richtig, du willst dir und deinem Bruder helfen?« Tarek nickt. »Sprich – ja oder nein! Ich verstehe keine Gebärden!«, schreit der Oberst wütend.

»Ja, *Sidie*, ich will es!« Tarek ist erschrocken.

»Es ist möglich. Dafür musst du eine Gegenleistung erbringen. Aber wenn ich dir davon erzähle, musst du es machen. Es gibt kein Zurück mehr.« Die Stimme des Obersts wird ruhiger und leiser. »*Sidie*, wenn mein Bruder lebend nach Hause zurückkommt, bin ich zu allem bereit«, stellt Tarek seine klaren Bedingungen.

»Gut, dann hör genau zu. Übermorgen wird unser Regiment bei Palmyra in die Hände der Al-Nusra-Front fallen. Einen Tag später werden aus dem Tempel der Sonne einige Antiquitäten, unter anderem die große Statue der Königin Zenobia, in den Libanon geschmuggelt und dort einem Händler übergeben werden, der sie weiter nach Europa schaffen wird. Wie und warum, geht dich nichts an. Deine Aufgabe ist es, beim Transport der Schätze mitzufahren und an der Grenze zum Libanon einen Geldkoffer mit einer großen Menge Dollars zu übernehmen und mir zu bringen. Hast du verstanden?«, fragt der Oberst am Ende. Tarek hört der ganzen Rede fassungslos zu. Er weiß, dass Fahad Al-Ali skrupellos ist, aber dass er die Geschichte Syriens verkauft, hat er nicht erwartet. Tarek denkt sofort an Josef und das Telefonat, das er gestern mit ihm geführt hat.

»Ja, *Sidie*, ich habe verstanden. Aber was wird aus den Soldaten bei Palmyra?« Tarek ist um Josef besorgt.

»Das tut nichts zur Sache. Hast du noch eine Frage?«

»Und was für eine Sicherheit habe ich, dass Sie meinen Bruder freilassen und mich nicht umbringen lassen, sobald ich das Geld gebracht habe?« Tarek springt über die Mauer seiner Angst.

»Bist du schwer von Begriff? Du sprichst mit Oberst Fahad Al-Ali. Mein Wort ist deine Garantie. Ich habe keine Angst vor dir, wenn du am Leben bleibst. Du weißt, welche Konsequenzen auf dich und deine Familie warten, wenn du mit dem Feuer spielst.« Fahad Al-Ali lächelt süffisant.

»*Sidie*, entschuldigen Sie, wenn meine Fragen anmaßend sind, aber ich muss einen freien Kopf haben, um diese Aufgabe ordentlich zu erledigen. Ich möchte nicht sterben. Ich habe eine Mutter und eine Frau, die auf mich warten«, versucht Tarek, die verschüttete menschliche Seite in Oberst Al-

Ali anzurühren. Ihm ist in diesem Moment bewusst, dass es ab hier kein Zurück mehr gibt. Er hat nichts mehr zu verlieren. Fahad Al-Ali lehnt sich bequem zurück, zieht an seiner Zigarre und schaut Tarek aus schmalen Augen an. Tarek hingegen sitzt an der Kante des Stuhls ihm gegenüber, stützt die Ellbogen auf die Knie und reibt die Hände aneinander. »Und Sie vertrauen diesen Leuten?«, fragt er weiter. »Was ist, wenn sie mir das Geld nicht geben und mich an Ort und Stelle erschießen und liegen lassen?« Tarek lässt keine seiner Sorgen unausgesprochen.

»Das wird nicht passieren. Den Nacken ihres Anführers, Abu Salah, habe ich fest in meiner Hand. Vor einem Jahr habe ich ihn aus lebenslanger Haft begnadigt, und wir haben noch einige Geschäfte gemeinsam am Laufen.« Fahad Al-Ali steht auf und geht zum Fenster, das auf den Innenhof zeigt. »Sieh das als letzte Chance für dich und deinen Bruder. Geh jetzt und bereite dich auf deine Mission vor. Am Tag der Operation bekommst du die notwendigen Informationen«, befiehlt ihm der Oberst, ohne den Blick von den draußen trainierenden Soldaten zu wenden. Dann sieht er zu Tarek und setzt fort: »Meine Frau brauchst du diese zwei Tage nicht mehr zu fahren, ich schicke jemand anderen. Geh jetzt«, sagt Fahad Al-Ali noch einmal. Aber Tarek reagiert nicht auf den Befehl und bleibt sitzen. Der Oberst schaut ihn fassungslos an, und dann beginnt Tarek zu reden: »*Sidie*, meine Mutter hängt sehr an meinem Bruder. Die Nachricht von seiner Verhaftung würde ihr das Herz brechen. Und ich selbst kann die Vorstellung auch nicht ertragen, dass er gerade im Keller des Geheimdienstes gefoltert wird.«

»Was willst du jetzt noch?«, fragt Al-Ali, während er zu dem Kleiderständer geht. Er nimmt die Schutzweste, die neben der Uniform mit der versteckten Bombe hängt, und zieht sie an. »Dass Sie meinen Bruder noch vor der Operation freilassen.« Tarek muss sich überwinden, um diese Worte hervorzustoßen.

»Ich wusste von unserer ersten Begegnung an, dass du ein schlauer Fuchs bist. Aber das hier ist kein Spiel.« Fahad Al-Ali lächelt ein wenig und setzt fort: »Jetzt verschwinde von hier, ich muss losfahren. Du kannst heute zu Hause schlafen und deinen Bruder in Empfang nehmen.«

Tarek steht auf, salutiert und geht zur Tür. Dann tut er so, als vermisse er etwas. Er geht zurück zur Sitzecke. »Ich habe eine Brusttasche mit meinem Handy und der Geldtasche mitgehabt«, erklärt er, während er sich suchend bei dem Sessel umblickt, auf dem er gesessen ist. Dann dreht er sich zum Kleiderständer und spielt Erleichterung. Er verlässt das Zimmer, während der Oberst sich wieder hinter seinen Schreibtisch setzt und eine Nummer tippt. »Hier spricht Oberst Fahad Al-Ali. Mit wem rede ich?« Der Oberst hört einige Sekunden zu. »Schrei nicht so in mein Ohr, ich habe deinen Respekt angenommen. Pass auf. Ihr habt gestern einige Terroristen bei Harasta festgenommen. Unter ihnen einen Salman Al-Dimashqi«, liest der Oberst den Namen von einem kleinen Notizzettel ab und setzt fort: »Das ist ein Missverständnis. Er ist einer unserer Hühner. Schick ihn nach Hause!« Der Oberst wiederholt Salmans Namen und legt auf.

Bei Al-Hasaka an der irakischen Grenze, September 2015

Der Geruch von Jod und anderen Desinfektionsmitteln sowie von frisch gemischtem Beton hat sich in meiner Nase eingenistet und zwingt mich aufzuwachen. Das Weinen des Babys höre ich immer noch. Ich öffne mühsam die Augen, es ist sehr hell und heiß. Nach und nach erkenne ich die Frau, die an meinem Bett sitzt: Es ist Amina mit dem Baby auf dem Arm. »Schau, wer wach ist, schau!«, versucht Amina die Aufmerksamkeit des Babys auf mich zu lenken. Sie steht auf, setzt das Kind auf eine kleine Matratze am Boden zwischen unseren Betten und kommt wieder zu mir. Wir sind offensichtlich in einem Zelt. Ich erkenne durch die Zeltplane hindurch das rote Kreuz. Der Boden ist aus Beton, ein paar medizinische Geräte liegen in meiner Nähe. Das dritte Bett im Zelt hat keine Matratze. Alles ist staubig.

»Ich wusste, dass du nicht aufgibst. Der französische Arzt meinte, du könntest im Koma bleiben, weil du zwei Tage nicht aufgewacht bist«, sagt Amina sanft und streicht mir mit ihrer rechten Hand über Gesicht und Haare. Ihr linker Arm ist in einer Schlinge, und sie scheint nicht mehr böse auf mich zu sein. Waren das wirklich zwei Tage? Ich habe das Gefühl, dass es eine halbe Stunde war. Das Baby krabbelt zu meinem Bett und versucht sich hochzuziehen. Es schaut mich prüfend an, dann lächelt es, dabei verliert es seinen Schnuller. Sein Lächeln trifft direkt in mein Herz. Es schaut wie die Kinder in der Werbung für Babywindeln aus: blond, blaue Augen, helle Haut. »Er scheint dich zu mögen!«, ist Amina überrascht, nach einer kleinen Pause setzt sie

fort. »Seine Mutter ist bei dem Angriff ums Leben gekommen. Sie hatte ein ähnliches Schicksal wie ich. Sie wollte den IS verlassen, wurde entdeckt und mit dem Baby ins Gefängnis geworfen. Auch sie sollte nach Mossul gebracht und dort verheiratet werden. Jetzt ist alles anders, sie ist tot und der Kleine ist hier. Die Zuständigen im Camp haben ihn bei uns gelassen, bis eine Lösung für ihn gefunden wird. Die andere Frau war schwer verwundet und wurde ins Krankenhaus bei Erbil gebracht, hier kann sie nicht behandelt werden«, erklärt Amina. Dann hebt sie das Kind hoch und setzt es zu mir. Ich richte mich langsam und vorsichtig auf. Mein Körper schmerzt überall. Der Kleine ist so lieb und unschuldig. Ich umarme ihn, und er schmiegt sich an mich. Das fühlt sich sehr beruhigend an und gibt mir Halt. »Schau, du kleiner Verräter, jetzt bin ich nicht mehr interessant für dich. Ich weiß nicht, wie er heißt. Vielleicht sollten wir ihm einen passenden Namen geben. Aber es sollte ein deutscher Name sein, weil das die Nationalität seiner Eltern war«, schlägt Amina vor und wartet auf eine Antwort. Aber ich habe kein Bedürfnis zu reden. Ich glaube, ich kann es gar nicht. »Sanaa – spreche ich deinen Namen richtig aus, oder?«, fragt mich Amina. Dann setzt sie fort: »Nadia hat auch zu dir gepasst.« Ich schaue ihr kurz in die Augen, dann schweift mein Blick wieder zu dem Kind, das nach meinen Brüsten greift und versucht, meine Kleider beiseitezuschieben. Nach kurzem Schweigen steht Amina auf und setzt sich auf ihr Bett. »Willst du jetzt nicht mehr mit mir reden? Mir ist klar, dass du mich verachtest. Das war vom ersten Tag an zu spüren. Aber glaub mir, ich kann das verstehen. Ich selbst verachte meinen Leichtsinn. Ich weiß selbst nicht, warum ich da bin. Was in aller Welt ist mir eingefallen, mich dieser Gruppe anzuschließen! Ich war einfach nicht bei mir.« Amina wird melancholisch und schaut ins Leere. Nach einer kleinen Pause setzt sie fort: »Mein Leben hat in Deutschland keinen … was ist ›sense‹ auf Arabisch? Sinn, oder?

Egal, du willst sowieso nicht mit mir reden, aber du verstehst mich. Für mich war der Islamische Staat ein Zufluchtsort und die Möglichkeit, mich für Benachteiligte einzusetzen. Aber was ich hier gesehen habe, war alles andere als Gerechtigkeit. Ich will diese Abaya nicht mehr tragen.« Amina deutet auf die zerrissenen und verdreckten Abayas, die in einer Ecke auf dem Boden liegen. »Wieso soll ich mein Gesicht bedecken? Und wenn ich zurück nach Deutschland komme, werde ich meine Geschichte erzählen, um andere Mädchen vor diesem Wahnsinn zu bewahren.« Amina klingt hier ganz anders als im Gefängniskeller. Meine Gefühle schwanken zwischen Mitleid und Ablehnung.

Das Baby auf meinem Schoß versucht andauernd, an meine Brüste zu gelangen. Es ist hungrig. Auf dem Tisch neben mir steht ein kleiner weißer Beutel mit einem Drehverschluss, er ist mit einer fremden Schrift bedruckt. Ich nehme ihn in die Hand und versuche herauszufinden, was drinnen ist. »Das ist ein Obstbrei, die Beschriftung ist deutsch«, erklärt Amina. Ich nehme ihn und halte ihn dem Kleinen hin, aber er will ihn nicht in die Hände nehmen, ich muss den Beutel die ganze Zeit halten. Jetzt saugt er hingebungsvoll daran, ist zufrieden und lehnt sich an mich. »Schau ihn an, von dir lässt er sich füttern, von mir wollte er nichts nehmen!«, ärgert sich Amina.

In diesem Moment betreten vier Personen das Lazarettzelt. Zwei kurdische Soldaten sowie ein Mann und eine Frau in Zivil. Einer der Soldaten deutet auf Amina und die beiden verlassen das Zelt wieder. Der Mann öffnet den schwarzen Ordner, den er in der Hand hält, und seine Blicke gehen zwischen dem Ordner und Amina hin und her. Dann fragt er sie in einer fremden Sprache etwas.

Amina hat mir später erzählt, dass der gut gekleidete Mann ein deutscher Oberleutnant ist. Er heißt Michael Löw, und er ist es auch, mit dem sie von Arraqa aus telefoniert hat, als sie von dem Vergewaltiger überfallen wurde. Die Frau heißt Eva Lehmann, sie ist eine deutsche Diplomatin und soll sich um das Baby kümmern. Amina erklärt mir später, dass der Oberleutnant ihr auch gesagt hat, dass sie in Deutschland ein Gerichtsverfahren erwartet, aber dass sie, wenn sie den Behörden hilft, die islamistischen Netzwerke aufzudecken, gute Chancen hat, freizukommen.

Während der Mann mit Amina spricht, kommt die Frau auf mich zu. Mit breitem Lächeln und freundlichem Ton spricht sie mich auf Englisch an: »Wie geht es dir, wie fühlst du dich jetzt?« Ich lächle so gut ich kann und nicke. Dann fragt sie mich, ob sie das Kind einen Augenblick halten kann. Ich möchte das ungern, denn das Umarmen des Kindes beruhigt mich. Trotzdem reiche ich ihr den Kleinen, aber er beginnt zu schreien und wehrt sich heftig. Sie legt ihn mir wieder in die Arme, und er ist augenblicklich ruhig. »Das Kind scheint sich an dich gewöhnt zu haben, oder?«, fragt mich Eva Lehmann wohlwollend. Ich nicke wieder, blicke auf das Kind, das auf meinem Schoß die Reste seines Obstbreis lutscht, und fahre mit der Hand durch seine dünnen Haare. Die Diplomatin begreift, dass ich keine Lust zu reden habe, und schaut mich und den Kleinen prüfend an. Und nach einigen Minuten nehme ich sie nicht mehr wahr und versuche nur noch, meine Erinnerungsblitze einzuordnen. »Gewöhn dich nicht zu sehr an ihn, wir werden ihn sehr bald nach Deutschland bringen«, sagt Eva Lehmann, steht auf und geht wieder zurück zu Amina, die gerade einige Papiere unterschreibt, und fragt sie, ob sie kurz spazieren gehen könnten. Dann verlassen sie zu dritt das Zelt. Ich versuche auch aufzustehen. Aber meine rechte Körperhälfte meldet sich schmerzhaft, und der Kleine ist nicht gerade leicht. Ich würde gerne nachsehen, ob an meinem Körper Prellungen oder Blutergüsse zu sehen sind. Ich lasse das Baby wieder auf die Matratze gleiten, wo ein paar Spielsachen liegen, aber es will nicht spielen, es jammert und verlangt mit ausgestreckten Armen wieder auf meinen Schoß zu kommen. So lege ich mich mit ihm wieder hin. Ich fühle, wie erschöpft und kraftlos mein Körper ist, und wir schlafen nach wenigen Minuten dicht aneinandergeschmiegt ein.

Als ich wieder aufwache, spielt der Kleine mit meiner Nase und untersucht mein Gesicht ganz genau. Ich schaue zu Aminas Bett, da sitzt Eva Lehmann und sieht mich unverwandt an. Ich erschrecke:

»Amina muss für ihr Reisedokument Fotos machen, sie kommt bald wieder«, sagt Eva Lehmann, als hätte sie meine Gedanken gelesen. Sie kommt auf mich zu und zeigt mir etwas auf ihrem Handy. Verblüfft sehe ich mein eigenes Profilfoto auf Facebook. Eva setzt sich an mein Bett und legt ihre Hand auf meine. »Sanaa, du bist hier in Sicherheit. Wir können dir helfen. Es ist vorbei mit der Angst und der Gefahr. Wir haben ein gutes Verhältnis zu den Kurden, sie haben kein Interesse daran, dich hier festzuhalten. Mir kannst du vertrauen.« Ihre Stimme ist warm, und in ihren Augen sehe ich eine aufrichtige Ernsthaftigkeit. Dann drückt sie mir das Handy in die Hand: »Ruf deine Familie an, oder wen auch immer du willst. Es gibt hier auch Internet, wenn du dich einloggen möchtest. Du kannst mir das Kind geben und draußen sprechen.«

Mein Herz rast. Ich verlasse mit Mühe das Zelt und sehe nur auf das Handy. Ich logge mich über den Browser auf meinem Facebook-Konto ein, denn ich habe mir die deutsche Telefonnummer von Tarek nicht gemerkt. Er war vor vierzig Minuten online. Ich rufe ihn an, aber auch nach langem Klingeln hebt er nicht ab. Ich tippe die Nummer unseres Festnetzes zu Hause ein. In diesem Moment ruft Tarek zurück.

»Sanaa, bist du das? Bist du das?«, schreit er aufgeregt ins Handy.

»Habibi …«, sage ich und schluchze nur noch.

Damaskus, Mai 2012

Tarek verlässt das Büro von Fahad Al-Ali. Er möchte schlucken, aber seine Kehle ist wie ausgedörrt. Ihm wird bewusst, dass er schweißgebadet ist. Als er auf sein Handy blickt, sieht er mehrere verpasste Anrufe von Sanaa. Er wartet, bis er das Gebäude verlassen hat, dann versucht er, Josef zu erreichen, aber der meldet sich nicht. Dann ruft er Sanaa an, die wütend ins Telefon schreit: »Was ist los mit dir? Hast du eine andere Frau kennengelernt?«

»Ich bin am Weg zu dir, ich versuche, kurz herauszukommen, ich muss mit dir reden«, antwortet Tarek hektisch. Die Sonne verabschiedet sich langsam von Damaskus und verschwindet hinter dem Qasiun. Tarek beeilt sich, mit öffentlichen Verkehrsmitteln zu Sanaa zu gelangen, und quetscht sich in einen Minibus, in dem er gerade noch auf der Blechverkleidung des Reifens einen provisorischen Sitzplatz ergattert. Als er vor Sanaas Wohnblock ankommt, ist es fast dunkel. Ihr Vater ist zu Hause, und obwohl das für sie nicht ganz ungefährlich ist, trifft sie sich mit Tarek im Hauseingang. »Ich habe nicht viel Zeit«, gibt Sanaa Tarek einen schnellen Kuss, und Tarek erzählt ihr leise und hastig von den Ereignissen der letzten Tage.

»Hast du jetzt eine Bombe dabei?« Sanaa ist fassungslos und Tarek weiß nicht, was er sagen soll. »Wenn du dich an dieser Schmuggelaktion beteiligst, ist deine Zukunft vorbei. Das ist ein schweres Verbrechen, und jemanden mit einer Bombe in die Luft zu jagen, ebenfalls. Was ist los mit dir, Habibi, seit wann bist du so unüberlegt? Ruf doch deinen Freund Salim, den Dokumentenfälscher, an, er soll dich und deine Familie schnell aus dem Land schaffen«, schlägt Sanaa dann vor.

»So schnell wird das nicht gehen, aber das ist eine gute Idee, ich muss ihn kontaktieren«, erwidert Tarek. Plötzlich hören sie Schritte näher kommen. Sie verstecken sich hinter dem aufgehenden Türflügel, sodass Sanaas Nachbar sie beim Hineingehen nicht sieht.

»Ich muss jetzt wieder zurück, sonst taucht mein Vater womöglich hier auf. Wir brauchen keine zusätzlichen Komplikationen. Schau, dass du diese verfluchte Tasche entsorgst, und halte mich am Laufenden!« Tarek nimmt Sanaa in die Arme und hält sie so fest und lange, als wüsste er, dass es die letzte Umarmung für die nächsten drei Jahre ist.

Tarek geht zu Fuß nach Hause. Salim, der Dokumentenfälscher verspricht ihm, sofort zu kommen, um alles persönlich zu besprechen. Inzwischen ist Tarek bei einem kleinen Park in der Nähe seines Wohnblocks angekommen. Neben einem Pinienbaum gräbt er mit einem Stück Holz ein Loch und versteckt die Tasche mit der Bombe darin. Als er zu seiner Gasse kommt, steht dort bereits ein massiver, schwarzer Wagen mit abgedunkelten Scheiben, eingeschalteten Scheinwerfern und laufendem Motor. Tareks Herz zieht sich zusammen. Als er an dem Fahrzeug vorbeigehen will, öffnet sich eine Fensterscheibe und er erblickt Salim Goldhand. »Steig ein, du kleiner Unruhestifter«, fordert dieser Tarek mit breitem Lächeln und Augenzwinkern auf. Mit Salim fährt Tarek durch Damaskus' nächtliche Straßen. Salim hat in der Konsole zwischen den Vordersitzen eine Flasche Whisky und zwei Gläser vorbereitet. Tarek nimmt einen kleinen Schluck und fängt an, die ganze Geschichte zu erzählen. Salim Goldhand fährt währenddessen an allen

Checkpoints auf der Militärspur vorbei, anscheinend hat er ein Dokument gefälscht, das ihn als hochrangigen Funktionär ausweist. »Du hättest diesen Idioten einfach in die Luft sprengen sollen. Jetzt ist es zu spät. Aber ich weiß, wie ich dich da heraushole. Ich glaube, dass der libanesische Clan Al-Kharbuti Interesse an den Antiquitäten hat. Du musst mir nur rechtzeitig sagen, an welcher Stelle ihr die Grenze überqueren werdet. Es wird aussehen, als hätte euch der libanesische Zoll aufgehalten. Meine Freunde lassen dich im Libanon wieder frei, und von dort kann ich dich hinbringen, wohin du willst.« Salims Augen glänzen, er spricht so selbstbewusst, als hätte sein Plan bereits Erfolg gehabt.

»Und was wird mit den anderen, werden sie umgebracht?«, möchte Tarek wissen.

»Nein, meine Freunde haben kein Interesse an Toten. Irgendeine Lösung werden sie schon für sie finden. Jetzt lass uns nach Al-Rabieh fahren und etwas Gutes essen«, schlägt Salim ganz entspannt und unbekümmert vor.

Das Essen mit Salim hat Tarek etwas beruhigt. Vor dem Haus bleiben sie noch eine Weile im Auto sitzen, um weitere Details zu besprechen. Plötzlich nähert sich vom Ende der Gasse her ein Mensch schwankend wie ein Zombie, verdreckt und hinkend. Erst als die Gestalt ganz nahe ist, erkennt Tarek seinen Bruder Salman. Er springt aus dem Auto, läuft auf ihn zu und umarmt ihn. Tarek stützt ihn und begleitet Salman vorsichtig ins Haus und die Treppe hinauf. »Steckst du hinter meiner Freilassung?«, fragt Salman seinen Bruder. Tarek hat große Mühe, ihn zu verstehen, denn Salmans Stimme ist fast lautlos geworden.

»Nein, Bruder, sie haben dich entlassen, weil du grüne Augen hast.« Tarek schüttelt den Kopf. »Erzähl mir, was hast du drinnen gesehen?«, fragt er Salman.

»Den Tod, einfach den Tod. Wir waren zwanzig Männer in einer Zelle von drei Quadratmetern. Wir konnten nicht sitzen, wir standen die ganze Zeit. Nackt. Auf unsere Schreie haben sie nicht reagiert. Die Wächter meinten nur, wenn jemand von uns krepiert, sollen wir uns melden.« Salman ist vollkommen verängstigt, Tarek kann seine Todesangst riechen.

»Sag unserer Mutter jetzt nichts davon. Sag einfach, eine Bombe sei in deiner Nähe explodiert und du seist gerettet worden«, flüstert Tarek, als er die Wohnungstür öffnet. Salman humpelt ins Badezimmer, schließt die Tür, setzt sich auf den Boden. Er schlägt die Hände vors Gesicht und beginnt zu weinen. Tarek geht Richtung Wohnzimmer, und noch bevor er seinen Vater sehen kann, verrät ihm der Nachrichtensender der Regierung, der auf höchster Lautstärke läuft, seine Anwesenheit. Als Tarek das Zimmer betritt, schreit Salma auf: »Habibi!« Sein Vater, der mit gerunzelter Stirn auf dem Sofa liegt, verändert seine Mimik nicht. Er fragt nur: »Hast du Urlaub bekommen?« Tarek geht auf ihn zu und küsst seine Hand. »Nein, aber ich habe Salman mitgebracht. Er hat eine schwere Bombardierung überlebt. Er ist gerade ins Badezimmer gegangen.«

Tarek setzt sich neben seine Mutter und nimmt ein Stück von der Wassermelone, die sie gerade für sich und ihren Mann aufgeschnitten hat. Zu seinem Vater sagt er ernst: »Wir müssen eine Lösung für ihn finden, er darf nicht mehr in den Kampf zurück, die nächste Bombe wird er nicht mehr überleben.« Basam schaltet den Fernseher leise und beginnt zu fluchen: »Scheiß auf ihn, auf ihn und auf diese Revolution! Das ist ein Haufen von Drogensüchtigen, Fanatikern und Kriminellen. Einen besseren Präsidenten als unseren wird das Land nie bekommen!«

Basam steht auf und geht ins Schlafzimmer, ohne nach Salman zu schauen. Im Badezimmer setzt sich Salma zu ihrem Sohn auf den Boden, umarmt ihn und weint mit ihm. »Bitte, mein Sohn, lass die Finger davon! Geh nicht wieder zurück!«, wiederholt sie mehrmals. Sie ahnt nicht, dass ihre Bitten vergeblich sein werden. Im Wohnzimmer klingelt Tareks Handy. Es ist Josef, ein aufgeregter und angstvoller Josef. »Tarek, sie sind schon fast da! Wir haben ihnen nichts mehr entgegenzusetzen!«, schreit er. Tarek hört heftigen Kampflärm im Hintergrund. »Wir haben schon vor zwei Tagen mehrmals Nachschub und Unterstützung angefordert, aber nichts erreicht uns. Du musst mit dem Oberst sprechen, wir brauchen Hilfe, sofort! Wir –« Die Verbindung bricht ab. Tarek kann Josef nicht mehr erreichen, er wird ihn nie wieder erreichen können.

Tarek versteht die Welt nicht mehr. »Was haben wir in diesem Land gesät, um das zu ernten?«, fragt er sich.

Bei Al-Hasaka an der irakischen Grenze, September 2015

Ich wusste nicht, wie erleichternd es ist, darüber zu reden. Tarek ist vollkommen fassungslos, er klingt, als stünde er kurz davor, den Verstand zu verlieren. Das verstehe ich, aber was ich nicht verstehe, ist die Reaktion der deutschen Diplomatin. Nach dem Telefonat mit Tarek erzähle ich ihr meine Geschichte, und sie hört mir aufmerksam zu. Ich verstehe nicht, warum sie sich für mich so interessiert, aber sie will mir helfen, nach Deutschland zu kommen. Das Telefonat mit meiner Familie verschiebe ich auf später. Wenn mein Vater erfährt, wo ich bin, wird er alles tun, um mich hier herauszuholen. Ich will gerne mit meiner Mutter reden, aber ich weiß nicht, was ich ihr sagen soll. Schließlich bin ich von Zuhause weggegangen, ohne mich zu verabschieden.

»Komm, kleines Äffchen, wir gehen Essen holen!« Amina will das Kind, das sich an meinem Bett festhält, auf den Arm nehmen und mit ihm zum Küchenzelt gehen. »Sufian, so heißt er«, erkläre ich ihr bestimmt. Amina schaut mich erstaunt an. »Sprichst du wieder mit mir? Jetzt haben wir einen Grund zu feiern! Trinkst du auch Alkohol? Solltest du lieber nicht. Hier bekommen wir höchstens schwarzen Tee.« Amina kann ihre Freude nicht verbergen. »Woher willst du wissen, wie er heißt? Hast du ihm jetzt diesen Namen gegeben?«, fragt sie.

»Nein, das hat die Deutsche mir gesagt. Sie sind mit den Familien seiner verstorbenen Eltern schon länger in Kontakt«, sage ich.

»Susu, so heißt du, kleines Äffchen!« Amina hebt Sufian hoch und gibt ihm einen dicken Kuss, er wehrt sich aber gegen ihre Liebkosungen. »Und wenn du Alkohol trinkst, kannst du mir das schon sagen. Ich werde dich nicht verurteilen. Ich selbst werde, wenn ich wieder in Deutschland bin, jeden Tag trinken!« Sie klingt wieder ironisch und setzt fort: »Was ist das für ein dämliches Konzept: Sie bestrafen im Namen Gottes Menschen, die Alkohol trinken und außerehelichen Sex haben, damit sie nach ihrem Tod in ein Paradies kommen, wo Flüsse von Wein fließen und Jungfrauen auf sie warten!« Aminas Gedankengang bringt mich zum Lachen. »Perfekt, ich habe dich zum Lachen gebracht, dir geht es sichtlich wieder besser«, sagt sie und umarmt mich.

»Was meinst du mit ›wieder‹, meinst du, wie in der Zeit in der Zelle?« Da lachen wir gemeinsam.

»Jetzt lass uns unser Abendessen von der Küche holen, sonst ist es zu spät«, meint Amina und steht auf. Ich trage Sufian, und wir verlassen das Zelt. Es ist mittlerweile fast dunkel, der Himmel blauschwarz. Zwischen den Zelten gibt es nur eine notdürftige Beleuchtung, das Camp wird gerade erst neuerrichtet und vieles ist noch nicht fertig. Bei der Küche stellen wir uns in die Schlange. Anscheinend gibt es hier nicht viele Männer, hier stehen nur Frauen. Wir bekommen das Essen durch ein Fenster gereicht. Seltsamerweise verstummen bei unserer Ankunft alle Gespräche und alle Köpfe drehen sich zu uns. Die acht Frauen vor uns sind verschleiert, bei einigen sieht man die Augen, bei manchen nicht. »Lass sie, sie werden ihre Strafe von Gott bekommen«, höre ich eine der Frauen murmeln. Ihr Dialekt ist nicht syrisch. Ich weiß nicht, ob sie uns meint. Aber als sie ihr Essen bekommt und an uns vorbeigeht, bleibt eine andere bei uns stehen und schreit: »Habt ihr euren Glauben so schnell verkauft? Geht und bedeckt euch! Möge Gott euch wieder auf

den wahren Weg bringen!« Ihr Dialekt verrät, dass sie aus den Maghreb-Staaten stammt. Ich wende mich zum Ausgabefenster und ignoriere sie, aber Amina sucht die Konfrontation. »Predige hier nicht, sondern kümmere dich um deinen eigenen Mist!«, schimpft sie zurück, und die verschleierte Frau geht sofort auf sie los und zieht sie an den Haaren zu Boden. Zwei andere Frauen stehen der Verschleierten zur Seite. Ich bin wie erstarrt, das ging so schnell. Sufian weint in meinen Armen.

»Lasst sie los!«, schreie ich. Aber sie schlagen weiter auf Amina ein. Als sie einen Tritt auf ihre verletzte Schulter bekommt, schreit sie gellend auf. Plötzlich ertönt ein lauter Schuss. Zwei kurdische Soldaten kommen auf uns zu, und die drei Frauen lassen von Amina ab. Ich helfe der verdreckten Amina aufzustehen und umarme sie. Sie zittert vor unterdrückter Wut. Die Frauen entfernen sich und wir holen unser Essen, zwei Plastikschalen mit Linsensuppe, in der große Kartoffelstücke schwimmen, dazu gibt es Fladenbrot. »Du darfst dich nicht auf jede Provokation einlassen«, weise ich Amina auf dem Rückweg zurecht, »sonst wirst du deinen Aufenthalt hier nicht überleben!«

»Das ist mir egal, ich werde nie wieder zulassen, dass jemand mit mir so redet. Außerdem werde ich in zwei Tagen nach Deutschland zurückgebracht«, vertraut sie mir an. Bei dieser Nachricht zieht sich mein Herz schmerzhaft zusammen. Ich will nicht alleine hierbleiben. »Mein Vater und meine Mutter werden am Flughafen auf mich warten, hat mir der Beamte mitgeteilt, ich weiß aber noch nicht, ob ich mich darüber freuen soll.« Amina wirkt das erste Mal nachdenklich. »Und was ist mit dir? Hast du mit deinen Eltern telefoniert?«

»Nein, noch nicht, aber Eva Lehmann hat mir versprochen, mich nach Deutschland zu bringen, wo mein Freund lebt«, erzähle ich ihr.

»Wirst du nach Deutschland kommen?« Aminas Augen glänzen vor Neugier und fordern mich auf, weiterzuerzählen. »Ich erzähle dir die ganze Geschichte nach dem Essen. Kennst du dich mit den Gesetzen aus? Kann mir die Diplomatin wirklich nach Deutschland verhelfen?«

»Ich weiß es nicht, ich weiß nur, dass sie an Sufian interessiert ist, und dass er wahrscheinlich mit mir in zwei Tagen nach Deutschland gebracht wird«, meint Amina. Mein Herz zieht sich noch mehr zusammen. Wenn das stimmt, bin ich in zwei Tagen ganz alleine. Ich habe keinen Appetit mehr und sage nichts, bis wir unser Zelt erreichen. Als wir das Zelt betreten, wartet Eva Lehmann zu unserer Überraschung bereits auf uns. Sie hat zwei Taschen mit Utensilien für Sufian bei sich, ich erkenne Kleidung, Windeln, Spielsachen und einige dieser weißen Behälter mit Obstbrei. Während wir essen, setzt sie sich auf den braunweißen Plastikteppich neben Sufians kleiner Matratze zu uns auf den Boden. Selbst isst sie nichts, aber sie wechselt immer wieder einige Worte mit Amina, die ich nicht verstehe. Dann blickt sie wieder prüfend zu mir. Sufian sitzt auf meinem Schoß, er hat großen Hunger und isst nach der Suppe auch noch eine Portion Obstbrei. »Komm mit, wir gehen kurz spazieren«, bittet mich Eva, als wir fertig sind und Amina den Plastikteppich draußen ausschüttelt. Sufian weigert sich lautstark, bei Amina zu bleiben. So trage ich ihn mit hinaus. »Ich habe mit deinem Freund telefoniert«, beginnt Eva zu sprechen. »Du dürftest für ihn alles bedeuten. Erzähl mir von euch, wie habt ihr euch kennengelernt?«, möchte sie wissen. Ich verstehe nicht, warum sie mit Tarek telefoniert hat, aber aus irgendeinem Grund vertraue ich ihr. Sie hat eine angenehme Ausstrahlung und wirkt verlässlich. So erzähle ich ihr von Tarek und mir, und sie hört aufmerksam zu. Nach einigen Minuten gelangen wir an den Zaun des Camps und bleiben dort stehen.

»Sanaa, ich habe alle möglichen Wege, dich legal nach Deutschland zu bringen, überprüft. Es ist nicht einfach, und selbst wenn ich einen Weg finde, würde es einige Monate dauern, bis du ein Visum bekommst. Außerdem hast du keinen syrischen Pass, und einen auszustellen, steht außerhalb meiner Macht«, sagt Eva, aber sie klingt nicht frustriert oder traurig, sondern eher so, als hätte sie einen Plan. Sie legt beide Hände an den Gitterzaun und schaut in die Ferne. Nach einigen Augenblicken des Schweigens beginnt sie zu sprechen: »Aber es gibt einen anderen Weg. Ich gebe dir den deutschen Reisepass von Sufians verstorbener Mutter, und du reist mit mir in ein paar Tagen als seine Mutter aus«, erklärt sie und schaut mir entschlossen in die Augen. Ich weiß nicht, was ich sagen soll. »Ich sollte eigentlich mit Amina, dem Kind und dem deutschen Kollegen vom Militär in zwei Tagen zurückfliegen. Aber ich kann meinen Flug noch etwas verschieben, damit ich mit dir alleine fliegen kann. Mich geht der ›Fall Amina‹ gar nichts an. Ich bin von der Botschaft beauftragt, Sufian nach Deutschland zurückzubringen, die Geschichte von ihm und seiner Mutter hat in Deutschland für Aufsehen gesorgt, sie war in mehreren Nachrichtensendungen«, erläutert Eva.

Der Plan klingt abenteuerlich. Aber es ist auch eine große Chance für mich. Ich will auf keinen Fall hier im Lager alleine bleiben oder zurück nach Hause. Ich weiß auch nicht, ob die Kurden eine Rückkehr nach Damaskus so einfach gestatten würden. »Und wird dieser Plan funktionieren? Was ist, wenn sie merken, dass ich nicht diese Person im Pass bin?«, frage ich vorsichtig.

»Ich bin Diplomatin und habe etwas namens Immunität. Der Flughafen Erbil ist mein Wohnzimmer«, antwortet Eva selbstbewusst.

»Und was mache ich, wenn ich in Deutschland ankomme? Werde ich dann als IS-Rückkehrerin behandelt?«, frage ich nach.

»Nein, wenn wir ankommen, gibst du mir das Kind, zerstörst den falschen Reisepass und beantragst Asyl als Sanaa Mahmoud aus Syrien. Und du vergisst, dass du hier warst und mir begegnet bist.« Eva scheint den Plan durchdacht zu haben. Ich habe noch unendlich viele Fragen, aber ein Jeep mit Suchscheinwerfer fährt gerade am Zaun vorbei. »Was macht ihr hier?«, herrscht uns der Soldat, der den Scheinwerfer lenkt, an. Eva zeigt ihren Diplomatenausweis, den sie um den Hals trägt.

»Okay, aber geht zurück, entfernt euch vom Zaun, das ist zu gefährlich!«

An der libanesischen Grenze, Mai 2012

Es ist schon nach Mitternacht, als Hassan bei Al-Kussair anhält und Tarek aussteigen lässt. Tarek hat Fahad Al-Ali nicht wiedergesehen und den weiteren Plan erst von Hassan erfahren. »Ich hole dich bei Sonnenaufgang hier ab!« Mit diesen Worten fährt Hassan wieder los. Tarek beobachtet, wie die Rücklichter sich schnell entfernen, und er vernimmt nur mehr den Widerhall des Motors. Der Himmel ist hier draußen sehr klar, und Tarek sieht zum ersten Mal einen rötlichen Schein in der Milchstraße. Der Himmel ist übersät mit Sternen, als Stadtkind hat Tarek den Himmel noch nie so leuchtend klar und zu Greifen nah erlebt. Der Sichelmond gibt mehr Licht als der Vollmond in Damaskus. Tarek überlegt gerade, sich auf den Felsen zu setzen, der als markanter Treffpunkt in der sonst eintönigen Landschaft vereinbart wurde, als er in der Ferne Lichter eines Fahrzeuges sieht, das sich schnell nähert. Ein Minibus hält an. »Ich gehe und suche …«, sagt der Fahrer den ersten Teil des verabredeten Kennworts und Tarek vervollständigt »… nach mir« und bekommt die Erlaubnis einzusteigen.

Im Bus sitzen drei bewaffnete Männer, statt der letzten Sitzreihe sieht Tarek Holzkisten, in denen die gestohlenen Antiquitäten gestapelt liegen. Die Männer zeigen schon bei der Begrüßung, was sie von Fahad Al-Alis Abgesandtem halten: »Steig ein, du Regimeschwein!«

Aber Tarek reagiert, als hätten sie ihn begrüßt, wie es üblich ist, mit »Wa aleikum as-Salam«, setzt sich nach hinten und schweigt. Er hofft nur, dass die Freunde Salim Goldhands bald auftauchen. Der Kämpfer, neben dem Tarek sitzt, scheint im Gegensatz zu den beiden anderen sehr jung zu sein. Er hat nur kargen Bartwuchs, lässt aber die wenigen Haare lang wachsen. Er tippt heftig in sein Handy, aus dem ganz leise die Stimme von Fairuz zu hören ist, schaut ständig auf, blickt in alle Richtungen und schreibt dann unbeirrt weiter. Auch Tarek dreht sich immer wieder um und mustert die Holzkisten. Er hat den starken Wunsch, die Statue von Zenobia zu sehen. Die Königin Palmyras war die Heldenfigur seiner Kindheit. Salman und er waren als Kinder süchtig nach der Fernsehserie, die Zenobias Geschichte erzählte. Das einzige Problem war, dass die Serie um zehn Uhr nachts auf dem zweiten Kanal des syrischen Fernsehens gesendet wurde und die Brüder um diese Zeit schlafen gehen mussten. Basam war da unerbittlich. Aber Salman und Tarek ließen sich etwas einfallen. Unter dem Dach gab es eine kleine Abstellkammer, in der ein alter Batteriefernsehapparat aufgehoben wurde, den sie für Ausflüge verwendeten, als sie noch Ausflüge machten. In ihren Betten stopften sie Pölster unter die Decken, holten das kleine Gerät in ihr Zimmer, quetschten sich zusammen in den Kleiderschrank und schauten Abend für Abend die Geschichte von Zenobia. Tarek war fasziniert vom Mut und der Aufmüpfigkeit dieser Frau, die mit ihrer Stadt, der Perle der Wüste Palymera, wie eine Glasscherbe im Hals des Römischen Reiches steckte und bis zum letzten Atemzug nicht aufgab.

Tarek würde die Statue gerne mit dem Aussehen der Schauspielerin in der Serie vergleichen. Aber eigentlich will er sie doch nicht sehen. Er schämt sich, der Königin in die Augen zu schauen, hier wird die Geschichte seines Landes missbraucht und verkauft, andererseits werden diese Antiquitäten auch vor der Zerstörung gerettet. Doch wieso soll der Louvre oder das Metropolitan Museum mit dem Erbe der Syrer prahlen? Eigentlich ist es Tarek in diesem Augenblick egal, was mit den Schätzen gemacht wird, er möchte nur aus dieser Schmuggelaktion lebendig herauskommen.

Wie Hassan ihm beschrieben hat, fährt der Bus beim Fluss Asi auf einem Schotterweg über die Grenze. Es dauert nicht lange, bis zwei Lastwagen zu sehen sind, die den Weg versperren. Als der Minibus anhält, sieht Tarek etwa zehn bewaffnete und vermummte Männer aussteigen. Sie fordern die Männer im Minibus auf, ebenfalls auszusteigen, doch als Tarek seine Hand auf den Türgriff legt, meint sein Sitznachbar nur: »Warte kurz!« Die Stimmung ist zum Zerreißen angespannt.

Dann prasseln plötzlich Kugeln aus dem Nichts auf die Lastwagen, noch bevor die Schüsse hörbar sind. Die Schmuggler sind nicht alleine. Ein anderes Auto ist hinter ihnen gefahren und hat sie begleitet, ohne dass Tarek es sehen konnte. In diesem Moment legt der Fahrer den ersten Gang ein und fährt mit Vollgas an den Lastautos vorbei. Nach hundert Metern bleibt er schräg neben dem Weg stehen, die drei Männer springen heraus und eröffnen das Feuer auf die Bewaffneten. Mitten in diesem Schusswechsel lässt sich Tarek aus dem Minibus fallen und ergreift die Flucht. Er läuft so schnell er kann. Eine Kugel trifft einen kleinen Stein vor ihm und der Stein zerspringt in kleine Splitter. Er bekommt einige ab, stolpert und stürzt zu Boden. Sofort rappelt er sich wieder auf und läuft weiter, er läuft um sein Leben. Der Lärm der Schusswechsel hinter ihm nimmt nicht ab. Er erreicht die neuen Weizenfelder, die Pflanzen sind gerade kniehoch, und wirft sich der Länge nach hinein. Er keucht heftig und versucht, seinen Atem schnell wieder unter Kontrolle zu bringen, er hat Angst, dass ihn jemand verfolgt, aber er kann nicht mehr laufen. Tareks Herz wäre fast explodiert. Langsam wird es ruhiger, nach einer kurzen Pause fallen noch zwei einzelne Schüsse, dann ist es still. Tarek dreht sich auf den Rücken. Es ist zwei Uhr nachts. Er schaut wieder in den Himmel. Als Kind hat ihn das All fasziniert. Er starrte stundenlang hinauf und suchte, wo denn Gott lebte. Seine Neugier war groß. Aber seine Eltern und der Religionslehrer verboten ihm, über diese Frage nachzudenken, das sei haram. Jetzt merkt Tarek, dass er wieder auf der Suche nach Gott ist, damit dieser ihm aus dieser verworrenen Situation heraushilft. Aber er wischt diese Gedanken schnell weg, eigentlich erwartet er nicht viel von ihm. Ihm scheint, Gott habe die Obsorge für ihn aufgegeben, weil er viele Sünden begangen hat, insbesondere der Sex mit Sanaa belastet Tarek. Aber wenn Tarek das Leid und Elend in seinem Land sieht, schleicht sich der vage Gedanke in seinen Kopf, auch Gott habe seine Aufgaben nur schlecht erfüllt. »Wahrscheinlich leben in letzter Zeit so viele Menschen auf der Erde, dass er den Überblick verloren hat«, erinnert sich Tarek an einen Satz, den Sanaa einmal halb im Scherz gesagt hat.

Eine tiefe Ruhe liegt über allem. Ein sanfter Lufthauch streift die jungen Halme. Tarek holt sein Handy aus der Tasche. Er muss Salim Goldhand erreichen und von der Eskalation berichten, aber er hat keinen Empfang. Vorsichtig steht er auf und blickt in die Richtung, aus der er gelaufen ist. In der Ferne scheint etwas zu brennen. Der Himmel leuchtet grellrot, anscheinend brennt eines der Autos. Es ist, als würde sich das Feuer von der Schwärze der Nacht nähren. So läuft er in die entgegengesetzte Richtung. Nach ein paar hundert Metern erreicht er den Fluss Asi. »Der Widerspenstige«, so wird er genannt, weil er im Gegensatz zu vielen anderen Flüssen von Süden nach Norden fließt. Tarek läuft den Asi entlang. Er versucht, in Richtung Libanon zu gehen. Nach einer Stunde

Fußmarsch erreicht er ein leeres, großes Restaurant direkt am Wasser. Einige Lichter sind schon eingeschaltet, aber die Türen sind alle verschlossen. Tarek geht in den Hinterhof, versucht sich an allen Türen, und eine davon, die in einen Abstellraum führt, lässt sich tatsächlich öffnen. Zwischen gestapelten Kanus, kleinen Booten, Rudern und Kartons schafft er ein wenig Platz auf dem Boden und legt sich hin. Draußen ist es kälter geworden, und er hat nur leichte Kleidung an. Als er sein Handy checkt, bemerkt er, dass er im libanesischen Netz ist. Salim Goldhand hebt nicht ab. Nach dem dritten Versuch gibt Tarek auf und schläft vor lauter Erschöpfung ein, noch bevor er Sanaa schreiben kann.

Plötzlich weckt ihn sein Handy: Es ist sieben Uhr, Salim ruft an. »Wo warst du die ganze Zeit? Ich stecke in der Scheiße, deine Freunde sind vermutlich alle gestorben!«, schreit Tarek mit zittriger Stimme, noch bevor Salim etwas sagen kann.

»Erzähl mir, was passiert ist«, antwortet Salim. »Oder warte kurz, ich rufe dich von meinem Satellitentelefon an«, bittet er und ruft Tarek nach einigen Minuten wieder an: »So, jetzt kannst du mir bedenkenlos erzählen, was passiert ist.« Salim wirkt wie immer entspannt. Tarek erzählt hastig und fragt, was er jetzt tun solle.

»Okay, verstehe, das ist ziemlich nach hinten losgegangen. Aber du bist hoffentlich nicht verletzt, oder?«, fragt Salim, als überraschte ihn Tareks Erzählung nicht.

»Nein, ich bin nicht verletzt, aber ich bin ziemlich am Arsch, wohin jetzt mit mir?«, antwortet Tarek.

»Wo bist du jetzt? Kannst du deinen Standort bestimmen?«, will Salim Goldhand wissen.

»Ich glaube, ich bin im Libanon. Ich habe libanesisches Netz, aber kein Internet. Ich sitze in einem Abstellraum eines Restaurants am Asi.«

»Wie heißt dieses Restaurant?« Tarek geht hinaus und liest vor, was auf dem Schild steht: »Rafting Squad Club«.

»Okay, bleib, wo du bist, ich schicke dir jemanden, der dich abholt und nach Beirut bringt«, fordert Salim Tarek auf. »Abbas ist mein Partner, am Vormittag ist er Juwelier und am Nachmittag ist er Fälscher. Er wird sich um dich kümmern, mach dir keine Sorgen«, beruhigt er Tarek. »Und bitte kontaktiere keinen Menschen in Syrien, vielleicht werden sie abgehört«, fügt er noch hinzu.

Nach gut zweieinhalb Stunden trifft Abbas ein. Tarek sitzt in strahlender Sonne am Ufer vor dem Club und beobachtet, wie junge Leute im Fluss raften und Spaß haben. Es ist eine andere Welt, er merkt, wie weit weg er von diesem Zustand ist. Abbas scheint gut gelaunt zu sein. Die fröhliche Musik aus seinem Mercedes Cabrio ist schon von weitem zu hören. Er erkennt Tarek sofort und winkt ihm mit der Hand, einzusteigen. »Dich muss Salim aber mögen, bisher hat er sich noch in so leichtsinnige Operationen eingemischt«, klopft der rothaarige Abbas auf Tareks Oberschenkel, als dieser eingestiegen ist. Abbas wirkt auf Tarek wie ein Zuhälter, seine Goldkette ist die dickste, die Tarek jemals gesehen hat. »Ich bringe dich in einer Woche nach Deutschland, dann kannst du den ganzen Wahnsinn hier hinter deinen Rücken werfen«, sagt Abbas großzügig in seinem gedehnten libanesischen Dialekt. Tarek ist verblüfft, aber er will nicht nachfragen. Er will erst einmal ankommen und Sanaa beruhigen.

In Beirut lebt Abbas in dem teuren Viertel Ras Beirut direkt am Meer. Seine Dachwohnung hat ringsum Glaswände und blickt direkt auf die türkisblaue Bucht. Abbas bittet Tarek hinein und wendet sich sofort wieder zum Gehen: »Fühl dich wie zu Hause, wir sehen uns am Abend.«

»Ich brauche einen Internetzugang«, bittet ihn Tarek schnell.

»Ein Tablet steht in der Küche auf dem Tisch, das Kennwort ist ›Abbas, der Sexkönig‹.« Mit diesen Worten schließt Abbas die Tür und verschwindet.

Tarek kontaktiert Sanaa, sie hat die ganze Nacht krank vor Sorge schlaflos zugebracht, jetzt ist sie erleichtert, Tarek in Sicherheit zu wissen. Er bittet sie, seiner Schwester von der neuesten Entwicklung zu erzählen und sie zu beruhigen: »Sausan wird die Familie informieren, dass ich in Sicherheit und nicht tot bin.« Tarek macht sich während des Schreibens zwei Käsebrote und nimmt aus der großen Obstschüssel zwei Bananen. Nach dem Essen merkt er, wie erschöpft er ist. Bevor er sich auf die weiße Ledercouch legt, wirft er die violetten und schwarzen Spitzendessous, die herumliegen, auf den danebenstehenden Lehnstuhl und schläft augenblicklich ein. Er schläft, bis ihn Abbas am Abend aufweckt. »Such dir aus meinem Kleiderschrank etwas zum Anziehen aus, wir gehen essen«, fordert er Tarek freundlich, aber bestimmt auf.

Auf dem Weg ins Restaurant lässt Abbas Tarek mit Salim Goldhand telefonieren. »Fahad Al-Ali hat dich bei der Schlacht mit den Islamisten um das Regiment in der Wüste als Märtyrer gefallen gemeldet. Der Al-Kharbuti-Clan hat die Antiquitäten bekommen. Aber sie haben fünf ihrer Männer verloren. Sie lassen sich für die Umstände entschuldigen. Wenn sie die Antiquitäten verkauft haben, geben sie dir deinen Anteil.« Tarek fällt Salim Goldhand ins Wort: »Diesen Anteil kannst du behalten, aber bitte schaffe mich und Sanaa hier heraus. Wie groß sind unsere Chancen, nach Kanada zu kommen?«, fleht er.

»Vergiss Kanada! Legal einzuwandern dauert Monate, und illegal ist es viel umständlicher, als wenn du nach Deutschland gehst. Abbas hat einen bulgarischen Pass, der für dich maßgeschneidert ist. Mit dem kommst du über die Grenze. Er wird dir alles erklären. Du weißt, Habibi, ich will für dich nur das Beste. Deutschland oder Kanada, das macht keinen Unterschied. Sobald du in Deutschland Asyl bekommen hast, kannst du Sanaa im Rahmen der Familienzusammenführung nachholen, oder wir lassen sie über unsere Kanäle zu dir kommen.« Salims neuer Plan verstört Tarek. Er schweigt nachdenklich, aber die magische Stimmung der Nächte von Beirut fängt auch ihn ein. Alle Menschen in der Stadt scheinen sich darauf geeinigt zu haben, das Leben zu genießen. Abbas führt Tarek in ein teures armenisches Restaurant und bestellt eine bunte Mischung aus armenischen und libanesischen Spezialitäten und eine Flasche Ksara-Rotwein. »Denk nicht so lange nach. Was willst du in Kanada anderes finden als in Deutschland?«, beginnt Abbas mit vollem Mund zu reden. »Meine Cousinen leben in Deutschland und verdienen gutes Geld. Sie exportieren Autoersatzteile in den Libanon, und du kannst sicher bei ihnen arbeiten, wenn du Asyl bekommen hast. Ich meine, ich kann dich schon nach Kanada bringen, aber es bedarf anderer Vorbereitungen und würde lange dauern, und es würde noch länger dauern, bis deine Habibti nachkommen kann. Und ganz ehrlich, ich habe keine Zeit für dich. Ich habe nächste Woche ein Geschäft in Nigeria, da muss ich schon weg sein. Schau dir dieses Bild an, ist das nicht ein Wunder?« Abbas öffnet auf seinem Handy ein Bild und legt es vor Tarek auf den Tisch. Abbas spricht sehr laut, aber das Lokal ist so voll und der Geräuschpegel so hoch, dass niemand Notiz von seinen Worten nimmt. Tarek muss mehrmals blinzeln, als er das Foto ansieht, denn der Mann in dem europäischen Reisepass sieht aus wie er. Nur seine Augenbrauen sind etwas schmaler und er hat Geheimratsecken. »Das nennen wir in unserer Branche einen Klon. So einen Pass findest du nur einmal im Leben. Und das ist noch nicht alles. Er ist Rollstuhlfahrer und spricht eine seltene Sprache: Bulgarisch. Das kann am Flughafen also niemand überprüfen. Ich sehe dich schon in Deutschland sitzen und mit Merkel Bier trinken«, lacht Abbas herzlich, aber alleine über seinen Scherz. In diesem Moment begreift Tarek die große Chance, die ihm hier auf einem goldenen Tablett serviert wird, und stimmt zu.

»Okay, sobald wir wieder zu Hause sind, machen wir uns an die Arbeit. Wenn du heute mit Goldhand sprichst, sag ihm, dass ich deinen Anteil vom Antiquitätenverkauf behalten darf, denn ich bekomme diesen Pass nicht gratis.« Jetzt klingt Abbas anders und auch seine Augen verändern sich. Tarek erkennt seine unersättliche Gier. Er versteht nicht, warum er selbst Geld aus dem Schmuggelhandel bekommen soll, aber er will mit diesem Blutgeld, egal wie viel es ist, nichts zu tun haben, er hat sogar Angst davor.

Sanaa ist mit allem einverstanden, solange sie Tarek in Sicherheit weiß. »Du holst mich dann legal zu dir, das ist mir lieber«, hofft sie. Während Tarek mit Sanaa telefoniert, verschwindet Abbas durch eine verborgene Tür in einem geheimen Raum. Als er nach Stunden wiederkehrt, hat er einige Papiere bei sich, die er vor Tarek auf den Tisch legt. »In drei Tagen, am 31. um 19 Uhr 30 geht dein Flug über Istanbul nach München. Ich habe erste Klasse mit Betreuung gebucht. Wir besorgen dir morgen einen Rollstuhl und üben damit, der Pass wird mir am Tag der Reise zugestellt.« Abbas hat alles genau geplant, er überlässt nichts dem Zufall.

»Was soll ich denn beim Rollstuhlfahren üben?« Tarek ist ahnungslos.

»Das ist gar nicht so einfach. Du darfst zum Beispiel nicht breitbeinig sitzen. Es gibt einige Dinge, die du berücksichtigen musst. Außerdem werde ich dir eine Tablette geben, die dich ein bisschen ruhigstellt.«

Abbas bereitet Tarek in den nächsten drei Tagen intensiv auf die Reise vor und geht mit ihm alle möglichen Szenarien durch. Mit einer Decke über den Beinen und einem Rollkoffer voller alter Kleidung übergibt er Tarek am Eingang des Flughafens einer Flugbegleiterin der Turkish Airlines. Beim Abschied drückt ihm Abbas mit Augenzwinkern ein Kuvert mit Geldscheinen in die Hand: »Von Salim Goldhand!« Und der Plan läuft noch besser als erwartet. Tarek wird so nett und herzlich behandelt wie noch nie in seinem Leben. Als er in München ankommt, regnet es heftig. Er erinnert sich an Abbas' Worte: »Du bittest sie, dich zu einem Taxi zu bringen, dem Taxifahrer sagst du, er soll dich zu einer Polizeistation fahren, dort suchst du um Asyl an. Den Reisepass musst du vorher irgendwie entsorgen. Du kennst mich nicht, dein Schlepper heißt Ahmad El Ahmad, er hat dich mit einem Lastauto einige Tage durch Europa transportiert.« Tarek hält sich haargenau an Abbas' Anweisungen, aber er verursacht dem Taxifahrer fast einen Herzinfarkt, denn er wird ins Taxi gehoben und steigt wenig später bei der Polizeistation selbständig wieder aus. Als ihn der Fahrer mit offenem Mund an den Rollstuhl erinnert, ersucht ihn Tarek, den als Geschenk zu behalten. Später findet der Mann im Taxi einen Reisepass, die Seite mit den persönlichen Daten ist herausgerissen und fehlt.

Bei Al-Hasaka an der irakischen Grenze, September 2015

Ich gehe mit Eva schweigend zwischen den Zelten zurück. Manche stehen leer, aus anderen hören wir Stimmen, und es sind immer wieder andere Sprachen zu erkennen. Sufian plaudert in seiner Babysprache und will mit den Kindern, die vor den Zelten spielen, Kontakt aufnehmen. Eva sieht ganz entspannt und ausgeglichen aus, obwohl sie gerade etwas Illegales in die Wege leitet. Ihr Selbstbewusstsein wirkt auf mich beruhigend und unheimlich zugleich. »Aber warum willst du mir helfen?« Ich kann nicht anders, ich muss einfach fragen. »Braucht man einen Grund, um anderen zu helfen?«, erwidert Eva. Ich kann ihre Frage nicht beantworten, aber ich stelle alle möglichen Vermutungen an, warum sie sich für mich interessiert. Ich frage sie nach ihrem Mann. »Ach, Sanaa, lass das. Du musst nicht herumspekulieren, ich helfe dir, weil ich es will. Du kannst diese Hilfe entweder annehmen oder es lassen«, erwidert Eva.

»Nein, natürlich, ich nehme sie an!«, antworte ich schnell und bleibe stehen. Wir halten bei einem kleinen Kinderbereich, in dem eine notdürftige Schaukel und eine ebensolche Rutsche aus Plastik leerstehen. Die Ecke ist schlecht beleuchtet, aber ich lasse Sufian rutschen, und Eva fängt ihn unten wieder auf. Bei jeder Wiederholung wird Sufians Lachen lauter. »Ich habe keinen Mann, ich lebe mit meiner Partnerin Lexi«, sagt Eva ganz nebenbei während des Spielens. Ich bin für einen Augenblick verwirrt. Ich habe schon einmal von Beziehungen zwischen Frauen gehört, aber ich wusste nicht, dass es das wirklich gibt.

»Als ich dich das erste Mal im Zelt gesehen habe, warst du für mich eine Frau, die niemandem wehtun würde, eine Frau, die noch an das Gute im Leben glaubt und noch Träume hat. Dennoch warst du gebrochen und verletzt, und ich hasse es, das zu sehen. Ich weiß, dass das Leben ein dreckiges Loch sein kann, aber es kann auch ein wunderschöner Ort sein. Und wenn ich etwas dazu beitragen kann, will ich es, verdammt noch einmal, auch machen.« Eva spricht bestimmt und entschlossen. Mir steigen Tränen in die Augen und rinnen über meine Wangen.

»Aber bringst du dich damit nicht in Gefahr?«, frage ich sie nach einer Weile, während Sufian mich ungeduldig an der Hose zieht, damit ich wieder aufstehe und mit ihm weiter rutsche. Aber meine ganze Aufmerksamkeit ist jetzt bei Eva. »Die verstorbene Mutter von Sufian, Angelika Berger, ist in Deutschland zwar als tot gemeldet, sie ist nicht auf der Liste der Rückkehrer, aber ich werde dir ein Ticket besorgen, du fliegst einfach mit mir. Du hast einen gültigen deutschen Pass, und die Listen der Fluggesellschaften werden an sich nicht kontrolliert, Deutschland ist hochentwickelt, aber bis jetzt gibt es zwischen manchen Behörden keinen Datenverkehr. Mach dir keine Sorgen, du musst nur ein Kopftuch tragen, weil Angelika eindeutig blonder war, als du es bist. Aber sie hat auch grüne Augen gehabt. Es wird alles gut gehen«, erklärt mir Eva.

»Und hast du Tarek von diesem Plan erzählt?«, will ich wissen und setze Sufian wieder auf die Rutsche. »Ja, klar«, sagt Eva und nickt mit dem Kopf.

»Und wie hat er reagiert?«

»Ich kann es nicht genau sagen, er war am Anfang skeptisch, dann hat er zögernd zugestimmt«, antwortet Eva, während sie Sufian auffängt. »Ich gebe dir das Handy, du kannst selbst mit ihm telefonieren«, bietet sie mir an. Wir gehen ins Zelt zurück, ich lasse Sufian bei den zwei Frauen und gehe hinaus. Aber der

Gedanke, meine Eltern beruhigen zu müssen, taucht wieder auf. Ich kann zurzeit weder mit meiner Mutter noch mit meinem Vater telefonieren, ich weiß nicht, was ich ihnen sagen soll. Also rufe ich meine Freundin Samah an. Als sie meine Stimme hört, kann sie minutenlang nicht aufhören zu schreien, sie dreht völlig durch. Ich bitte sie schließlich, meiner Mutter auszurichten, dass ich in Sicherheit bin und sie in ein paar Tagen kontaktieren werde. Samah will vieles von mir wissen, aber dafür habe ich jetzt keine Zeit, weil ich endlich mit Tarek sprechen möchte. Er hebt sofort ab, als warte er mit dem Handy in der Hand auf meinen Anruf. Wir haben so viel zu erzählen und wissen nicht, wo wir anfangen sollen. Nach einer Weile kommt Eva aus dem Zelt und möchte gehen. Anscheinend haben wir schon eine halbe Stunde miteinander telefoniert, ich kann es nicht glauben, es fühlt sich wie ein paar Minuten an. »Wenn alles gutgeht, bist du in zwei Tagen bei mir. Ich kann es nicht fassen. Ich kann es einfach nicht fassen«, ist Tareks letzter Satz.

»Sag Amina nichts von unserem Plan, ich habe ihr nur erzählt, dass wir an einem Visum für dich arbeiten«, bittet mich Eva, bevor sie geht, und ich umarme sie zum Abschied, aber sie befreit sich schnell aus meinen Armen und dreht sich im Gehen nicht mehr um.

Als ich das Zelt wieder betrete, spielt Amina mit dem Kleinen. »Sie will dich wirklich nach Deutschland bringen. Du hast ihr Herz erobert«, sagt Amina und setzt sich zu mir. »Ich schreibe dir alles auf, und wenn du in Deutschland bist, musst du mich sofort kontaktieren. Ich werde euch helfen, in meiner Nähe zu leben. Das wäre so schön!«, freut sich Amina aufgeregt. »In zwei Tagen muss ich dich leider alleine hierlassen, aber du schaffst das, ich weiß das. Und bis dahin werden wir die Zeit nutzen und ich werde dir ein bisschen Deutsch beibringen«, versucht Amina mich zu trösten, dann steht sie wieder auf. »Oder weißt du was, wir müssen feiern, dass wir noch am Leben sind, dass du nach Deutschland kommst und dass wir uns wiedersehen werden!« Damit verlässt Amina schnell das Zelt. Ich weiß nicht, was sie vorhat. Ich hebe Sufian vom Boden auf. Er hat beide Säcke mit seinen Spielsachen ausgeräumt und alles genau untersucht. »Du musst jetzt schlafen, es ist schon zehn Uhr!« Er hat einen Stoffpapagei mit einem großen Schnabel in der Hand und lässt ihn nicht mehr los. Ich lege ihn in meinem Schoß auf einen Polster und gebe ihm einen Schnuller. Dann schaukle ich ihn sanft hin und her, so wie es meine Mutter früher immer mit mir machte, um mich zum Einschlafen zu bringen. Da betritt Amina mit einem breiten Lächeln das Zelt, sie hält ein kleines Radio in der Hand. »Ich habe es mir von den Soldaten ausgeliehen, es läuft mit Batterien«, erklärt sie.

»Aber Sufian muss schlafen«, wende ich ein.

»Er ist noch hellwach und spielt mit seinem Stofftier, eine halbe Stunde wird nicht tragisch sein«, gibt Amina zurück, während sie auf ihrem Bett zwischen den Sendern herumschaltet und nach Musik sucht. Da erklingt ein Lied von Nancy Ajram, das einen guten Rhythmus für Bauchtanz hat. Amina dreht die Musik ein bisschen lauter und beginnt, zwischen unseren Betten unkoordiniert einen Bauchtanz aufzuführen. Mein Herz geht auf, und ich will Amina richtige Bauchtanzbewegungen beibringen. Ich reiße einen breiten Streifen von einer Abaya ab und wickle ihn wie ein Tuch um Aminas Hüften. »Jeder Takt der Musik ist einem Körperteil zugeordnet, den Beinen, den Hüften, dem Oberkörper und den Armen. Die vier Teile bewegen sich unabhängig voneinander, bilden aber dennoch eine Einheit«, erkläre ich und zeige ihr ein paar Bewegungen.

»Mit meinem verletzten Arm wird das schwierig, aber die Hüften funktionieren noch!« Amina beginnt mit den Hüften zu kreisen und lacht laut dabei. Sufian scheint die Sache zu gefal-

len. Er bewegt seine kleinen Hände, als würde er klatschen. Ich bemerke, dass uns jemand durch den Spalt beim Zelteingang beobachtet. Als ich die Plane beiseiteschiebe, laufen zwei Mädchen davon. »Kommt her, das ist in Ordnung, wollt ihr auch tanzen?«, rufe ich ihnen nach. Es sind die zwölfjährigen Zwillingsmädchen aus dem Nachbarzelt. Sie sind sehr schüchtern, und ich kann sie zum Hereinkommen überreden, nicht aber zum Tanzen, auch nicht, als wir sie sanft in die Mitte schieben. Sufian will mittlerweile getragen werden. So nehme ich ihn auf den Arm und tanze gemeinsam mit ihm. Es scheint ihm Spaß zu machen, er lacht aus voller Kehle. Mir tut das Tanzen zunächst auch gut, aber dann merke ich, dass irgendetwas mit meinem Körper nicht stimmt. Es sind nicht die Schmerzen von den Prellungen, sondern etwas anderes. Plötzlich habe ich keine Lust mehr zu tanzen. Amina bringt das Radio zu den Soldaten zurück und die beiden Mädchen in ihr eigenes Zelt. Ich lege mich mit Sufian ins Bett und versuche einzuschlafen. Ihn zu umarmen hat eine magische Wirkung auf mich. Ich weiß nicht, wie es ohne ihn für mich wäre. Als Amina zurückkommt, bitte ich sie, das Licht auszuschalten. Mein letzter Gedanke ist, dass ich am liebsten jetzt einschlafen und bei Tarek in Deutschland aufwachen würde.

Flughafen Erbil, September 2015

Der Abschied von Amina war nicht einfach. Ich habe noch nie mit einem Menschen so viel gelacht und geweint. Aber irgendwie vergeht die Zeit immer. Ich bin jetzt fünfundzwanzig Jahre alt, und ich fühle nicht, dass die Zeit vergeht, sondern ich. Aber erst einmal muss ich es schaffen, durch dieses Gate ins Flugzeug zu gelangen. Die Sicherheitschecks und die Passkontrolle haben wir problemlos überstanden. Eva hat dem Beamten unsere beiden Reisepässe gegeben und er hat sie abgestempelt, ohne einen Blick auf mich zu werfen. Die Macht einer deutschen Diplomatin ist hier am Flughafen nicht zu übersehen. Trotzdem beginnt Eva langsam, kleine Zeichen von Nervosität zu zeigen. Im Gegensatz zu mir will sie nicht sitzen. Obwohl sich alle Menschen bereits in die Schlange vor dem Gate eingereiht haben, bleiben wir abseits. »Gehen wir als Letzte hinein?«, frage ich sie, aber sie nimmt meine Frage gar nicht wahr. Nach ein paar Sekunden dreht sie sich zu mir um und deutet mir, ruhig zu bleiben. Eine Polizistin kommt auf sie zu und teilt ihr mit, dass wir einsteigen können. Ich gehe hinter ihr zum Gate, und einer der Stewards öffnet die Sperre, um uns vor allen anderen hineinzulassen. Eva gibt dem Mann hinter dem Schalter unsere Reisepässe samt den Boardingscheinen. Mein Atem wird heftiger, ich spüre mein Herz bis in den Hals schlagen. Ich stehe hinter Eva mit Sufian auf dem Arm. Der Kleine spürt meine Nervosität und wird auch unruhig. Sufians Greinen macht einen Flugbegleiter auf uns aufmerksam. Sein Blick ist schneidend. Ich kann seinen Abscheu und seine Verachtung deutlich wahrnehmen. Aber er scannt meine Boardingkarte und reicht sie Eva gemeinsam mit dem Pass. Dann dreht er sich zu mir und sagt irgendetwas auf deutsch, was anscheinend Sufian betrifft, denn er deutet mit der Hand auf ihn. Eva mischt sich schnell ein und beantwortet seine Frage. Und dann gehen wir durch den Tunnel ins Flugzeug. »Was wollte er wissen?«, frage ich Eva beim Gehen.

»Nichts, nur, wie du mit dem Kind sitzen wirst, aber das haben wir schon besprochen. Mach dir keine Sorgen, wir sind schon durch«, erwidert sie und setzt fort: »Sag jetzt nach Möglichkeit nichts mehr.« Das ist das Letzte, was wir miteinander sprechen.

Ich lege die Tasche mit Sufians Sachen in das Gepäckfach und setze mich auf meinen Platz, 21 D, am Mittelgang. Eva sitzt rechts von mir, und die Maschine füllt sich langsam. Nach einigen Minuten fällt mir ein, dass ich hier endlich das Kopftuch ablegen kann, ich decke Sufian damit zu. Meine linke Nachbarin, die ebenfalls ein Kopftuch trägt, schaut irritiert zu mir, ebenso ihr Mann, sie blicken einander an und schütteln die Köpfe. Dann starten die Motoren, und meine Nachbarin beginnt laut zu beten, als sich das Flugzeug in Bewegung setzt. Es ist für mich auch unheimlich, ich fliege zum ersten Mal. Als die Maschine abhebt, rutscht mir mein Herz in die Hose. Sufian wird unruhig, aber er saugt weiter an seiner Flasche und umarmt seinen Papagei, und als sich das Flugzeug stabilisiert hat, schläft er ein. Unter dem Kopftuch zerreiße ich Seite für Seite den deutschen Reisepass. Eva hat das, glaube ich, wahrgenommen, wir halten immer wieder Augenkontakt. Die Schnipsel stecke ich unauffällig ein.

Nach einer Weile schlafe ich ebenfalls ein, und ich habe sofort einen seltsamen Traum: Um Baakr reißt mir mit verzerrtem Gesicht Sufian aus dem Arm und wirft mich in eine dunkle Zelle. Aber zum Glück weckt mich die Durchsage des Kapitäns auf, anscheinend werden wir bald landen. Nach der Landung lasse ich meine Nachbarn vorbei und wir warten beide. Als das Flugzeug fast leer ist, steht Eva entschlossen auf, nimmt Sufians Tasche aus dem Gepäckfach, hebt ihn aus meinem Arm, schaut mich noch einmal verschwörerisch an und geht. Sufian fängt sofort zu weinen an. Je weiter sich Eva entfernt, desto mehr verwandelt sich sein Weinen in Schreien. Sein Gesicht wird schnell dunkelrot und er streckt sein Ärmchen nach mir aus. Ich kann das nicht mehr ertragen und wende mich ab, dabei sehe ich, dass sein geliebter Papagei noch auf dem Sitz liegt. Ich halte ihn fest, während sich seine Schreie langsam entfernen und leiser werden. Nach einer Weile, das Flugzeug ist inzwischen leer, blickt mich eine der Flugbegleiterinnen fragend an, daraufhin steige auch ich aus und suche die Toilette. Ich kann es kaum glauben, ich bin jetzt in Deutschland. Es ist fünf Uhr Nachmittag. Alles wirkt so irreal. Ich bin total verloren und gleichzeitig fasziniert.

Ich habe noch nie eine so saubere öffentliche Toilette erlebt. Die Passschnipsel entsorge ich in der Toilettenschüssel. Ich muss mich laut Evas Plan mindestens drei Stunden in diesem Bereich aufhalten, damit das Flugzeug, mit dem ich hergekommen bin, bereits wieder abgehoben hat und sie mich nicht sofort wieder zurückschicken können. Die Zeit vergeht nur schleppend. Ich habe weder eine Uhr noch ein Handy, daher muss ich immer wieder hinausgehen und auf die große Zeitanzeige schauen. Als es endlich acht Uhr ist, habe ich es geschafft. Ich mache mich auf den Weg und suche die Polizeistelle. Dort sage ich den Satz, den Eva mir beigebracht hat: »Will Asyl beantragen.«

»Wann und womit bist du gelandet«, fragt mich der ältere der drei Beamten auf Englisch.

»Vor drei Stunden, aus Frankfurt«, antworte ich.

»Hast du einen Reisepass?«, will er noch wissen.

»Nein, ich habe nichts.« Die Polizisten scheinen nicht überrascht zu sein. Routiniert führt mich einer von ihnen ins Untergeschoss in ein Büro. Dort muss ich eine Weile warten, dann kommt eine Polizistin herein und untersucht mich auf das Genaueste. Sie führt mich wieder hinaus, wo zwei andere Polizisten auf mich warten und mich aus dem Flughafengebäude bringen. Es scheint nicht der Haupteingang zu sein, es ist nur ein kleiner Hof, in dem einige Polizeiautos stehen. Tarek wird umsonst auf mich beim Haupteingang warten. Ich spüre die Verzweiflung aufsteigen. Es wird wohl noch dauern, bis wir uns wiedersehen. Als ich in eines der Polizeiautos einsteigen will, höre ich einen Schrei: »Sanaa!!!« Es ist Tareks Stimme. Ich drehe mich um, es ist Tarek, er läuft mir entgegen. Meine Tränen fließen sofort. Er sieht ausgelaugt aus und hat einen langen Bart. Ein Polizist versucht ihn aufzuhalten, der andere greift nach seiner Waffe. »Please, let him, please!«, bitte ich sie und laufe Tarek entgegen.

Flughafen München, September 2015

»Was ist das für eine Einkaufstasche?«, fragt Evelyn, als sie und Tarek mit der S-Bahn am Flughafen ankommen. »Ein Kleid, das ich für Sanaa gekauft habe, als ich nach Deutschland kam«, sagt Tarek etwas verschämt und wechselt schnell das Thema: »Konntest du alle deine Yogakurse absagen? Und weißt du schon, wo du hinfliegen wirst?« Er möchte Evelyns Gefühle nicht noch mehr verletzen.

»Wow, so eine teure französische Marke, das muss viel Geld gekostet haben«, bleibt Evelyn beim Thema, ohne allerdings missgünstig zu klingen. Tarek zuckt leicht mit den Schultern und geht schweigend neben ihr durch den langen Tunnel zum Flughafengebäude.

Er erinnert sich an die Zeit, als er noch nicht lange in Deutschland war und sich bei den täglichen Telefonaten mit Sanaa ihre gemeinsame Zukunft ausgemalt hat. »Wir werden uns einmal ganz elegant anziehen und in das teuerste Restaurant in München essen gehen und einen Abend wie die reichsten Menschen der ganzen Welt verbringen. Auch wenn wir nachher pleite sind und uns ein Jahr lang von Kartoffeln ernähren müssen!« Über diese alberne Vorstellung hatten sie an diesem Abend herzlich gelacht. Tarek nahm ihren Scherz ernst und ging nach ein paar Tagen zu einer teuren Modeboutique. In einem Schaufenster waren zwei Modelle ausgestellt, und das Kleid mit dem tiefen Rückenausschnitt faszinierte ihn. Es war kein Preisschild zu sehen, aber er war zuversichtlich, dass die fünfhundert Euro, die ihm Abbas am Flughafen in Beirut zugesteckt hatte, ausreichen würden. Als er das Geschäft betrat und auf Englisch nach dem Kleid fragte, bemerkte er die seltsamen Blicke der Verkäuferin, als würde sie ihm damit sagen: »Ein arabisch aussehender Mann in abgetragener Kleidung kann doch weder das Geld noch die Sensibilität für Haute Couture haben.«

»In welcher Größe?«, fragte sie laut. Mit dieser Frage hatte Tarek nicht gerechnet. Wie konnte er die Kleidergröße einer Frau kennen, deren Körper er nur mit seiner Begierde und seinen Lippen studiert hatte? Außerdem wusste Tarek nicht, wann und wie Sanaa überhaupt kommen würde, denn Salim Goldhand war nach einigen Wochen plötzlich verschwunden gewesen, noch bevor er die gefälschte Heiratsurkunde übermitteln konnte, und damit wurde der Plan für eine Familienzusammenführung hinfällig.

»Vierzig«, antwortete er aufs Geratewohl. Die Verkäuferin begann, Tarek vom Designer des Kleides zu erzählen, als wollte sie sein Wissen auf die Probe stellen. Aber Tarek konnte seine Unwissenheit schlau überspielen und erstickte die Vorurteile der Verkäuferin damit im Keim. In seinem besten Englisch erklärte er ihr: »Mir gefällt die Entscheidung des Designers für die schwarze Farbe und dass er bei diesem Modell nicht das Kleid in den Mittelpunkt stellt, sondern die Frau mit ihrem nackten Rücken und die Versuchung, die sie damit entfaltet.« Nach diesem Einkauf war Tarek tatsächlich bis auf seine letzten Reserven pleite. Er hätte das Geld lieber in Sanaas Reise investieren sollen. Vielleicht nennt man das die Idiotie der Liebenden, aber für Tarek war das Kleid der Anker der Hoffnung, dass Sanaa es tatsächlich zu ihm schaffen würde.

»Warum nimmst du das Kleid mit zum Flughafen? Du weißt, dass Sanaa jetzt nicht mit dir kommt, sie muss zuerst registriert werden und den ganzen bürokratischen Ablauf durchmachen«, argumentiert Evelyn, als sie vor dem großen Bildschirm mit den Ankunfts- und Abflugzeiten stehen. Tarek weiß keine Antwort und schweigt. Nachdem Evelyn lange auf den großen Monitor geschaut hat, dreht sie sich zu Tarek um.

»Ich weiß, wohin ich fliegen will. Jetzt muss ich mir ein Ticket besorgen. Du weißt, wo du stehen sollst. Der Flug aus Erbil kommt in einer halben Stunde an«, sagt sie, ohne Emotionen zu zeigen. Tarek findet keine Worte, er schämt sich, und Evelyns Großzügigkeit, ihm weiterhin zu helfen, macht es für ihn noch schwerer. »So, jetzt alles Gute. Ich werde ungefähr einen Monat weg sein, und ich möchte, wenn ich zurückkomme, dass du nicht mehr in der Wohnung bist.« Evelyn wendet sich zum Gehen, aber Tarek hält sie am Arm zurück und umarmt sie. »Du darfst mich hassen. Du kannst wütend sein und mich beschimpfen. Du musst nicht immer die Großzügige spielen«, flüstert er ihr ins Ohr.

»Ich habe es nicht nötig, dich zu hassen. Ich kann verstehen, warum du so gehandelt hast, auch wenn es nicht richtig ist. Ich habe durch diese Erfahrung viel gelernt und bin daran gewachsen, und du auch. Es schmerzt, aber Schmerz hilft uns auch, auf das nächste Level des Bewusstseins zu kommen. Wir brauchen darüber nicht mehr zu sprechen, das haben wir schon mehrmals gemacht. Alles Gute«, löst sich Evelyn aus der Umarmung und geht.

Tarek schaut ihr nach, bis sie mit ihrem großen Rucksack in der Menge verschwunden ist. Eine tiefe Traurigkeit überfällt ihn. Evelyns übermenschlicher, großmütiger Umgang mit dieser Situation macht es für Tarek schwierig. Er hätte sich gewünscht, dass sie geschrien, geschimpft und mit ihm gestritten hätte. Aber so lässt sie ihn mit seinen Gewissensbissen zurück und einem idyllischen Bild, das Tarek Evelyn niemals vergessen lässt. Er selbst kann nicht nachvollziehen, dass sie so standhaft mit dem Schmerz umgehen kann, immerhin haben sie fast zwei Jahre zusammen verbracht, in denen sie einander sehr nah waren. Tarek steht wie angewurzelt in der überfüllten Halle und ist so tief in sich versunken, dass er nichts wahrnimmt. Jetzt wird ihm seine Zerrissenheit bewusst. Er ist kurz davor, seinen Lebenstraum zu verwirklichen und Sanaa in die Arme zu schließen, und zugleich spürt er auf einmal eine ungeheure Sehnsucht nach Evelyn. Für ihn hatte die Beziehung von Anfang an ein Ablaufdatum. Jetzt ist alles ganz anders. Aber so ist es stets mit der Liebe, sie erfährt ihre Tiefe erst in der Stunde des Abschieds.

Eine Gruppe asiatisch aussehender Menschen versammelt sich vor dem großen Monitor und drängt Tarek zur Seite. Er kommt wieder zu sich und macht sich auf zum Ankunftsbereich. Auf dem Weg dorthin läuft die Zeit mit Evelyn wie ein Film auf der Leinwand seines Gedächtnisses ab.

Evelyn spielt in diesem Film die Rolle von Tareks Retterin. Sie zog ihn aus dem schwarzen Loch der Depression, in dem er zu versinken drohte. Er war bereits seit etwa acht Monaten in Deutschland, als er eine Aufenthaltsgenehmigung erhielt und das Asylheim in Burghausen verlassen musste. Evelyn war regelmäßig dorthin gekommen und hatte mit einigen geflüchteten Kindern Deutsch gelernt. Sie war Tarek am Anfang gar nicht aufgefallen, obwohl sie sich in dem Lernbereich des Hauses öfter begegneten. Er lernte damals zweimal wöchentlich mit einer pensionierten Lehrerin, aber er konnte sich nicht konzentrieren, er saß immer abgelenkt dort und hing seinen Gedanken nach. Die Lehrerin hielt ihn für faul und uninteressiert.

»Du musst bis Mai ausziehen und eine Wohnung finden, frag jeden, ob er etwas weiß«, warnten ihn seine Betreuer täglich. So fragte Tarek auch Evelyn. Sie empfand von der ersten Begegnung an ein warmes Gefühl für ihn und wollte ihm gerne helfen. »Meine Mitbewohnerin zieht zurück nach Nizza, ich kann dir für die erste Zeit ihr Zimmer geben, bis du etwas Eigenes gefunden hast«, bot sie ihm nach ein paar gemeinsamen Spaziergängen an. Er wirkte auf sie noch immer geheimnisvoll, aber dennoch vertrauenswürdig. Tarek war froh, endlich das Zimmer, das er mit vier anderen Geflüchteten teilte, verlassen zu können. Obwohl sie alle aus Syrien kamen, hatte er mit ihnen kaum Gemeinsames. Evelyns Dachwohnung war nicht groß und Tareks Zimmer hatte direkte Aussicht auf die gigantische Burganlage. Er erzählte Sanaa davon, aber statt Evelyn wurde ein Thomas sein Wohnungspartner, denn er wusste, dass Sanaa sehr eifersüchtig war und dass sie die Vorstellung, dass er mit einer Frau unter einem Dach lebte, Tag und Nacht plagen würde. Die Beziehung zu Sanaa schien an einem Wendepunkt zu stehen. Tarek erfuhr, dass Salim Goldhand wegen Geldwäsche verhaftet und ins Gefängnis gesteckt worden war und Abbas ebenfalls eingesperrt war, weil er bei einer Diamantenschmuggelaktion erwischt worden war. Dass Sanaa mit Hilfe eines Schleppers das Land verlassen würde, war ausgeschlossen, denn ihr Vater hatte verhindert, dass sie sich einen Reisepass ausstellen ließ. Er hatte einmal ein Telefonat belauscht, das sie mit Tarek geführt hatte, und dadurch von ihrem Fluchtplan erfahren. Dank seiner Beziehungen konnte er bei sämtlichen Behörden und allen Grenzstellen ihren Namen sperren.

Tarek verbrachte schlaflose Nächte damit, über eine Lösung nachzudenken. Jedes Mal, wenn er sich einer Lösung näherte, schlug die Türe vor seinem Gesicht wieder zu. Immer wieder überfiel ihn die Vorstellung, die Beziehung zu beenden und jede Hoffnung auf eine gemeinsame Zukunft aufzugeben. Aber er wehrte sich heftig dagegen, diese Gedanken zuzulassen. Der Krieg hatte ihm alles genommen, die Liebe zu Sanaa war die letzte glänzende Statue in all den Trümmern. Aber Tarek würde erst später den Kreislauf des Lebens kennenlernen: Wenn das Leben dir etwas nimmt, bekommst du etwas anderes dafür.

Die Beziehung zu Sanaa war nicht der einzige Quell von Sorge und Angst in Tareks Leben. Regelmäßig bekam er von seiner Mutter und seinen Freunden traurige Nachrichten aus der Heimat. An dem Tag, als er bei Evelyn einzog, teilte ihm seine Mutter unter Tränen mit, Salman sei im Kampf um Ghuta bei einem Gasangriff ums Leben gekommen. Salma stand schon, als ihre beiden Söhne das Haus verließen, kurz vor dem Zusammenbruch, und zwei Wochen nach Salmans Tod war es dann so weit, sie erlitt einen Schlaganfall und war seitdem halbseitig gelähmt. Sausan zog mit ihrem Kind wieder bei ihrer Mutter ein, um sie zu pflegen und zu betreuen.

Tarek schrie und schlug gegen die Wand, er weinte, bis seine Augen fast zugeschwollen waren und seine Hände bluteten. Evelyn versuchte ihn zu beruhigen und gab ihm Globuli gegen Angstzustände, die sie früher gegen ihre Panikattacken genommen hatte. Sie umarmte ihn so lange, bis er endlich auf der Couch einschlief. An dem Abend begann, was beide schon geahnt hatten, sich aber nicht eingestehen wollten: Tarek entdeckte die Anziehungskraft von Evelyns weichem Körper, und für sie war Tareks Authentizität und Wärme genau das, was sie schon immer gesucht, aber noch nie gefunden hatte. In den nächsten Tagen merkte Tarek, dass sein Drang nach Evelyns Nähe immer stärker wurde, aber er wusste nicht, wie er dieses Gefühl einordnen sollte. Er lernte sie jetzt erst richtig kennen. Und er wollte ihre Geschichte verstehen. So nützte er jede Gelegenheit, sei es beim Kochen oder beim abendlichen Deutschlernen, mehr über sie und ihren Lebensweg zu erfahren. Er wollte wissen, warum eine Frau, die bei einem renommierten Konzern im Management gearbeitet hatte, ihren Job verließ, in Indien eine Yogaausbildung machte, meditieren lernte und nun in Deutschland von Yogaunterricht lebte. Aber sie erzählte ihm nicht alles auf einmal, jeden Abend bekam er ein weiteres Stück ihrer Geschichte zu hören. Auch Tarek erzählte nicht alles aus seiner Vergangenheit, vor allem die Beziehung mit Sanaa sparte er aus. Er war weniger an Yoga und Meditation interessiert als daran, warum man mehr Geld ablehnt und sich mit weniger begnügen möchte. Yoga und Meditation waren für ihn eine unbekannte Welt, nur etwas für privilegierte und verwöhnte Menschen, die sonst keine Herausforderung mehr im Leben haben. Aber Evelyns Vorschlag, es einmal gemeinsam zu probieren, nahm er an.

Am nächsten Sonntag, einem warmen Frühsommertag, öffnete Evelyn die Balkontüren mit Aussicht auf die Burg weit und wartete in der Wohnküche mit zwei Yogamatten auf ihn. Als Tarek sie erblickte, traf ihre Weiblichkeit ihn wie ein Blitz. Sie hatte im Gegensatz zu ihren üblichen weiten, langen und luftigen Kleidern diesmal Leggings und ein bauchfreies Top an. Evelyns Berührungen beim Yogaunterricht brachten sein Herz zum Rasen und sein Blut in Wallung. Jedes Mal, wenn sie seine Körperhaltung korrigierte, atmete er ihren Duft ein und gab sich ihrer Anziehungskraft hin. Als sie ihn bei der Baumstellung verbesserte, sahen sie sich lange direkt in die Augen. Sie wussten nicht, wie ihre Lippen den Weg zueinander fanden. Evelyn führte Tarek in ihr Schlafzimmer. Als sie sich gegenseitig auszogen, war Tarek kurz verunsichert, dass alles so schnell ging. Er war noch nicht dazu bereit. Er wusste nicht, ob der Krieg und all die Ängste, die er ausgestanden hatte, ihm nicht seine Potenz geraubt hätten und ob sie überhaupt die Nähe zu einer Frau zuließen. Er wusste auch nicht, wie er eine europäische Frau begeistern könnte, die sicher schon zahlreiche Erfahrungen mit anderen Männern gehabt hatte. Wie könnte er trotz seiner Unerfahrenheit mit all diesen Männern konkurrieren? Außerdem hatte er Angst vor der Leere, die der schnell entflammten Lust auf dem Fuß folgt. Aber seine Sorgen und Ängste wurden auf der Stelle widerlegt. Als er sich auf Evelyns zarten und weichen Körper legte, war er in einer anderen Welt.

Flughafen München, September 2015

»Bist du das, mit dem weißen T-Shirt und der Einkaufstasche?«, fragt Eva Lehmann Tarek am Telefon.

»Ja, genau, das bin ich«, bestätigt er vorsichtig.

»Ich bin gerade mit einem blonden Baby am Arm an dir vorbeigegangen. Aber du hast ins Leere geschaut. Ich wollte dir nur sagen, dass du nicht beim Hauptausgang auf sie warten sollst, sie wird sicher im Hof bei der Polizeistation hinausgebracht. Außerdem bist du viel zu früh da, sie braucht noch ein paar Stunden. Und sie werden dich mit ihr gar nicht reden lassen. Sie wird dir spätestens morgen sagen, wo du sie besuchen kannst.«

Ohne auf Tareks Antwort zu warten, wünscht sie ihm alles Gute und legt auf, aber sie weiß, dass sie ihn nicht davon abhalten kann, auf Sanaa zu warten. Dankbar für ihren Anruf geht Tarek hinaus, um den Polizeihof zu suchen. Tarek hasst es mittlerweile, wenn sein Handy klingelt. In den letzten Jahren rast sein Herz und Angst steigt in ihm auf, wenn er Anrufe aus Syrien bekommt. Denn das Klingeln bedeutet eine schreckliche Nachricht: Entweder ist jemand ums Leben gekommen oder verhaftet worden, oder es wird ihm von den furchtbaren Entwicklungen in Syrien berichtet. Exilanten können den Krieg nicht in der Heimat bei den Liebsten lassen. Der Krieg ist Tareks dauernder Begleiter im Alltag – ein Fabelwesen, das nicht neben dir gehen kann, sondern das du auf deinem Rücken tragen musst. Das dir jedes Mal, wenn du vergisst, Flüchtling zu sein, und dich dem Leben öffnest, um es zu genießen, eine Kopfnuss gibt und sagt: »Was ist das für eine Frechheit, hast du vergessen, wer du bist? Du lachst hier, und deine Heimat, die du im Stich gelassen hast, weint das Blut ihrer Kinder!« Auch seine Vorstellung, außerhalb Syriens frei und ohne Angst vor Repressalien über das Regime schreiben zu können, hat sich als falsch erwiesen. Jedes Mal, wenn er einen Text ins Netz stellen wollte, zog er ihn im letzten Augenblick zurück. Die Angst, seine Familie würde darunter leiden, oder der lange Arm des syrischen Geheimdienstes würde ihn in Deutschland ersticken, saß ihm in den Knochen. Außerdem war die Angst groß, dass Fahad Al-Ali erfahren würde, dass er noch lebte. Wenn der Krieg als Fabelwesen sich an deinen Rücken klammert, verseucht die Angst dein Blut. Angst ist das Werkzeug des Geheimdienstes, mit dem Tarek und jeder andere Syrer aufgewachsen ist:

Sprich leise, die Wände haben Ohren!

Ein anständiger Syrer geht an der Wand entlang und betet zu Gott, um nicht aufzufallen.

Solche und andere Sprüche begleiteten Tarek sein Leben lang, und ihre Auswirkungen erlebt er auch in Deutschland noch immer. Nicht nur wenn sein Handy klingelt, bekommt er Angstzustände, auch wenn es unerwartet an der Tür läutet oder die deutsche Polizei ihn aufhält. In letzter Zeit fällt ihm auf, dass er in jeder Situation vom schlimmsten Szenario ausgeht. Angst ist inzwischen sein treuester Begleiter. Daher wundert sich Tarek, dass die internationalen Hilfsangebote für Syrien nur den Wiederaufbau der zerstörten Gebäude betreffen und nie den der zerstörten Seelen.

Der letzte Anruf, den Tarek aus Syrien bekommen hat, war von Adnan. Er teilte ihm mit, dass er die Arbeitsbedingungen für Syrer in der Türkei nicht mehr aushalte und ebenfalls nach Deutschland wolle. Adnan war entrüstet, weil Tarek ihm nicht den Weg verriet. Er dachte, Tarek müsste wissen, wie man nach Deutschland käme. Aber das war nicht das erste Mal. Viele seiner Bekannten meinten, er sei so etwas wie ein Schlepper. Aiham hatte ebenfalls das Land verlassen und war nach Jordanien gegangen. Nauras war der Einzige, der noch in Damaskus lebte. Er würde auch gerne auswandern, aber da sein Vater, der Offizier war, beim Kampf um Damaskus ums Leben gekommen war, kann er seine Schwester und seine Mutter nicht allein lassen. Den Gerüchten nach ist Hibba an Folterungen im Gefängnis des Geheimdienstes gestorben. Mohanad hingegen schaffte es, dem Geheimdienstkerker zu entkommen, sein Vater konnte ihn freikaufen. Er und Sara, das Mädchen, das Tarek nach dem Raketeneinschlag in Damaskus gerettet hatte, sind die einzigen Menschen aus der Heimat, die Tarek in Deutschland wiedergetroffen hatte. In Damaskus konnten die Ärzte den Splitter aus Saras Wirbelsäule nicht entfernen, sodass sie keine Aussicht hatte, den Rollstuhl jemals wieder verlassen zu können. Ihr Vater war Ende 2013 nach Deutschland geflüchtet und konnte seine Familie im Rahmen der Familienzusammenführung 2014 nachholen. In Erfurt konnte sie operiert werden. Tarek erfuhr über Facebook, dass die Familie nun in Erfurt lebte, er nahm Kontakt zu ihnen auf und besuchte sie mit Evelyn. Vor einigen Monaten lud Sara Tarek zu ihrem Geburtstag ein und überraschte ihn mit ihren ersten Zehenbewegungen, für Tarek eines der schönsten Erlebnisse seit Langem. Mohanad lebt in Salzburg und besucht Tarek regelmäßig. Das letzte Mal haben sie einander vor ungefähr zwei Monaten getroffen. Da war Mohanad mit einem syrischen Freund und dessen österreichischer Freundin nach Burghausen gekommen. Gemeinsam mit Evelyn gingen sie zu fünft in ein syrisches Restaurant.

Es war ein lauer Abend nach etlichen Regentagen. In diesem Restaurant hatte Tarek einige Monate lang gejobbt. Da einer seiner Kollegen enge Beziehungen zu Tareks Nachbarschaft in Damaskus hatte, musste er kündigen. Er hatte Angst, dass der Kollege mit seinen ständigen Fragen über Tareks Leben zu viel Staub aufwirbeln und in Damaskus bekannt werden würde, dass er noch am Leben war. Danach verhalf ihm Evelyn zu einem Job als Fahrer bei einem Blumengroßhandel. Dort arbeiteten nur Deutsche. Das war aus Tareks Sicht der einzige Vorteil an der Fremde: unbekannt zu sein. Die Fremde gab ihm die Chance und die Freiheit für einen neuen Anfang, aber gleichzeitig auch ein ständiges Gefühl der Ungewissheit, wie eine Sandburg, der in jedem Augenblick zu zerfallen droht.

Das syrische Restaurant war gut besucht, sie fanden im Garten keinen Platz mehr und mussten drinnen sitzen. Aber das wollte Mohanad nicht, denn er wollte unbedingt Shisha rauchen, und das war nur draußen gestattet. »Wenn du mich am Nachmittag angerufen hättest, Bruder, hätte ich für euch den schönsten Tisch reserviert«, bedauerte der Kellner, den Tarek inzwischen gut kannte. »Ich bin noch nicht so weit eingedeutscht, um Termine auszumachen«, antwortete Tarek und beide lachten.

»Macht einen kurzen Spaziergang, wenn ein Tisch frei wird, bereite ich ihn für euch vor«, schlug der Kellner vor. Das war genau in Tareks Sinn, denn er wollte mit Mohanad etwas besprechen. So entfernten sie sich von den anderen und gingen ein paar Schritte voraus.

»Salim Goldhand ist wieder aufgetaucht«, begann Tarek zu erzählen.

»Und, kann er euch helfen?«, fragte Mohanad aufgeregt.

»Ja, ich glaube schon«, antwortete Tarek.

»Erzähl weiter, warum schweigst du? Ich will nicht jedes Wort aus dir herauspressen!«

Mohanad wurde ungeduldig. Tarek schaute nach hinten zu den anderen, machte ein paar schnellere Schritte, um die Entfernung zu vergrößern, dann begann er zu erzählen: »Goldhand konnte sich von dem Vorwurf der Geldwäsche reinwaschen. Er will das Land ebenfalls verlassen und vermutlich nach Panama auswandern. Aber er hat versprochen, mir vorher zu helfen. Vor zwei Tagen hat er mir ein Foto von dem deutschen Reisedokument einer Syrerin geschickt, die nach Deutschland geflüchtet ist. Die Frau sieht ganz genau wie Sanaa aus. Das einzige Problem ist, dass diese Frau aus Deutschland nur nach Erbil fliegen kann. Libanon und Jordanien geben ihr kein Visum, zurück nach Syrien darf sie nicht, sonst verliert sie ihren Asylstatus. Sanaa kann mit dem Reisedokument der Frau direkt nach Deutschland fliegen, und die andere wird das Dokument als verloren melden und Ersatz bekommen. »

»Also muss es zuerst Sanaa nach Erbil schaffen«, stellte Mohanad fest.

»Ja, genau, dann kann sie hoffentlich zu mir«, war Tarek zuversichtlich.

»Aber wie kommt sie nach Erbil? Fliegen geht wahrscheinlich nicht«, wollte Mohanad wissen.

»Sie muss es mit dem Bus schaffen«, Tarek klang schon etwas verzweifelt.

»Aber als alawitische Frau sollte sie nicht durch Rebellen- und IS-Gebiet mit dem Bus fahren, das musst du dir mehrmals überlegen, mein Freund!«

Mohanad war unverkennbar besorgt.

»Ja, darum ging es gestern Nacht bei meinem Telefonat mit Salim. Er meinte, das sollte kein Problem sein. Er wird für sie einen Ausweis machen auf den Namen einer Frau, die in Damaskus geboren ist, und der darauf schließen lässt, dass sie Sunnitin ist. Wenn sie Kopftuch trägt und ihre Augenbrauen nicht mehr zupft, sollte es keine Komplikationen geben. Sobald sie Al-Hasaka im kurdischen Gebiet erreicht, ist sie in Sicherheit. Der restliche Weg nach Erbil und der Grenzübertritt sind keine große Sache mehr«, erklärte Tarek den Plan.

»O mein lieber Prophet, das klingt nach einem Hollywood-Szenario. Du sollst mich am Laufenden halten, und ich bin für dich da, wenn die Reise beginnt, ich weiß, dass Sanaa eine starke Frau ist, die das alles aushalten wird.« Mohanad versuchte Tarek zu bestärken, aber in seiner Stimme zitterte die Furcht.

»Ja, das werde ich machen. Ich kann nur hoffen, dass dieser Albtraum schnell vorbeigeht«, seufzte Tarek aus tiefster Seele.

»Und was ist mit Evelyn, hast du es geschafft, es ihr zu sagen?«, wollte Mohanad wissen.

»Jedes Mal, wenn ich es mir vornehme, schrecke ich davor zurück. Ich weiß, die Wahrheit wird sie zusammenbrechen lassen, und sie hat das absolut nicht verdient«, sagte Tarek verzweifelt und setzte fort: »Es ist nicht so, dass ich sie jetzt einfach verlassen kann. Und, um ehrlich zu sein, ich kann mir ein Leben ohne sie nicht vorstellen.« Tarek wandte sich zu Evelyn und sah sie mit einem tiefen Blick an.

»Du musst eine der zwei Arterien aufschneiden und das Blut fließen lassen. Da kann dir niemand helfen, das musst du früher oder später selber machen. Mach es lieber früher. Du kannst sicher nicht beide gleichzeitig –« Tarek unterbrach Mohanad und gab ihm ein Zeichen, das Thema zu wechseln, denn sie näherten sich wieder dem Restaurant, Evelyn und die beiden anderen schlossen ihnen auf.

Die Gruppe bestellte zwei gemischte Platten, eine vegetarische und eine mit Fleischgerichten, denn Evelyn aß seit Jahren kein Fleisch mehr. In der syrischen Küche war sie gut aufgehoben: Hummus, Falafel, Tabouleh, Baba Ghanoush und noch vieles andere. Der Tisch war bis auf den letzten Zentimeter voll mit bunten Speisen, er sah fast wie ein Gemälde aus. »Du hast aber viel Geduld, alles so genau zu erklären«, lobte Mohanad auf Arabisch seinen Freund Jad, der sich bemühte, seiner Freundin Jenny die Speisen und ihre Zutaten zu beschreiben.

»Ja sicher, sie erklärt mir alles, wenn es um die deutsche Sprache und die österreichische Kultur geht. Aber du wirst sicher dasselbe machen, wenn du einen Gast hast«, zwinkerte ihm Jad zu.

Nach dem Essen säuberte Mohanad seine Hände mit einer Serviette und lehnte sich zurück, um endlich den Schlauch seiner Shisha auszuwickeln. Als er die ersten Rauchwolken ausstieß, rochen alle Minze und Zitrone. »Mein Englisch ist bei weitem nicht so gut wie deines, und Deutsch fange ich erst an zu lernen. Aber ich würde mich gar nicht erst in die Situation bringen, mit einer Österreicherin zusammenzusein«, antwortete Mohanad abschätzig.

»Wieso nicht? Nimm dir an deinem Freund Tarek ein Beispiel, er hat eine sehr liebenswerte Frau kennengelernt. Nationalität ist kein Kriterium«, lobte Jad Evelyn und schaute dabei Tarek an. Evelyn merkte, dass Jad über sie sprach, und schaute ihn fragend an. Tarek übersetzte das Gesagte sofort auf Englisch, und Evelyn lächelte verlegen.

»Das ist für Tarek eine vorübergehende Beziehung, seine Frau kommt bald aus Syrien hierher.« Mohanad begleitete seine Worte mit einer Rauchwolke aus der Shisha. Jad schaute Tarek, dem Mohanads Aussage sichtlich unangenehm war, irritiert an, und dieser bestätigte das Gesagte etwas beschämt mit einem Kopfnicken.

»Schade, sie ist wirklich eine gute Frau«, bedauerte Jad.

»Alles gut?« Jenny hatte die veränderte Stimmung wahrgenommen und legte ihre Hand auf Jads Schulter.

»Ja, alles gut, es tut mir leid, dass wir jetzt Arabisch gesprochen haben, es war nur sinnloses Männergerede, ich erzähle es dir später«, entschuldigte sich Jad. Die Kellner servierten ab, brachten schwarzen Tee mit Minze und die Nachspeise. Evelyn war begeistert, als der Kellner einen großen, runden Teller mit Damaszener Backwaren, den sogenannten Sieben Sünden, auf den Tisch stellte: Vogelnest, Baklava, Ballurria, Mabruma … »Genau so liebe ich es, es ist nicht so süß, wie viele Türken es machen, sondern etwas trockener und so zart, dass es auf der Zunge zergeht«, schwärmte sie, während sie kaute.

»Ja, allerdings, man kann die Pistazien und den Blätterteig gut schmecken und nicht nur den Zucker«, bestätigte Jenny. Jad nützte die Gelegenheit, dass sich Jenny und Evelyn über die Köstlichkeiten unterhielten, und kehrte zu seinem Gespräch mit Mohanad zurück. »Was hast du dagegen, wenn wir eine deutsche oder österreichische Frau an unserer Seite haben?«, konnte er sein Befremden nicht verheimlichen. Mohanad beugte sich wieder nach vorne und legte seine Ellbogen auf den Tisch: »Ich werde mit dir jetzt nicht über Religion und außerehelichen Sex debattieren, auch nicht über halal und haram. Aber eine Europäerin wird dich früher oder später für einen anderen verlassen. Frauen sind wie Türen, eine arabische Frau ist wie eine dicke, schwere Eichentüre, wenn du überhaupt den Schlüssel findest, musst du sie mit beiden Händen aufdrücken. Europäerinnen hingegen sind wie Glastüren, sobald du in ihre Nähe kommst, öffnen sie sich wie von selbst. Manche sind sogar wie eine Drehtür und haben in einer Drehung gleich mehrere Männer.« Mohanad lachte als einziger über seine Metapher, Jad hingegen trafen seine kränkenden Worte ins Herz.

»Hör auf, Blödsinn zu reden«, fordert Tarek ihn auf.

»Warte kurz, ich möchte wissen, wie er auf diese Vorurteile kommt«, wendete Jad ein und wendete sich an Mohanad: »Wenn wir in einer Gesellschaft aufwachsen, die unsere Sexualität komplett unterdrückt und jede Berührung zwischen Mann und Frau verteufelt, bedeutet das nicht, dass wir deshalb ehrenhaftere Frauen haben. Vielleicht willst du es dir nicht bewusst machen, aber es passiert genau dasselbe bei uns, nur im Verborgenen. Wenigstens sind die Frauen hier ehrlich und stehen zu ihren Bedürfnissen. Bei uns nähen sie nach jeder Erfahrung das Jungfernhäutchen wieder zusammen.« Jad versuchte mit großer Mühe, die beiden Frauen die Empörung in seiner Stimme nicht merken zu lassen.

»Hey, beruhig dich wieder. Du darfst das Gelaber von Mohanad nicht ernst nehmen. Er weiß selbst nicht, wovon er redet, er hat weder eine Syrerin noch eine Europäerin gehabt«, mischte sich Tarek ein und blickte zu Mohanad. Dieser lachte dümmlich, lehnte sich wieder zurück und zog an seiner Shisha. »Hoffentlich dämmert es dir, dass du das Wortgefecht verloren hast. Und gib auch zu, dass du nur eifersüchtig bist, weil Jenny so schön ist,« forderte Tarek ihn auf.

»Nein, ich habe nicht verloren. Ich argumentiere nur logisch. Passt kurz auf.« Mohanad beugte sich wieder vor und setzte fort: »Denkst du wirklich, dass sich eine Frau, die, seit sie fünfzehn war, Sex mit verschiedenen Männern hat, mit dir ein Leben lang begnügt, sie ist sicher schnell gelangweilt und beginnt die Suche nach einem neuen Liebhaber. Bei uns ist Sex ein Großereignis, man geht achtsam damit um.« Mohanad war bemüht, sein Gesicht zu wahren.

»Könnt ihr uns an diesem spannenden Gespräch teilhaben lassen?«, mischte sich Jenny ein.

»Das Gespräch ist nicht spannend. Ich glaube, dass Mohanad frustriert ist, weil er so blond wie ein Alman ist und für Europäerinnen nichts Exotisches hat«, witzelte Tarek, um vom Thema abzulenken, und Jad erzählte von den Hürden, mit dem österreichischen Dialekt klarzukommen.

»Was war das heute beim Essen für eine Auseinandersetzung zwischen Jad und Mohanad? Es war klar, dass sie einen Streit hatten«, fragte Evelyn. Sie lag, nachdem sie sich geliebt hatten, mit dem Kopf an Tareks Brust.

»Ja, so etwas, aber mach dir keine Gedanken, es ging um lauter Unsinn. Mohanad will lieber eine Syrerin heiraten, weil er zu Europäerinnen kein Vertrauen hat.« Tarek fuhr mit den Fingern durch ihre blonden Haare. Evelyn ließ das unkommentiert. Tarek zuckte zusammen, eine körperliche Reaktion, die seit zwei Jahren aufgetaucht ist, jedes Mal, wenn er sich spürt. »Es ging auch um dich«, sagte er nach einer kleinen Pause. Sein Herz rast und Evelyn spürte seinen Herzschlag an ihrem Ohr. Tarek war bewusst, dass er Evelyn jetzt von Sanaa erzählen musste, und die Aufregung, die er spürte, war nicht Angst, sondern Befreiung. »Ich habe eine Freundin in Syrien und sie kommt in ein paar Wochen hierher«, sagte Tarek und wartete voller Spannung auf Evelyns Reaktion.

»Sanaa Mahmoud«, antwortete Evelyn leise, ohne sich von Tareks Brust zu erheben. Tarek erstarrte kurz, dann hob er Evelyns Kopf hoch und schaute ihr in die Augen. »Woher weißt du ihren Namen?«, fragte er verblüfft.

»Es tut mir leid, ich habe etwas gemacht, was ich nicht machen sollte, ich habe das Interview von deiner Einvernahme bei der Ausländerbehörde gelesen, in dem du von einer Ehe mit einer Sanaa Mahmoud gesprochen hast, die aber die Behörde ohne Heiratsurkunde nicht anerkennt. Ich musste es einfach lesen, denn wenn du angeblich mit deiner Mutter telefoniert hast, klang deine Stimme oft sehr verschieden, mal sehr laut und bestimmend, mal sehr leise und zärtlich.« Evelyn wirkte zu Tareks Erstaunen nicht verärgert.

»Wie hast du das Interview gefunden? Warum hast du es gelesen? Warum hast du nichts gesagt? Bist du nicht böse auf mich?« Evelyn stand auf und zog sich in aller Ruhe wieder an. Tarek beobachtete jede ihrer Bewegungen voller Anspannung. Dann setzte sie sich auf die Bettkante, legte ihre Hand auf die seine: »Ich liebe dich, und es tut weh. Aber ich weiß nicht, ob du mich verstehen wirst.« Evelyn machte eine kleine Pause, atmete tief und setzte fort: »Ich war schon einmal sehr weit unten. Mein Vertrauen in die Welt wurde sehr früh und oft gebrochen. Aber nach einem langen Weg der Genesung bin ich wieder geheilt. Es hat mich Jahre gekostet, wieder zu vertrauen, mich zu spüren und verletzbar sein zu können. Als ich von Sanaa erfuhr, wollte ich nicht sofort gehen. Ich wollte verstehen. Denn ich habe in der vergangenen Zeit vieles von mir in dir gesehen. Ich wollte dir und auch mir helfen. Nicht, um unsere Beziehung zu retten, sondern um in einer bewussten Entscheidung und nicht nur aus Schmerz zu gehen. Das bedeutet aber nicht, dass ich schnell aufgebe. Auf meinem Heilungsweg lernte ich nicht nur aufzustehen, sondern auch zu fliegen. Um fliegen zu können, musste ich lernen, mich nicht an Dingen festzuklammern. Ich lasse mich sehr gerne auf jede Erfahrung ein und versuche, sie zu genießen, aber ohne Gitter und Käfig. Indem ich allem, was ich liebe, die Möglichkeit offenlasse, wegzufliegen, erlaube ich mir das Fliegen.« Und Tarek schaute Evelyn mit glänzenden Augen an, als würde er gerade eine Göttin sehen.

Flughafen München, September 2015

Tarek findet nach längerer Suche den Polizeihof, der etwas abseits am Anfang des Flughafengeländes liegt. Er sitzt seit zwei Stunden auf der Wiese gegenüber, an den Zaun gelehnt, der die Landebahnen sichert. Mittlerweile erschreckt ihn der Lärm der landenden Flugzeuge nicht mehr. Auch der Gedanke, dass ihn die Polizei von dort verjagen könnte, bereitet ihm keine Sorge mehr. Einige Dienstautos fahren hinein und heraus, und die Beamten tun so, als würden sie ihn nicht sehen, oder sie wollten ihn nicht sehen, oder vielleicht ist er für die anderen unsichtbar, weil er sich selbst nicht sieht, oder all das zusammen, obwohl er mit seinem Aussehen leicht für einen Terroristen gehalten werden könnte. Inzwischen ist er aber ein erfahrener Flüchtling, der die Vorurteile der ganzen Gesellschaft wie eine wärmende dicke Jacke an einem warmen und sonnigen Sommertag achselzuckend trägt.

Tareks Handy läutet. Es ist Karin, seine ehemalige Arbeitskollegin im Blumengroßhandel.

»Und, ist deine Sanaa angekommen?«, fragt sie, als Tarek abhebt.

»Nein, ich warte noch. Wie geht es dir?«, antwortet er.

»Aufregend«, sagt Karin und setzt fort: »Ich habe endlich den Brief an ihn abgeschickt.«

»Sehr stark«, lobt sie Tarek, »und hat jemand auf dein Posting wegen der Wohnung für mich reagiert? Ich habe nicht mehr viel Zeit. Sanaa und ich brauchen irgendwo eine Bleibe, wo wir wenigstens unsere Körper unterbringen können.«

»Ich melde mich, sobald ich etwas für euch gefunden habe«, verspricht Karin und Tarek bedankt sich. Karin ist die Einzige, die noch Kontakt mit Tarek hält. Immerhin musste er nach einem unrühmlichen Auftritt die Firma verlassen. Aber Karin störte sich nicht an seinem Ausraster an jenem Abend, sie feierte ihn damals dafür und tut es auch heute noch.

In diesem Betrieb arbeiteten hauptsächlich Frauen, es gab nur einen einzigen Mann, Mario, der in der Firma für Controlling und Buchhaltung zuständig war. Obwohl Tarek ihn am ersten Tag, als Mario seine Fahrkünste überprüfen wollte, amüsant und unterhaltsam fand, wandelte sich das schnell ins Gegenteil, denn Mario redete unaufhaltsam, als hätte er ein Radio verschluckt, und wenn Tarek etwas sagen wollte, wurde Mario immer lauter und redete einfach weiter. Während dieser ungefähr einstündigen Fahrt erfuhr Tarek fast alles über Marios Leben, über seine Tätigkeit als Mathematiklehrer in Tansania, wo er als Student einige Wochen unterrichtet hatte, und auch von seinen vielen anderen Reisen. »Im Ausland bleibe ich nicht in Touristengebieten, wie es die meisten Deutschen machen, sondern suche den Kontakt mit Einheimischen«, behauptete Mario. Auch dass er seine Wohnung an Geflüchtete vermietete, was viele Wohnungsbesitzer aus rassistischen Gründen nicht machen würden. Er erzählte Tarek auch von der Zeit der Aufklärung, der Trennung von Kirche und Staat in Deutschland und von der Disziplin und Verlässlichkeit der Deutschen. Später vermied Tarek das Gespräch mit Mario nach Möglichkeit, aber dieser suchte es bei jeder Gelegenheit. Mit der Zeit wurden Marios Bemerkungen verletzender. »Die Araber brauchen gerade solche Autokraten, weil sie ein zähes Volk sind«, sagte er einmal in der Mittagspause. »Der Islam braucht dringend eine Aufklärung, sonst werden sich diese verschiedenen Konfessionen gegenseitig weiter umbringen«, meinte er später. Tarek stimmte ihm manchmal zu, manchmal ließ er seine Aussagen unkommentiert, vielleicht weil sein Deutsch nicht gut genug war, um dagegen zu argumentieren, oder weil Mario ihn ignorieren und keine Zeit und Energie mit Diskussionen verschwenden wollte. Aber er merkte immer erst im Nachhinein, dass Marios Worte ihn kränkten. Wenn er diesen Ärger sofort empfunden hätte, hätte Tarek Mario angeschrien. Für dieses Phänomen des zu spät kommenden Ärgers fand er keine Erklärung. Einmal, bei einer gemeinsamen Fahrt, sprach Mario aus heiterem Himmel das Thema Sex an. »Ich habe von vielen europäischen Frauen gehört, dass sie diese Art der Araber, Sex zu haben, nicht mögen, es ist ihnen viel zu impulsiv und hastig«, klärte er Tarek unaufgefordert auf. Aber dieser reagierte nicht darauf, er hatte seit einiger Zeit keinen Sex mit Evelyn und ihm war einfach nicht danach. Bei derselben Fahrt fragte ihn Mario beim Anblick einer Frau mit Kopftuch: »Würdest du wollen, dass deine Tochter eines Tages Kopftuch trägt?«

»Nein, aber wenn sie das will, soll sie es machen«, antwortete Tarek.

»Aber das Kopftuch ist ein Zeichen des Patriarchats. Man soll die Frauen aufklären, weil sie das selber nicht wissen.« Mario redete weiter, aber Tarek schaltete auf Durchzug, das konnte er sehr gut. Nur bei der Weihnachtsfeier gelang ihm das nicht, und das Fass lief über. Schon beim Betreten des Restaurants bekam Tarek die erste Bemerkung serviert: »Das ist eines der teuersten Restaurants, du hättest dir einen Anzug anziehen sollen. Und was steht da auf deinem T-Shirt? Djihad?«, lachte Mario allein über seinen Witz. Und dann setzte er sich auch noch neben ihn. Tarek war von der Atmosphäre, der Dekoration und dem vielen Besteck auf dem Tisch beeindruckt. Das Restaurant schien wirklich teuer zu sein. Tarek begann, seine Kleidung mit der der zwölf Kolleginnen und der anderen Gäste zu vergleichen. Er fühlte sich sonst in seinen blauen Jeans und dem weißen T-Shirt mit der aufgedruckten weißen Jasminblüte und dem arabischen Schriftzug »Damaskus des Jasmins« sehr wohl, aber jetzt war ihm das unangenehm, denn alle anderen waren gekleidet, als wären sie auf einer Hochzeit. Als der Kellner die Getränkebestellung aufnahm, war Tarek überfordert, denn er bestellte Wein und der Kellner zählte fünf verschiedene Sorten auf, deren Namen sich Tarek nicht merken und nicht einmal aussprechen konnte. »Einfach Rotwein«, bat er. Aber der Kellner gab sich damit nicht zufrieden, er wollte mehr hören. Da mischte sich Mario ein und meinte, Tarek sei Flüchtling aus Syrien, und bestellte für ihn den gleichen Wein, den er selbst trank. Später brachte der Kellner den »Gruß aus der Küche«. Er erwartete, dass Tarek seine Serviette von seinem Teller nehmen und auf den Schoß legen würde, aber Tarek schob einfach das Geschirr und das viele Besteck auf die Seite, um Platz für den kleinen Teller zu schaffen. Der Kellner war entsetzt und gleichzeitig empört. Da begann Mario ihm diese Rituale zu erklären und begründete sie als Zeichen der Zivilisation. Als der Kellner Tarek Fisch servierte, war es so weit, denn Tarek verwendete das falsche Besteck und schnitt den Fisch einfach in der Mitte auseinander. Als Mario das sah, lachte er laut und begann wieder über Tischsitten und Zivilisation zu referieren. Da ballte Tarek seine Hand zur Faust und schlug mit aller Kraft auf den Tisch. »Es reicht!«, schrie er und stand auf. »Zivilisation, Zivilisation, von welcher Zivilisation sprichst du?« Die Gespräche im Restaurant verstummten schlagartig und alle Blicke richteten sich auf Tarek. »Ist das Zivilisation, wenn Kinder ihre Eltern ins Altersheim bringen und sie einsam sterben lassen? Ist das Zivilisation, wenn ihr euch so betrinkt, dass ihr nicht mehr von Tieren zu unterscheiden seid? Ist das Zivilisation, wenn ihr Menschen im Meer ertrinken lasst? Ist das Zivilisation, wenn ein Vater einfach abhaut und sein Kind nicht einmal kennenlernen will?« Bei diesem Satz blickte er Karin an und diese begann zu weinen. Tarek wandte sich zum Gehen. Da sah er vor sich den Kellner mit einem Eiskübel und einer Flasche Wein. Er packte sie wutentbrannt und schleuderte sie mit aller Kraft zu Boden, wo sie klirrend zersprang.

Tarek wurde daraufhin entlassen. Er verstand seine eigene Reaktion schon am nächsten Tag selbst nicht mehr und hielt sie für albern, es war, als wäre er ferngesteuert gewesen. Tarek musste feststellen, dass weder er noch Mario irgendeine Zivilisation vertraten. Ihm wurde auch bewusst, dass er nicht einmal definieren konnte, was Zivilisation bedeutete. Nach dieser Auseinandersetzung fand er den Begriff leer und nichtssagend. Er schrieb ein Entschuldigungsmail an seine Kolleginnen wegen seines unzivilisierten Verhaltens. Er bekam nur von Mario Antwort: »Passt schon. Wir können uns gerne irgendwann treffen. Aber sei nicht so empfindlich.«

Von der Behörde bekam er kein Arbeitslosengeld und musste so schnell wie möglich wieder einen Job finden. Der Umgang der Beamtinnen mit ihm gab der Metapher in Kafkas »Die Verwandlung« neuen Sinn: Leistungsverweigerer werden wie Käfer behandelt. Ja, genau, wie ein Käfer fühlt sich Tarek in der letzten Zeit, unbeholfen, fehl am Platz und bedeutungslos. Ein Käfer, der zu nichts fähig ist.

Langsam wird es dunkel und Tarek wird klar, wie zermürbend das Warten ist, wenn man mit sich nicht im Reinen ist. Er versucht, seine Gedanken von Evelyn abzuwenden und auf die bevorstehende Zukunft mit Sanaa zu richten. Es erstaunt ihn, wie schwer das ist, er hat nicht erwartet, dass seine Seele sich so sehr an Evelyn klammern würde. Er hatte gedacht, der Abschied würde ihm leichter fallen. »Warum bringen die Menschen, die unser Leben verlassen, die Teile unserer Seele nicht zurück? Es werden nur Gegenstände zurückgegeben, das Wichtigste bleibt bei ihnen. Materialistischer kann unsere Welt nicht werden«, blitzt ein Gedanke durch Tareks Kopf.

Doch er will nicht mehr verdrängen. Er hat in den letzten drei Jahren erlebt, dass es seine Situation nur noch schlimmer macht, wenn er versucht, alle negativen Gedanken wegzuschieben, sich ständig mit irgendetwas abzulenken, sich der Realität nicht stellen und zu erwarten, dass die Zeit alles von selbst geregelt. Nach drei Jahren des Verdrängens und Herunterspielens ist ihm das so bewusst geworden, dass er die Nase voll davon hat und so nicht mehr leben will. In diesem Moment wird ihm seine innerliche Erschöpfung greifbar wie nie zuvor. Er spürt, dass all seine Gefühle schmierig aneinander und an seinen Organen kleben, dass er sie nicht voneinander unterscheiden kann. Tarek will nicht mehr vorsichtig sein und alles unter Kontrolle halten, und er tut das, wonach ihm zumute ist, er lässt los und will nicht mehr stark sein. Ein Gefühl der Gleichgültigkeit erfasst ihn. Tarek lässt zu, dass sich die Türen öffnen, die er bis jetzt mit all seiner Kraft verrammelt hat. Er glaubt, den Dämonen in seinem Inneren nun begegnen zu können. Da tauchen zuerst die Wach- und Nachtträume von den *Schabiha* auf, die Schergen des Regimes foltern und misshandeln ihn, und sein Körper zuckt bei der Erinnerung zusammen, als hätte er einen Stromschlag bekommen. Dann ergreift ihn ein Gefühl der Lähmung und Wertlosigkeit, das er als Fremder und Unerwünschter im Exil oft erlebt hat. Bei diesem Gedanken verkrampfen sich seine Füße. Aus seinem Bauch meldet sich eine leise Stimme, die ihm wie die Stimme seines Vaters erscheint: »Du bist ein Feigling. Ein erbärmlicher Flüchtling. Was hast du davon, dem Krieg in Syrien entkommen und hier am Leben geblieben zu sein? Sterben wird jeder sowieso. Warum also nicht für ein höheres Ziel?« Das ist wohl für Tarek die schwierigste Frage. Er begreift, dass es das Gefühl, ein Verräter zu sein, ist, das ihn ständig zerreißt. Hat er seinen Bruder, seine Mutter und die Heimat im Stich gelassen? An seine Mutter will er nicht denken. In der letzten Zeit träumt er oft von ihr. Jedes Mal wacht er auf, schenkt sich einen Whisky ein, hört sich auf YouTube Gedichte von Mahmoud Darwisch an und kalligrafiert dazu: »Ich vermisse meine Mutter und den Mokka meiner Mutter und die Berührung meiner Mutter.« In solchen unendlichen Nächten spürt Tarek das kleine Kind in sich, das sich nach seiner Mutter sehnt, und weint aus dem Kern seiner Seele, bis sie sich reinigt und wieder nach Jasmin riecht.

Er fragt sich, was er von dem Leben in Europa hat, wenn er nicht dazugehören kann. Bis jetzt hat er hier keine Freunde gefunden, mit denen er dieselbe Nähe wie mit seinen Freunden aus Damaskus aufbauen konnte.

Er fühlt gleichzeitig, wie egoistisch er die ganze Zeit handelt. »Ich will mit Sanaa nach Kanada auswandern, ich will nicht kämpfen, ich will nicht sterben, ich will in Europa im Luxus leben und ich lasse meine Leute im Stich. Ich breche zwei Frauen das Herz und zerstöre sie, nur um nicht alleine zu bleiben«, wirft Tarek sich vor und dabei empfindet er einen großen Abscheu vor sich selbst.

In diesem Moment erklingen in seinem Ohr die Worte der Wahrsagerin Om-Fatima so deutlich, als würde sie neben ihm stehen: »Vor dir liegt ein langer und strapaziöser Weg, der dir ein unbekanntes Territorium in deiner Seele offenbaren wird. Jedoch musst du ihn zu Ende gehen und den Schmerz durchleben. Ich könnte dir sagen, rück nicht ein, geh nicht zum Militär, aber den einfachen Weg im Leben zu nehmen führt niemanden zu sich selbst. Nur wenn du Leid und Anstrengung in Kauf nimmst, kannst du dir begegnen.«

»Habe ich den einfachen Weg genommen?« Tarek kann sich diese Frage nicht eindeutig beantworten. Die Stimme seines Vaters wiederholt immer wieder: »Feigling, Feigling, Feigling …«

»Ja, ich bin ein Feigling«, gibt Tarek zu. »Warum habe ich nicht wie ein ehrenhafter Mann gehandelt und Fahad Al-Ali damals ins Gesicht gespuckt und die Bombe gezündet?«. Tarek denkt dabei an jene Helden, von denen er in den Revolutionsgeschichten gelesen hat, Männer, die mit festem Schritt zum Galgen steigen, ihren Mördern ins Gesicht lachen und aufrecht und unerschütterlich in den Tod gehen.

Und dann geschieht das, worauf er jahrelang gewartet hat. Die Türe der Polizeistation öffnet sich. Aber er kann nicht glauben, was er sieht, er steht auf, geht ein paar Schritte näher, kneift die Augen zusammen. Tarek erkennt sie, es ist Sanaa. Ein Blitz durchfährt seinen Körper, vom Kopf bis zu den Füßen, der das Feuer in seinem Herzen entfacht. Tarek schreit ihren Namen aus voller Kehle und läuft so schnell er kann unter dem Schranken durch, ohne die Reaktion der beiden Beamten zu beachten, die in Alarmbereitschaft sind. Er will sie in die Arme nehmen und ihr all den Schmerz, den sie in der vergangenen Zeit erlebt hat, abnehmen. Sanaa läuft ihm entgegen. Sie sieht erschöpft und verängstigt aus. Sie fallen einander in die Arme wie zwei Züge, die zusammenstoßen. Dann nimmt Tarek ihr Gesicht in beide Hände und Stirn an Stirn sinken beide schluchzend in die Knie.

إليكِ يا أمّي الحبيبة

Für meine Mutter